Mathis Rauland

Die Lotterie des Lebens

Bibliografische Information der Deutschen Nationalbibliothek:

Die Deutsche Nationalbibliothek verzeichnet diese Publikation in der Deutschen Nationalbibliografie; detaillierte bibliografische Daten sind im Internet über http://dnb.dnb.de abrufbar.

TWENTYSIX – Der Self-Publishing-Verlag. Eine Kooperation zwischen der Verlagsgruppe Random House und BoD – Books on Demand

© 2020 Mathis Rauland

Umschlagdesign, Herstellung und Verlag:

BoD – Books on Demand, Norderstedt

ISBN: 978-3-740-76341-1

Kapitel

1. Jedes Ende ist ein Anfang
2. Hannah und Anna
3. Die Macht unserer Entscheidungen
4. Lalita
5. Die Memoiren der Lotteriearbeiter
6. Die erste Verlosung
7. Die richtige Kultur
8. Die versteckte Nummer
9. Die Entdeckungen von Susana Perez
10. Die ausgerissenen Seiten
11. Per Fließband in die Ewigkeit
12. Die irrationale Individualitätsquote
13. Die Rebellion der Lotteriearbeiter
14. Bei mittelgroßem bis großem Widerstand
15. Das weiße Licht

Die Lotterie des Lebens

Prolog:

Warum sind wir, wer wir sind? Warum sind wir, wie wir sind?

Vielleicht, weil wir schon immer so waren, eben so sind, immer so sein werden.

Vielleicht.

Aber vielleicht sind wir ja auch die, die wir sein möchten.

Vielleicht konnten wir schon immer so sein, wie wir sein wollen.

Vielleicht.

Aber was war am Anfang? Was war der Anfang?

Wir konnten es uns nicht aussuchen. Auf einmal waren wir die, die wir waren.

Aber wer hat es entschieden? Und warum? Sollten wir vielleicht die sein, die wir heute sind?

Vielleicht.

Aber nach dem Anfang. Was kam dann?

Wir erinnern uns. Wir konnten entscheiden. Wir haben damit begonnen, so zu werden, wie wir werden wollten.

Vielleicht entscheiden wir also selber, wer wir sein wollen.

Vielleicht.

Es ist nur der Anfang, der uns Rätsel aufgibt. Der Anfang, den keiner versteht. Der Anfang, der über so viel entscheidet.

Vielleicht soll er ja so viel entscheiden. Vielleicht soll er uns in eine Richtung lenken, uns einen Weg ebnen.

Vielleicht.

Aber vielleicht ist es auch nur der Zufall. Vielleicht hat es nichts zu bedeuten, wer wir am Anfang sind.

Vielleicht zählt nicht, woher wir kommen, sondern nur wohin wir gehen wollen.

Vielleicht.

1. Jedes Ende ist ein Anfang

Abschiede. Noch nie war er darin gut gewesen. Noch nie war er eine dieser Personen gewesen, die die perfekt gewählten Worte fanden. Immer stellte er sich in seinem Kopf vor, was er sagen und wie er auf die Aussagen seines Gegenübers reagieren wollte. Er bereitete alle seine Antworten vor. Immer aber verpufften all seine Ideen in dem Moment, in dem die Realität ihn einholte. Szenarien und Vorstellungen, die er sich stundenlang in seinem Kopf ausgemalt hatte, wurden von der Wirklichkeit ersetzt.

So war es Darren Jackson auch heute ergangen. Noch nie hatte er sich in seinem Leben an einem einzigen Tag so häufig verabschiedet. Doch schlimmer als die Anzahl der Abschiede war ihr Anlass gewesen. Seine Familie, seine Freunde, sein Footballteam und seine Freundin hatten ihn an dem Ort besucht, an dem er seit einer Woche ans Bett gefesselt war. Dem Ort, den er nicht mehr verlassen würde – zumindest nicht lebend.

Übermüdet lag Darren in seinem Bett im Krankenhaus von Cincidoncee, einer Kleinstadt in Colorado. Über ein halbes Jahr war es her, dass man bei ihm Leukämie diagnostiziert hatte. Er war aus einem beständigen Leben herausgefallen. Eine unsichtbare Kraft hatte die bequeme Blase, in der er gelebt hatte, zerstochen und ihn in den freien Fall verfrachtet. Ein paar Tage waren es vielleicht noch; mehr dürfe er nicht erwarten, hatte der Arzt gesagt.

Seine Gedanken schwankten immer wieder zwischen schierer Verzweiflung und all der Liebe, die man ihm heute entgegengebracht hatte, hin und her. Er hatte Angst. Angst vor dem, was kam, aber vor allem Angst davor, dass vielleicht nichts mehr kommen würde. Angst davor, dass es ein Leben nach dem Tod nicht gab und nach seinen 18 Lebensjahren alles vorbei war.

Darren versuchte, diese Gedanken durch die Erinnerungen des heutigen Tages zu verdrängen. Die Gespräche mit seinen Tanten und Onkels, Großeltern, seinem Cousin Jeremy und seiner Cousine Carla sowie dem Besuch seines gesamten ehemaligen Footballteams. Es funktionierte. Seine Laune besserte sich und er atmete tief ein und aus.

Er wusste inzwischen aber, dass dieser Zustand nicht sehr lange anhalten würde. Seit Monaten tobte schon dieser Kampf in seinem Kopf. Ein nicht endender Konflikt zwischen dunklem Pessimismus und hoffnungsvollen Gedanken. Weder die Schwarzmalerei noch die Lichtblicke schafften es aber, besonders lange anzuhalten. Immer wieder lösten sie sich gegenseitig ab.

Während dieser Kampf von neuem begann und der Pessimismus sich gegen die Erinnerungen des Tages auflehnte, wurde Darren immer müder. Seine Augenlider wurden schwer und seine Gedanken langsamer. Es war erst sechs Uhr abends, aber Darren fühlte sich immer schwächer und schwächer. Während seine Eltern und seine Freundin Alison noch wach in seinem Zimmer saßen und in den Zeitschriften lasen, die das Krankenhaus zur Verfügung stellte, fiel Darren in einen tiefen Schlaf.
In seinem Kopf zuckten kleine Blitze hin und her. Denn auch in seinen Träumen setzte sich der stetige Kampf zwi-

schen Trauer und Hoffnung fort. Diesmal gewannen die depressiven Gedanken die Oberhand und Darrens Träume wurden von all den bösen Überlegungen durchflutet, die er immer wieder versuchte zu verdrängen. Überlegungen an seine eigene Beerdigung, die Trauer seiner Familie und seiner Freunde und nicht zuletzt die Frage nach der Zukunft – seiner eigenen Zukunft und ob es eine solche geben würde.

Dann passierte etwas Eigenartiges. Die Dunkelheit seiner Träume wurde von einem warmen, hellen Licht verdrängt. Ganz plötzlich fühlte er sich nicht mehr in einem Traum gefangen. Er war auf einmal in vollem Besitz seiner geistigen Fähigkeiten. Sein Verstand war ganz klar und frisch. Befreit von all den Gefühlen, die ihn sonst so heruntergezogen hatten. Er hatte sich noch nie so gefühlt. Auch nicht, als er noch kerngesund gewesen war.

Vor seinem inneren Auge sah er nun ganz viele Bilder, die mal ganz schnell und mal ganz langsam durch sein Blickfeld flogen. Bilder aus seiner Kindheit, an die er sich teilweise nur ganz entfernt erinnern konnte. Bilder von Familienfeiern, Kindergeburtstagen und seiner Grundschulzeit. Die Momente wichen neuen Ereignissen, an die er mehr Erinnerung hatte. Bilder aus der Middleschool und seinen ersten Footballspielen strömten nun an seinem inneren Auge vorbei. Sie waren alle voller glücklicher Erinnerungen.

Während Darren sie beobachtete, waren jegliche Gedanken an seine Krankheit verbannt. Er machte sich nicht einmal Gedanken darüber, wie es möglich sein konnte, dass er all diese Bilder sah. Er war zu glücklich; zu hingerissen von den Erinnerungen, um den Augenblick zu hinterfragen. All diese Momente mussten in den hintersten

Ecken seines Gehirns irgendwie abgespeichert sein. Dabei hatte er sie bestimmt schon seit Jahren verdrängt und nicht mehr aus ihren Kisten hervorgeholt.

Seine ersten Jahre auf der High-School waren nun der Inhalt der bunten Bilder, die er sah. Er sah seine erste Begegnung mit Alison und wie er sein Footballteam als Quarterback zur regionalen Meisterschaft geführt hatte. Er sah Momente mit seinen Eltern und anderen Verwandten, die alle immer furchtbar stolz auf ihn gewesen waren.

All diese Bilder, die er gesehen hatte, waren voller Licht und Wärme gewesen. Jetzt wichen sie aber dunklen, düsteren Momenten, die vor seinem inneren Auge auftauchten. Er sah den Arzt, der ihm die erste Leukämie-Diagnose mitgeteilt hatte und die Augenblicke, in denen er seinen Freunden und Alison davon erzählt hatte. All die traurigen Erlebnisse der letzten Monate prasselten wieder auf ihn ein.

Dann gelangte er zu einem Bild von sich selbst, wie er in seinem Bett im Krankenhaus lag. Seine Eltern und Alison saßen besorgt neben seinem Bett. Es schwebte sehr lange vor ihm und ihm fiel auf, wie müde und schwach er aussah.

Schließlich löste auch dieses Bild sich auf und es wurde dunkel um ihn herum. Darren schloss die Augen und wartete. Es war so still, dass er meinte, seinen eigenen Herzschlag hören zu können. Er atmete tief ein und aus.

Als er die Augen wieder öffnete, begann die Dunkelheit sich zu lichten und es wurde hell und warm. Die Dunkelheit wich immer weiter einem langen Tunnel, der mit hellen Lampen ausstaffiert war. Darren fühlte sich auf einmal stark, glücklich und voller Hoffnung; ohne jegliche Schmerzen stand er in diesem sonderbaren Tunnel.

Er schaute an seinem Körper herab. Aber konnte es sein Körper sein? Seine Arme und Beine waren so durchtrainiert, wie zu seinen besten Footballzeiten. Als er sich die Hände vor Erstaunen an den Kopf hielt, merkte er zudem, dass er keine Glatze mehr hatte. Seine Haare waren wieder da und waren so gestylt, wie er es am liebsten hatte.

Der Tunnel verlor sich hinter ihm in Dunkelheit, aber wenn er nach vorne blickte, sah er die vielen Lampen und ein großes, weiches Licht am Ende des Tunnels. Kurz schaute er zurück in die Dunkelheit. Kleine traurige Gedankenfragmente schaffften es in seinen Verstand hinein. Gab es einen Weg zurück? Konnte er diesen Tunnel vielleicht zurückgehen und in seinen Körper im Krankenhaus zurückkehren? Er wollte nicht weg von seiner Familie und seiner Freundin. So lange wie möglich wollte er bei ihnen bleiben.

Aber dieses Licht, das er am Ende des Tunnels sah, war so warm und beruhigend. Immer stärker wurde er davon angezogen und schließlich begann er mit kleinen Schritten darauf zuzugehen. Mit jedem Schritt fühlte er sich besser; seine Zweifel und seine Angst schwanden. Es fühlte sich richtig an, auf das Licht zuzugehen.

Immer weiter näherte er sich dem hellen Licht. Er wusste nicht, was passierte, aber die gesamte Trauer und Bitterkeit der letzten Monate war wie weggeblasen. Alles, was er spürte, war eine Euphorie und eine Vorfreude auf das Licht am Ende des Tunnels.

Nach ein paar Minuten näherte er sich dem Ende des nun lichtdurchfluteten Ganges. Vor ihm war nur noch weißes Licht, welches mit den glatten Wänden des Tunnels verschmolz. Er wusste, dass es der letzte Schritt sein musste, in dieses Licht hineinzugehen. Würde er diesen Schritt gehen, gab es kein Zurück mehr.

Kleine Zweifel tauchten wieder auf und versuchten, ihn vom Licht fernzuhalten. Darren schaute zurück. Aber in genau diesem Moment erschien neben ihm eine Kugel aus strahlend weißem Licht. Sie war so hell, dass sie sich sogar von den hellen, weißen Wänden des Tunnels abhob. Aber war es eine Kugel? Ihre Form war nicht genau zu erkennen. Es war eine undefinierbare Form aus reinem Licht.

Darren starrte diese Form an. Sie flackerte und schimmerte vor seinen Augen. Dann hörte er sie sprechen. Aber nicht in einer Sprache, die man in Worten oder Zeichen ausdrücken konnte. Es war eine Sprache von Gefühlen und Emotionen, die er nicht hörte, sondern spürte. Die Botschaft, die dieses Lichtwesen ihm vermittelte, gab ihm Mut und Kraft. Es dauerte nicht lange bis er wieder die nötige Entschlossenheit fand, um den Gang in das Licht hinein zu wagen.

Er nickte dem Lichtwesen kurz zu und er fühlte Zustimmung von ihm ausgehen und ihn durchfließen. Er war bereit. Bereit, auf das Licht zuzugehen. Bereit, ein neues Kapitel anzufangen, denn niemals konnte dieser Moment ein Ende sein. Er fühlte sich, als stünde er am Anfang eines großen, neuen Abenteuers.

Darren Jackson schloss die Augen und ging auf das Licht zu. All die Angst vor dem Sterben war vergangen. All die Bitterkeit der letzten Monate war ausradiert. Alles, was er fühlte, war eine große Vorfreude und ein Verlangen, in das Licht einzutreten. Immer weiter lief er in es hinein und die Tunnelwände begannen zu verblassen.

Doch plötzlich wurden seine Bewegungen wieder träge und er spürte wie die Zweifel in seinen Verstand zurückkehrten. Das Lichtwesen signalisierte ihm auf einmal zu warten. Abrupt blieb er stehen. Er müsse warten, vermittelte ihm das Wesen erneut. Aber warten worauf? Der Tunnel hatte nur zwei Ausgänge. Sollte er etwa zurückgehen? Verwirrt schaute er sich um und die Glückseligkeit, die das Lichtwesen in ihm versprüht hatte, ebbte ab.

Auf einmal klappte eine Tür an einer der Seitenwände des Tunnels auf. Er hatte sie zuvor gar nicht gesehen. Sie war klein und nur wenig Licht schien aus der schmalen Öffnung in den Tunnel hinein. Das Lichtwesen bedeutete ihm, dass dies der Weg war, den er gehen musste. Es signalisierte ihm, dass er noch nicht in das weiße Licht eintreten durfte.

Erneut blieb Darren kurz stehen und überlegte. Der Gedanke durch diese Tür zu gehen, löste keine Glücksgefühle bei ihm aus. Er blickte zu dem Licht am Ende des Tunnels. Es war so hell und warm und einladend. Vielleicht eine ganze Minute lang schaute er sehnsüchtig zu dem, den Tunnel flutenden, Licht.

Schließlich schüttelte er sich und wendete sich von ihm ab. Er konnte diesem Lichtwesen nicht widersprechen. Diese Lichtform, die da vor ihm schwebte, schien ihm so rein und ehrlich und echt, dass er ihr vertrauen musste. Es musste richtig sein, durch die Tür zu gehen.

Er schaute noch einmal kurz zu dem großen weißen Licht hinüber, in das er hatte eintreten wollen. Dann nahm er all seinen Mut zusammen und ging durch die kleine Tür hindurch.

Hinter der Tür wartete eine Treppe, die er schnell hinabstieg. Er befand sich auf einmal in einem Zimmer mit einem großen Bett, einem Schreibtisch, zwei großen Schränken und ein paar Postern von Footballspielern an der Wand. Er brauchte keine Sekunde, um zu erkennen, dass alle Möbel und die Poster aus seinem eigenen Zimmer in Cincidoncee stammten. Nur das Zimmer selbst war ihm fremd. Die Wände waren aus einem glatten, grauen Metall gefertigt und es gab kein einziges Fenster.

Was war hier los? Warum war er hier gelandet? Wieso hatte das Lichtwesen ihn nicht in das große, helle, beruhigende Licht eintreten lassen?

Darren sah die Tür auf der gegenüberliegenden Seite des Zimmers und ging auf sie zu. Er musste herausfinden, wo er war. Fragen über Fragen kreisten in seinem Kopf herum. Mit jedem Schritt, den er aber auf die Tür zuging, wurden seine Glieder immer schwerer und seine Augenlider fielen ihm fast zu. Ihm blieb nichts anderes übrig, als zurück zu seinem Bett zu torkeln. Als wäre er betrunken, stolperte er quer auf die Decke und mehrere Kissen und fiel sofort in einen tiefen Schlaf.

2. Hannah und Anna

Verschlafen und verwirrt wachte Darren auf. Durch seine halb geöffneten Augen sah er sein Zimmer. Er lag in seinem Bett. Was war passiert? Das Letzte, woran er sich erinnerte, war, wie er im Krankenhaus gelegen hatte. Er war schwach gewesen und seine gesamte Familie war erschienen, um sich zu verabschieden. Jetzt fühlte er sich aber frisch und gesund. Er spürte dichte Haare, wo lange Zeit eine Glatze gewesen war und er fühlte sich körperlich stark. War seine ganze Krankheit ein furchtbarer Alptraum gewesen? Die letzten Monate eine Illusion?

Das war unmöglich. Das konnte nicht sein. Aber wie konnte er dann jetzt in seinem Zimmer aufwachen, als wäre nichts passiert? Darren rappelte sich auf und stand auf. Er trug eine Jeans und einen Pulli. Er ging zu seinem Schrank, um sich eine neue Unterhose und neue Socken zu holen. Nachdem er die Schranktür geschlossen hatte, wollte er aus dem danebengelegenen Fenster schauen. Aber dort war kein Fenster. Vor ihm erstreckte sich eine glatte, graue, metallene Wand.

Panisch drehte er sich um und ließ die Unterhose und die Socken fallen. Das hier war nicht sein Zimmer. Es waren seine Möbel. Auch waren die Wände mit einem Trikot und den gleichen Postern geschmückt, die in seinem Zimmer hangen. Aber die Fenster waren weg. Und anstelle seiner Tapete, waren rundherum nur dunkle Metallwände, als wäre er in einem Bunker.

Als er in seinem vermeintlichen Zimmer auf und ab ging, prasselten die Erinnerungen an die gestrige Nacht wieder auf ihn ein. Kurz freute er sich. Denn er wusste wieder, was passiert war. Dann wurde er sich aber der niederschmetternden Erkenntnis bewusst, die mit diesen Erinnerungen verbunden war: Er, Darren Jackson, musste tot sein.

Auf einmal erinnerte er sich wieder an alles. An die Bilder aus seinem Leben, die an ihm vorbeigezogen waren. An den Tunnel und das Lichtwesen. Und zuletzt an die geheime Tür, durch die er gegangen war.

Aber das konnte doch eigentlich alles nicht sein. Er konnte nicht tot sein. Wenn er so darüber nachdachte, fühlte er sich lebendiger als je zuvor. Er schob den kurzen Schock beiseite – unmöglich konnte er tot sein. Es gab allerdings nur einen Weg, um herauszufinden, wo er sich gerade befand. Entschlossen ging er auf die Tür des Zimmers zu, die an genau der Position angebracht war, an der auch sein richtiges Zimmer eine Tür hatte.

Als Darren sich dieses Mal der Tür näherte, wurde er nicht schnell müde, wie bei seinem ersten Versuch sie zu öffnen. Gerade wollte er die Tür öffnen, da hörte er Stimmen von der anderen Seite. Er legte sein Ohr an die Tür und lauschte. Es war Musik, die er hörte, die im Zimmer nebenan laut aufgedreht war. Er kannte dieses Lied und schüttelte ungläubig den Kopf. Es war ohne Zweifel Radio Gaga von Queen, was er da hörte. Mit einem Kloß im Hals, drehte er den Knauf um und zog die Tür langsam auf. Nachdem er sie ganz geöffnet hatte, konnte er seinen Augen nicht trauen. Hinter der nachgestellten Umgebung seines Zimmers, verbarg sich ein Anblick, den er nicht begreifen konnte.

Der große Raum, der sich vor ihm erstreckte, erinnerte ihn an die Kommandozentrale eines Raumschiffes. Er hatte eine hohe Decke und alle Wände hatten, wie auch in seinem Zimmer, eine Oberfläche aus grauem, glattem Metall. Die einzige Lichtquelle war eine große Lampe in der Mitte des Saales, denn es gab kein einziges Fenster. Von dem großen Raum gingen viele verschiedene Türen ab, die aber alle keinerlei Hinweise darauf vermittelten, wo er sich befinden könnte.

Inmitten dieses skurrilen Bildes befand sich ein großer runder Bereich aus Bildschirmen auf Tischen. Die Bildschirme sahen brandneu und hochmodern aus. Als wären sie erst gestern gekauft worden. Der runde Bereich war etwa einen Meter tief in die Erde eingelassen und eine kleine Treppe führte in ihn hinab. Inmitten dieses Kreises saßen zwei Frauen auf ledernen Bürostühlen und studierten aufmerksam die verschiedenen Bildschirme um sie herum.

Trotz der laut aufgedrehten Musik unterhielten sie sich, aber ohne sich dabei anzusehen. Sie blickten beide konzentriert auf ihre Displays und Darren konnte sie kaum verstehen. „Sei nicht naiv, Anna. Du weißt, dass der Generator keine Fehler macht", sagte die Eine. „Also meinst du, es ist endlich soweit?" „Ja, ich glaube schon. Wir müssen wachsam sein." „Oh Hanna, das ist so aufregend. Ich kann es kaum erwarten."

Ungläubig starrte Darren sie an und lauschte ihrer rätselhaften Unterhaltung. Wo war er hier gelandet? Vorsichtig ging er auf den Kreis aus Bildschirmen zu. Die Frauen schienen keine Notiz von ihm zu nehmen und waren weiterhin in ihre Bildschirme vertieft. Als er sie genauer betrachtete, meinte er, so etwas wie einen schwachen Schimmer von ihnen ausgehen zu sehen. Es sah so aus, als würden diese Frauen leuchten. Er schloss kurz die Augen und öffnete sie wieder. Der Schimmer, der von ihnen ausging, war nicht verschwunden.

Diese Einbildung konnte er aber vermutlich der langen Liste unmöglicher Tatsachen hinzufügen, die ihm heute schon durch den Kopf gegangen waren.

„Hallo?", rief er zaghaft und die Frauen drehten sich augenblicklich zu ihm um. Sie hatten beide ein freundliches, warmes Lächeln auf den Lippen. „Darren", sagte die Frau, die näher bei ihm saß, „wie schön, dass du aufgewacht bist. Wir haben viel zu besprechen." Die Frau hatte braune, geglättete Haare, die ein bildhübsches Gesicht umrahmten. Sie sah noch recht jung aus. „Keinesfalls älter als dreißig", dachte Darren und ihr durchtrainierter, schlanker Körper bestätigte diesen Eindruck. Ihr Aussehen ließ Darren kurz gebannt dastehen, ohne dass er davon ablassen konnte, die Frau anzuschauen.

Beide Frauen standen auf und kamen auf ihn zu. Die hintere Frau sah fast identisch aus. Sie mussten Zwillinge sein. Nur die Haare der zweiten Frau sahen anders aus. Sie waren blond und lockig. Darren starrte sie an und wusste nicht, was er sagen sollte. Woher kannten diese Frauen seinen Namen?

„Also Darren", wieder sprach die Frau mit den braunen Haaren, „ich heiße Hannah und das ist meine Schwester Anna." Erneut wusste er nicht, was er sagen sollte. Die Frau redete aber direkt weiter und ersparte ihm die Suche nach Worten. „Vermutlich fragst du dich, wieso du hier bist, Darren." Er nickte. „Diese Frage möchten wir dir beantworten. Und noch viel mehr haben wir zu besprechen. Wir werden nämlich eine ganze Weile miteinander arbeiten und auskommen müssen." Die Stimme der Frau bereitete Darren Unbehagen. Sie erinnerte ihn an Siri oder Alexa, als wären alle ihrer Aussagen bereits in ein System eingespeichert und nicht erst in diesem Moment entstanden.

„Und wo bin ich hier?", brachte Darren hervor. Immer mehr Fragen tummelten sich in seinem Kopf und er brauchte endlich Antworten. „Also Darren", sagte diesmal Anna, die blondhaarige Frau, „bevor wir besprechen, wo genau du hier bist und was wir zusammen machen werden, müssen wir eine wichtige Sache klären." „Und was wäre das?" „Ist dir bewusst Darren, dass du letzte Nacht gestorben bist?"

Entsetzt blickte Darren auf den Boden und schwieg. Tot? Er? Das konnte nicht sein, das durfte nicht sein. Er musste seine Freunde und seine Familie wiedersehen. Er musste wieder Football spielen und aufs College gehen.

„Aber wie ist das möglich?", fragte er panisch. „Ich stehe doch gerade gesund und lebendig vor euch. Ich kann nicht tot sein. Wenn man tot ist, dann ist man tot, aber ich stehe hier." „Wir verstehen, dass das sehr schwer für dich sein muss", sagte Anna. „Du wirst die ersten zwei Tage nicht arbeiten müssen. Du bekommst genug Zeit, um dich in dieser neuen Situation zurechtzufinden. Mach dir keine Sorgen." „Aber ich bin nicht tot", sagte er überzeugt. „Wie kann ich tot sein, wenn ich hier quicklebendig vor euch stehe?"

„Erinnerst du dich daran, wie du in dein Zimmer hier gelangt bist?", fragte Hannah. Sie sah ihn verständnisvoll und freundlich an. Aber irgendetwas an ihrer Mimik schreckte Darren ab. Es wirkte fast so, als hätte sie in einem Lexikon nachgeschlagen, wie man empathisch und freundlich aussah und würde diesen Gesichtsausdruck nun imitieren. Ohne jegliche Authentizität. „Ja, ich kann mich erinnern. Nur fühlt es sich wie ein weit entfernter Traum an", antwortete Darren, nachdem er seine Verwunderung über die Frau verdrängt hatte. „Es war aber kein Traum, Darren. Das Licht, das du gesehen hast; wärst du in es eingetreten, so wärst du an den Ort übergegangen, den ihr Menschen meistens als den Himmel bezeichnet. Allerdings durftest du noch nicht an diesen Ort gehen und ich kann dir keine Auskünfte über ihn geben. Denn deine Zeit ist noch nicht gekommen. Bevor du in das Licht eintreten kannst, musst du uns noch bei wichtigen Angelegenheiten helfen. Darum bist du hier. Darum hat unser Hüter des Lichtes dich zu uns geschickt."

Darren war verwirrter als vorher. Wieso sprach diese Frau von Menschen, als wäre sie selbst keiner? Und was waren es für Angelegenheiten, bei denen er ihnen helfen sollte? „Aber wenn ich nicht in das Licht eingetreten bin, dann kann ich doch noch zurück, oder nicht? Ich bin noch nicht tot. Es muss einen Weg zurück geben." „Darren", Anna schaute ihn nun belehrend an, „es gibt keinen Weg zurück. Du hast eine Grenze überschritten, die nur in eine Richtung passierbar ist. Du solltest damit beginnen, dich mit dieser Tatsache zu arrangieren."

„Ich glaube euch nicht", sagte Darren, „wieso sollte ich euch trauen? Wer seid ihr überhaupt? Vielleicht seid ihr einfach irgendwelche Verrückten, die mich hier festhalten." Darren redete sich in Rage und er dachte kurz, er wäre den freundlichen Frauen gegenüber zu grob gewesen. Ihre Mienen wiesen aber nicht den winzigsten Hauch von Empörung auf. Sie schauten ihn weiterhin verständnisvoll und gelassen an. „Wo du bist und wer wir sind, das möchten wir dir erklären, Darren. Und wir hoffen darauf, dass anschließend alle deine Fragen geklärt sind. Komm, wir setzen uns. Möchtest du etwas trinken?"

„Vielleicht einen Kaffee", sagte er verwirrt und folgte Hannah in den runden, inneren Bereich des Raumes, während Anna durch eine der Türen verschwand. „Setz dich, Darren", sagte Hannah und schob ihm einen der ledernen Drehstühle zu. Er setzte sich und schaute auf den Boden. Er konnte nicht tot sein. Egal, was sie ihm gleich erzählen würden, es musste ein Irrtum vorliegen. Irgendein Missverständnis.

Anna kam schnell mit einem dampfenden Becher Kaffee zurück. Die Kaffeemaschine hier musste wohl auf Hochtouren arbeiten. Anna setzte sich ihm gegenüber, reichte ihm die Tasse und schaute ihm in die Augen. „Also, Darren, wir haben diese Art von Gespräch schon sehr oft geführt und immer beginnen wir es mit derselben Frage: Bist du religiös?"

„Ob ich religiös bin? Was soll das mit meiner Situation und diesem komischen Ort zu tun haben? Ich möchte jetzt endlich wissen, wo ich hier bin! Bitte erzählt mir doch einfach, wo wir uns hier befinden." Er wurde immer lauter und schrie die Frauen schon fast an. Diese schienen davon aber unbeeindruckt. Sie schauten einander nur an und lächelten, als hätte er etwas Dummes gesagt. „Ach, Darren", sagte Hannah und schüttelte leicht den Kopf. „Bitte beantworte die Frage und es wird alles einen Sinn ergeben. Das verspreche ich dir." Darren schaute die beiden Frauen vor ihm verzweifelt an. Jetzt, wo sie so nah neben ihm saßen, konnte er dieses schwache Leuchten, das von ihnen ausging, besser erkennen. Es sah tatsächlich so aus, als hätten sie eine Aura und würden hell schimmern.

Ihre äußere Erscheinung, dieser Ort und die Transformation seines eigenen Körpers waren so absurd, dass er sich dazu entschied, die Fragen der Frauen vorerst zu beantworten. Vielleicht würde ja wirklich alles einen Sinn ergeben. Er atmete tief durch und überlegte sich, was er ihnen sagen könnte. Er beruhigte sich langsam wieder und seine Muskeln entkrampften sich.

„Ich bin in einer christlichen Familie aufgewachsen. Ich war aber nie besonders häufig in der Kirche. Eigentlich nur an Weihnachten oder zu besonderen Anlässen, wie einer Taufe oder einer Hochzeit." „Also glaubst du an die christliche Vorstellung von Gott?", fragte Anna. „Ja, ich glaube an Gott", sagte Darren, „ich bin nicht besonders christlich, aber ich glaube daran, dass es einen Gott gibt." „Dann kann ich dich in dieser Hinsicht nur bestätigen, Darren; denn es gibt wirklich einen Gott", sagte Anna und strahlte ihn an. So wie ihre Schwester wirkten aber auch ihre Emotionen aufgesetzt und künstlich. „Du solltest dich allerdings von allen Gottesvorstellungen, die du kennengelernt hast, verabschieden, Darren", fügte Hannah an. „Also hat Gott nicht diese Welt und den Menschen erschaffen?", fragte er. „Oh doch. Natürlich, Darren. Dachtest du etwa, diese Welt wäre rein zufällig entstanden?" Hannah und Anna schauten sich kurz an und lachten dann laut auf.

Nachdem sie sich wieder eingekriegt hatten, redete Anna weiter: „Es ist so, Darren. Gott hat diese Welt erschaffen. Allerdings hat er seit seiner Schöpfung nicht mehr in sie eingegriffen. Er hat die Welt sich selbst überlassen, aber die Natur mit einem genialen Bauplan ausgestattet." „Also bedeutet das, alles, was in der Bibel steht, ist nicht wahr? Religionen sollen frei erfunden sein?", fragte Darren.

„Nicht alles", sagte Hannah. „Jesus gab es wirklich und ebenso viele andere Personen, von denen in der Bibel die Rede ist. Alle Inhalte der Bibel aber, die darüber erzählen, wie Gott sein soll oder eine Handlung Gottes beschreiben, sind frei erfunden. Denn, wie wir dir bereits erzählt haben, hat Gott sich in die Geschehnisse dieser Welt kein einziges Mal eingemischt, seitdem er sie erschaffen hat. Alle Vorstellungen, die du also von Gott hast, wirst du ablegen müssen. Er ist nicht allmächtig, nicht allwissend und hat auch den Menschen nicht nach seinem Abbild geschaffen." „Also gibt es wirklich einen Gott, aber keine Religion auf der Welt hat die richtigen Vorstellungen von ihm?", fragte Darren.

Das Gespräch mit den Frauen hatte ihn kurz von seiner Angst und seiner Wut abgelenkt. Wenn es stimmte, was sie ihm erzählten, dann erfuhr er gerade etwas, wonach andere Menschen ihr gesamtes Leben forschen.

„Richtig, Darren", sagte Anna und nickte ihm begeistert zu – wie eine Grundschullehrerin, die stolz auf die richtige Antwort eines Schülers ist. „Es gibt allerdings verschiedene Ideen, die die Menschen entwickelt haben, die der wahren Schöpfungsgeschichte nahekommen. Es gibt viele wertvolle Teilaspekte verschiedener Religionen, die die Wirklichkeit sehr gut erklären. Weißt du, was Deismus ist, Darren?"

Deismus. Er hatte diesen Begriff schon einmal gehört. In der Schule, meinte er, hätten sie ihn schon einmal besprochen. Seine Bedeutung hatte er aber vergessen. „Nein, ich weiß es leider nicht", sagte er. „Kein Problem. Ich erkläre es dir gerne", entgegnete Anna und lächelte. „Der Deismus ist die Idee, dass Gott die Erde erschaffen hat, aber seit der Schöpfung nicht mehr aktiv in sie eingreift. Sie steht im Gegensatz zu der Idee des Theismus, die Gott als Lenker der Welt betrachtet, der seit der Schöpfung immer wieder in das Weltgeschehen eingreift beziehungsweise in es eingreifen kann. Gott verfolgt allerdings den Plan, dass die Menschen selber in der Welt zurechtkommen müssen. Er ist überzeugt, dass sie seine Hilfe nicht brauchen, wenn sie zusammenarbeiten. Er wollte den Menschen die größtmögliche Freiheit gewähren, daher überlässt er die Welt sich selbst. Was deine Spezies aus dieser Freiheit gemacht hat, kann man natürlich als eine kleine Katastrophe bezeichnen. Aber es gibt immer die Möglichkeit, diese Freiheit zu nutzen und auf den richtigen Weg zurückzukehren."

Darren konnte gar nicht glauben, was er da hörte. Es erschien ihm aber alles logisch, was die Frauen ihm erzählten. Die Menschen waren frei. Die Erde gehörte den Menschen und sie konnten auf diesem Planeten tun und lassen, was sie wollten. Auch wollte ihm kein Ereignis einfallen, bei dem Gott jemals in das Geschehen auf der Erde eingegriffen hatte.

Dann drängte sich ihm eine neue Frage auf, die er sofort stellen musste. Er hatte sich vor ein paar Minuten nicht verhört. Eine der Frauen hatte von der Menschheit gesprochen, als gehöre sie nicht dazu. Dieses Mal war es eindeutig gewesen, dass die beiden sich nicht als Menschen betrachteten – oder vielleicht gar keine Menschen waren?

„Ihr sprecht von Menschen, als wenn ihr keine wärt. Aber was seid ihr, wenn ihr keine Menschen seid?" Die Frauen schauten ihn wie zuvor geduldig und freundlich an. „Das ist schwer zu sagen, Darren. Es gibt keinen Begriff der Menschen, der uns richtig beschreiben könnte. Der Begriff, der unserer Existenz am nächsten kommen würde, wäre der Begriff Engel." „Engel?", platzte es ungläubig aus Darren heraus.

„Ja und nein", sagte Hannah lächelnd. „Wir sind Diener und Helfer Gottes. Wir helfen ihm, seinen großen Plan umzusetzen und auch du sollst dabei mithelfen. Allerdings ist es wie mit den Gottesvorstellungen der Religionen. Auch die Vorstellungen von Engeln, die es gibt, treffen nicht wirklich auf uns zu. Oder siehst du Flügel auf unseren Rücken?" Nach dieser Frage schauten Hannah und Anna sich erneut kurz an und brachen wie schon zuvor in schallendes Gelächter aus.

Darren fasste sich an den Kopf, schaute ungläubig auf den Boden und schlürfte eine Minute lang seinen Kaffee ohne etwas zu sagen. Alles, was er da gerade gehört hatte, musste ein großer Spaß sein. Gleich würde jemand hineinkommen und ihm die versteckte Kamera zeigen. Hannah und Anna würden sich als Schauspieler zu erkennen geben. Er würde laut lachen und sich in ein paar Wochen im Fernsehen betrachten. Er würde zusammen mit seinen Eltern oder Alison auf der Couch sitzen und sie würden sich lange daran erinnern, wie man ihn so clever ausgetrickst hatte.

Nur konnte er sich das Leuchten dieser Frauen nicht erklären. Genauso wenig konnte er sich erklären, wie er selbst so aussehen konnte, wie vor seiner Krankheit. Er musste darauf vertrauen, dass sie ihm die Wahrheit gesagt hatten und wirklich alles einen Sinn ergeben würde. Erneut atmete er tief durch und ließ sich auf das bizarre Gespräch ein. „Wenn ihr sagt, dass ihr Gott bei seinem Plan helft und auch ich dabei helfen soll; wie sieht dieser Plan dann aus?", fragte er schließlich.

„Auch hier gibt es eine von Menschen entwickelte Idee, die der Wahrheit sehr nahekommt. Es ist die Idee des Intelligent Designs. Hast du davon schon einmal gehört?" „Nein, das sagt mir wirklich gar nichts", antwortete er. „Religion war wohl nicht dein Lieblingsfach, Darren", sagte Anna und zwinkerte ihm zu. „Die Idee des Intelligent Designs", fuhr Hannah fort, „ist die Idee, dass die Welt und die Natur einem Bauplan unterliegen. Einem Bauplan von Gott. Und diese Idee kommt der Wahrheit sehr nahe. Denn als Gott die Erde schuf, da sah sie ganz anders aus als heute. Er hatte aber alle Faktoren mit einberechnet und berücksichtigt, die eine Rolle bei der Entwicklung der Natur und des Lebens spielen würden. Er wusste, dass die Natur sich unter den richtigen Bedingungen weiterentwickeln würde. Er hat also die Evolution in seinen Plan eingebaut. Die gesamte Natur, jedes Lebewesen ist ein Teil seines großen Bauplanes. Jeder noch so kleine Bestandteil der Natur greift wie ein Zahnrad in ein anderes Rad und trägt dazu bei, dass dieser große Komplex funktioniert. Nichts, das der Natur entspringt, ist unnötig oder nicht von Gott vorgesehen. Nur was die Menschen aus manchen Bestandteilen der Natur erschaffen, wird zum Problem."

„Der Name Charles Darwin ist dir doch hoffentlich ein Begriff, Darren!?" „Ist Darwin nicht der Biologe, der die Evolutionstheorie entwickelt hat?", sagte Darren, stolz endlich eine Antwort auf eine der Fragen zu haben. „Richtig. Er hat sich in seinem Leben allerdings mit vielen verschiedenen Fragen der Biologie beschäftigt", sagte Hannah. „Die Evolutionstheorie ist vermutlich die Interessanteste. Sie ist nämlich Teil des großen Bauplans Gottes." „Allerdings gibt es eine andere Idee Darwins, die perfekt die Struktur von Gottes Plan für diese Welt und die Natur beschreibt", fuhr Anna fort. „Es gibt auf Madagaskar eine Orchidee, Darren. Und diese hat eine einzigartige Form. Im 19. Jahrhundert stellten sich verschiedene Biologen daher die Frage, wie sie bestäubt wird. Darwin entwickelte die Theorie, dass es ein Insekt geben müsse, das diese Pflanze bestäuben kann. Ein zu dem Zeitpunkt unentdecktes Insekt, das die Pflanze trotz ihrer einzigartigen Form bestäuben könne. Diese Theorie wurde von anderen Biologen abgelehnt. Sie hielten Darwin für verrückt. Er hatte aber Recht. Denn es gab eine Mücke auf Madagaskar mit einem langen Rüssel, die genau diese Orchidee bestäubte. Die Form des Rüssels passte perfekt zu der Form der Orchidee, die den Biologen Rätsel aufgegeben hatte. Für Darwin nur schade, dass man die Mücke erst nach seinem Tod entdeckte. Das Beispiel der madagassischen Orchidee beschreibt aber perfekt, wie die Natur und Gottes Plan funktioniert. Jeder einzelne Teil der Natur erfüllt eine Funktion und wurde von Gott nicht ohne Grund in die Welt entlassen. Ganz egal, wie nichtig er uns erscheinen mag. Sogar eine kleine Mücke."

Erstaunt schaute Darren die vermeintlichen Engel an und schwieg. Alles, was sie sagten, erschien ihm logisch und richtig. Die Dimension dessen, was sie ihm mitgeteilt hatten, überschritt aber alles, was er jemals gehört oder gesehen hatte.

Es gab nur zwei Möglichkeiten. Vielleicht hatte man ihn entführt, sein Gedächtnis manipuliert, sodass er dachte, er sei krank gewesen und hatte ihn an diesem Ort aufwachen lassen. Man hatte sein Zimmer nachgebaut, zwei Frauen zum Leuchten gebracht und sich diese vollkommen verrückte aber doch plausible Geschichte ausgedacht.

Vielleicht war aber auch jedes einzelne Wort, das er gehört hatte wahr. Und wenn sie ihm bedingungslos die Wahrheit erzählt hatten, dann stand eines ganz sicher fest: Er war letzte Nacht wirklich gestorben.

Tränen rollten über seine Wangen und er drehte sich von Hannah und Anna weg. Wieso? Wieso hatte er sterben müssen? Er war noch so jung gewesen. Er hatte noch alles vor sich gehabt.

Darren drehte sich zurück zu den Frauen: „Also stimmt es? Ich bin wirklich tot?" „Ja, Darren. Du bist letzte Nacht gestorben und seitdem bist du hier bei uns", sagte Anna. Ihre Mimik strotzte nur so vor dieser merkwürdigen, klinischen Empathie.

Darren wusste nicht, was er sagen sollte. Er konnte es immer noch nicht richtig glauben; wollte es leugnen, es nicht einsehen, es nicht verstehen. Aber unterbewusst spürte er, dass diese Engel ihm die Wahrheit gesagt hatten. Zum ersten Mal, seitdem er sich an diesem geheimnisvollen Ort befand, war er sich sicher, dass er nicht wieder in sein altes Leben würde zurückkehren können.

„Aber warum musste ich sterben? Wenn Gott diesen ach so perfekten Bauplan entworfen hat, wieso musste ich dann in so jungem Alter die Erde verlassen. Warum darf ich meine Familie nicht wiedersehen, während andere Menschen leben bis sie steinalt sind?" Jetzt hatte er die Engel erstmals sehr laut angeschrien. Wie konnten sie ihm nur so tiefenentspannt erklären, dass er tot war und so tun, als wäre es eine Selbstverständlichkeit?

„Aber Darren", sagte Hannah freundlich und lächelte weiter, als hätte er in einem normalen Tonfall mit ihr gesprochen. „Der Grund weshalb du früh sterben musstest, ist leicht zu erklären. Es war der Zufall, der dich dein Leben gekostet hat." „Habt ihr mich nicht richtig verstanden?", schrie Darren weiter. „Ich frage euch, wieso ich sterben musste. Ihr erklärt mir hier ausführlich, dass die gesamte Welt einem perfekten Plan unterliegt, aber ich musste mit 18 Jahren sterben. Wegen einem Zufall?"

„Ja Darren", antwortete Anna, „und genau deswegen bist du hier. Denn Gottes Plan beinhaltet eine zufällige Aufteilung menschlicher Seelen. Die Entscheidung darüber, wo du geboren wirst obliegt nicht dir selbst und auch nicht Gott. Denn Gott greift nicht in das Weltgeschehen ein, das haben wir dir schließlich erklärt. Die Entscheidung darüber, wo du geboren wirst und welche Gene du hast, wird durch die Macht des Zufalls entschieden. Durch eine Lotterie, die wir in den Räumlichkeiten, in denen du dich befindest, täglich betreiben. Diese Lotterie hat darüber entschieden, dass du Darren Jackson werden solltest. Und mit dieser Entscheidung ging einher, dass du mit 18 Jahren an Krebs erkranken würdest, weil es aufgrund deiner Gene unvermeidbar war."

Darren war sprachlos. Eine Lotterie? Das war doch unmöglich. Er war Darren Jackson. Das war schon immer so gewesen und würde auch immer so sein. Es konnte nicht dem Zufall entspringen. Er wollte weiterschreien, weiterprotestieren, aber die Engel schauten ihn locker und unbeeindruckt an. Kurz schloss er die Augen und nahm sich dann ein weiteres Mal vor, sich auf dieses absurde Gespräch, diese absurde Situation, einzulassen. „Was soll das für eine Lotterie sein?", fragte er schließlich.

„Wie genau sie funktioniert, das erklären wir dir morgen, Darren", sagte Anna. „Sie befindet sich hinter dieser Tür." Sie deutete auf eine der vielen Türen, die vom großen Raum abgingen. Es war eine große Doppeltür. „Du wirst morgen einen kleinen Rundgang durch unsere Räumlichkeiten erhalten und wir werden alle deine übrigen Fragen klären. Wenn du dich aber immer noch wunderst, wieso du hier bist: Der Zufall hat es entschieden. Unsere Lotterie entscheidet darüber, welcher Mensch welche Seele zugeteilt bekommt. Allerdings wählt sie auch immer zufällig Menschen aus, die uns bei unserer Arbeit hier helfen. Denn es gibt jeden Tag viel zu tun und es wäre fatal, wenn die Lotterie einmal nicht in Betrieb wäre. Zwei weitere Frauen arbeiten momentan hier. Du wirst sie morgen kennenlernen. Es wurde also zufällig entschieden, dass du nach deinem Tod hier arbeiten solltest. Es hätte genauso auch jemand anderen treffen können, der gestern verstorben ist."

„Und was mache ich dann heute noch?", fragte Darren niedergeschlagen. Er hatte seine Rebellion aufgegeben. Egal, was er fragte und sagte, die Engel hatten immer die perfekte Antwort auf Lager und waren geduldig und verständnisvoll. „Bleib hier Darren und wir bringen dir etwas zu essen. Danach schlagen wir vor, dass du dich wieder schlafen legst. Du hast viel zu verarbeiten und wirst deine Ruhe brauchen."

Hannah und Anna standen auf und gingen durch eine der Türen. Nur eine Minute später kehrten sie mit einem kleinen Speisewagen zurück. Er erblickte eine große Pizza, zwei Burger, verschiedene Nudelgerichte und eine große Auswahl an Getränken darauf. „Komm, Darren", sagte Hannah und deutete auf einen Tisch in einer Ecke des Raumes, der ihm vorher gar nicht aufgefallen war. Er stieg die schmale Treppe wieder empor und verließ den inneren Kreis des Raumes. „Setz dich", sagte Anna. „Iss so viel du willst und lass den Rest übrig, wir kümmern uns darum."

Darren setzte sich auf einen der Stühle und schaufelte sich ein paar große Löffel Nudeln mit Soße auf seinen Teller. Vor lauter Wut, Panik und Trauer hatte er verdrängt, wie hungrig er eigentlich war. „Wie konntet ihr das so schnell zubereiten?", fragte er die Engel. Alle Gerichte waren ganz frisch und noch heiß. „Wir haben einen exzellenten Koch", sagte Hannah und zwinkerte ihm zu. Sie drehte sich zu Anna um und sie lachten beide kurz. Dann gingen sie zurück auf ihre ledernen Bürostühle und widmeten sich wieder den vielen verschiedenen Bildschirmen und Anzeigen um sie herum.

Darren aß zwei Teller Nudeln und anschließend noch einen der Burger. Er schüttete sich ein großes Glas Dr.Pepper ein und trank es in einem Zug leer. Dasselbe wiederholte er mit ein paar anderen der Getränke. Seitdem er krank geworden war, hatte seine Mutter auf jede noch so kleine Maßnahme gepocht, die die Gesundheit verbesserte. Daher hatte es zuhause nur noch Wasser und Saft sowie vitaminreiches, nahrhaftes Essen gegeben.

Als er fertig war, stand er auf und ließ alles stehen, so wie die Engel es gesagt hatten. Er ging zurück in das Zimmer, in dem er am heutigen Morgen aufgewacht war. Als er sich umsah, musste er zu seinem Erstaunen feststellen, dass wirklich jedes noch so kleine Detail seines originalen Zimmers übernommen worden war. Die Poster waren an denselben Stellen eingerissen, wie die in seinem Zimmer in Cincidoncee und auch die Möbel hatten dieselben Kerben und Gebrauchsspuren. An seinem Schreibtisch erkannte er verschiedene Filzstiftabdrücke, die er mit acht Jahren versehentlich darauf gemalt hatte. Entweder waren die Engel die größten Perfektionisten, die es gab und hatten jedes noch so kleine Detail seines Zimmers übernommen oder man hatte seine eigenen Möbel hierhergebracht. Beides schien ihm so absurd, dass er sich auf sein Bett legte und versuchte, auf andere Gedanken zu kommen.

Darrens Kopf schmerzte. Er schloss die Augen und atmete tief durch. Er wusste nicht genau, was er von alldem halten sollte, was die Engel ihm gesagt hatten. Wieso musste denn ausgerechnet er so ein Pech haben? Womit hatte er das verdient? Er hatte doch niemals jemandem etwas angetan und nie Straftaten oder Sünden begangen. Es gab bestimmt andere Menschen, die dieses Schicksal viel mehr verdient hatten. Wie konnte Gottes perfekter Plan zugelassen haben, dass er jetzt hier war? Wenn es diese Lotterie wirklich gab, dann hatte sie ihm zweimal großes Unglück beschert. Erst hatte sie ihn dazu verdammt, an Krebs zu erkranken und jetzt durfte er nicht seinen Frieden finden und musste dabei mithelfen, sie weiter zu betreiben.

Er stand wieder auf und lief planlos im Zimmer hin und her. Auf seinem Schreibtisch entdeckte er dann einen Zettel und eine kleine Schachtel, die ihm vorher nicht aufgefallen war. In schnörkeliger Schrift stand darauf etwas geschrieben: „Hallo Darren. Vermutlich schwirren immer noch viele Fragen in deinem Kopf herum. In dieser kleinen Box findest du eine Tablette, die es dir ermöglichen wird, bis zum nächsten Morgen durchzuschlafen. Ein guter langer Schlaf wird dir dabei helfen, deine Gedanken zu sortieren. Bis morgen. Deine Hannah und deine Anna."

Darren legte den Zettel beiseite und öffnete die kleine Schachtel. Auf jeden Fall würde er diese Tablette gleich schlucken. Er brauchte wirklich Ruhe und musste sich erholen. Vorher musste er sich aber noch überlegen, wie er mit seiner Situation umgehen würde. Sollte er ab morgen einfach so diesen Engeln bei ihrer Lotterie helfen? Dieser verdammten Lotterie, die ihm so viel Leid beschert hatte? Nein, wieso sollte er das tun? Was schuldete er diesen Frauen schon? Er musste wenigstens noch ein letztes Mal versuchen, diesem Ort zu entfliehen. Er durfte noch nicht tot sein. Es musste einen Weg zurück geben. Er musste irgendwie zurück in diesen Tunnel. Und dieses Mal würde er wieder zurück in sein Leben laufen.

Er zerkaute die kleine weiße Tablette, legte sich in sein Bett und fiel sofort in einen tiefen, friedlichen Schlaf.

∼

Langeweile. Frustration. Mittagshitze. „Dad, muss ich da wirklich hin?" Ein klagender Darren Jackson saß auf der Rückbank des großen Ford seines Vaters. Sieben Jahre jung, in geringeltem Pullover, Khakis und weißen Sneakers. „Du wirst es mögen, glaub mir", sagte sein Vater Howard und schaute seinen Sohn im Rückspiegel an. „Ich kaufe dir auch einen Burger", fügte er hinzu und das Gesicht seines Sohns hellte auf. „Aber hoffentlich dauert es nicht so lange. Ich will noch den Film fertig schauen, Dad." „Es wird so lange dauern, wie es dauert, Darren. Lass dich doch bitte darauf ein. Du sitzt den ganzen Tag nur zuhause. Deine Mutter und ich halten es für das Beste, wenn du dir ein paar außerschulische Beschäftigungen suchst. Du bist ein kräftiger, junger Bursche; mach etwas daraus. Andere Kinder träumen vom Sport, aber bringen nicht die körperlichen Voraussetzungen mit. Du solltest dankbar für den Körper sein, mit dem der liebe Gott dich ausgestattet hat." „Ich will meine Zeit so verbringen, wie ich es möchte", schnaubte Darren, verschränkte die Arme vor der Brust und schaute aus dem getönten Fenster. Er hatte keine Lust, sich immer alles vorschreiben zu lassen.

Sein Vater atmete erst entnervt aus und schmunzelte anschließend beim Anblick seines bockigen Sohnes auf der Rückbank, während sie sich immer weiter dem Stadion des lokalen College Footballteams näherten.

Darren und sein Vater betraten die vollgepackte Tribüne. Es waren wichtige Spiele, die das Team des East-Pine College zu bestreiten hatte und viele Besucher hatten sich an diesem Sonntagnachmittag aufgerafft und den Weg zum Campus auf sich genommen. Die fliegenden Händler liefen durch die dichten Reihen des Publikums und Darren bekam seinen versprochenen Burger und dazu ein Glas Limonade. Wenige Minuten später begann das Spiel. Laute Rufe von Trainerbank und Tribüne, viele Emotionen auf dem Platz. Darren beschwerte sich nicht mehr darüber, dass sie weg-

gefahren waren. Interessiert stellte er Fragen über Fragen nach den Regeln, begann bei den Touchdowns, in den tosenden Jubel einzustimmen und verfolgte gebannt das Spielgeschehen.

Während er dem Spiel zuschaute, spürte Darren etwas, das er noch nie zuvor gespürt hatte. Ein Kribbeln in der Brust; eine Begeisterung, die ihn durchströmte. Er wusste nicht, woher es kam oder was es war. Er wusste aber, dass er dieses Gefühl in Zukunft öfter spüren wollte – und zwar so oft wie möglich.

Nach ein paar Stunden saßen Vater und Sohn wieder im Auto auf dem Weg nach Hause. Der junge Darren sprach mit Begeisterung von der Interception des East-Pine College Teams. „Siehst du Darren, stell dir jetzt mal vor, ich hätte dich zuhause gelassen." Verlegen schaute Darren auf den Boden des Autos. „Hast ja Recht, Dad. Aber ich hatte doch keine Ahnung, was ich sehen würde. Ich dachte, es wird langweilig und wir sitzen nur so rum – ohne dass etwas Aufregendes passiert." „Vielleicht solltest du deshalb ein bisschen öfter auf mich und deine Mutter hören", sagte sein Vater, drehte sich kurz um und zwinkerte ihm zu. „Weißt du, wir haben eben schon viel erlebt, deine Mutter und ich. Und wenn wir dir etwas Neues zeigen, dann nur, weil wir selber schon gute Erfahrungen damit gemacht haben und dir die Möglichkeit geben möchten, diese Dinge auch zu erleben." „Aber nicht alles, was ihr mir zeigt, gefällt mir, Dad", sagte Darren und lachte. „Ich werde niemals lieber Blumenkohl als einen Burger essen." Auch Howard musste lachen.

„Vielleicht nicht, Darren. Vielleicht nicht. Aber es ist so – deine Mutter und ich haben uns überlegt, dass du dich

selber ja auch daran ausprobieren könntest, Football zu spielen. Schließlich hat es dir heute auch so gut gefallen." "Ich selbst soll spielen?" "Ja, Darren. Es gibt Schulteams, das wäre kein Problem. Und du bist körperlich dazu veranlagt, glaub mir." "Bitte, Dad, das will ich machen. Und irgendwann spiele ich auch für das Team vom East-Pine College." Howard Jackson lachte. "Okay, Darren, dann melden wir dich an." "Danke Dad. Und nimm mich das nächste Mal auch mit zum Spiel." "Das mache ich. Wenn du das so möchtest, dann machen wir das so." Mit einem Lächeln auf den Lippen fuhr Howard seinen Sohn zurück nach Hause. Dieser schaute aus dem Fenster und träumte von den perfekten Würfen und Sprints, die er heute gesehen hatte. So gut wollte er auch eines Tages spielen können. Er wollte von nun an alles dafür tun.

3. Die Macht unserer Entscheidungen

Verschlafen wachte Darren am nächsten Morgen in seinem Bett auf. Er setzte sich auf, schaute sich in seinem Zimmer um und atmete tief durch. Die Ereignisse der letzten zwei Tage fühlten sich immer noch unwirklich und wie ein Traum an. Aber er war sich inzwischen sicher, dass keiner der Momente seiner Einbildung entsprungen war. Er musste nun versuchen sich zu befreien. Er musste diesen Ort verlassen.

Noch immer müde und schlapp lief er zu seinem Schrank und suchte sich ein T-Shirt und eine Jeans heraus. Frisch eingekleidet stellte er sich vor den Spiegel und betrachtete sich. Er sah gut aus. Seine dunkelblonden Haare würden mit ein bisschen Gel perfekt aussehen. Ihre Länge war genauso, wie er sie immer beim Friseur schneiden ließ. Er hatte breite Schultern und seine Arme waren so muskulös, wie vor einem Jahr. Damals war er zusätzlich zum Footballtraining fast täglich ins Fitnessstudio gegangen.

Kurz blieb er stehen und genoss, was er da im Spiegel sah. Es war, als hätte man seinen Körper in den Zustand transformiert, in dem er sich am wohlsten fühlte. Selbstbewusst verließ er sein Zimmer.

Heute war es nicht Radio Gaga, das laut aus den großen Boxen schallte, sondern Bohemian Rhapsody. Die Engel wippten auf ihren Stühlen im Takt hin und her, ihre Gesichter blieben dabei aber emotionslos und konzentriert. Kurz schaute er diesem kuriosen Geschehen zu, dann näherte er sich dem inneren Kreis des Raumes, dessen Bildschirme alle hell leuchteten und viele Daten anzeigten. Als die Engel ihn kommen hörten, schalteten sie die Musik aus und schauten ihn beide an. Wie schon gestern lächelten sie freundlich und machten den Eindruck als würden sie nichts lieber tun, als ihm gleich ihre Räumlichkeiten zu zeigen. Auch heute wirkte ihr Lächeln jedoch aufgesetzt und mechanisch.

Darren versuchte sich zu fokussieren. Es durfte gar nicht erst dazu kommen, dass sie ihm diese Lotterie zeigten. Er würde dieses Spiel nicht weiter mitspielen.

„Guten Morgen", begrüßte er Hannah und Anna. „Guten Morgen, Darren", antworteten sie synchron. „Ihr möchtet mich heute also in eure Arbeit einführen?" „Richtig, Darren", sagte Anna. „Du bekommst aber anschließend noch einen Tag frei, damit du ein bisschen Ruhe und Zeit für dich hast." „Also, ich glaube, dass ich das so nicht akzeptieren kann", sagte er. Das permanente Lächeln der Engel machte ihn unsicher und seine Stimme wurde wackelig. Ihre freundliche Fassade wirkte so, als könne nichts, was er ihnen sagen würde, sie von seinem Plan überzeugen.

„Ich muss wieder zurück", sprach er weiter. „Ich muss meine Familie wiedersehen. Ich war krank, ja. Aber ich stehe doch jetzt gesund vor euch. Wieso kann ich nicht zurück?" „Aber Darren, glaubst du wirklich, dass dein jetziger Körper auch der Körper ist, in dem du gelebt hast?", fragte Hannah. „Was sollte es denn sonst für ein Körper sein?", fragte er verärgert. Schon wieder blockten sie seine Fragen ab. „Darren, dein Körper ist lediglich eine Hülle deiner Seele. Und deine Hülle, in der du dein Leben verbracht hast, ist an den Folgen deiner Krebserkrankung gestorben. Deine Seele hat aber weitergelebt und wurde mit einer neuen Hülle versehen, als du deine Welt verlassen hast."

Darren schaute an sich herab. Schon wieder hatten sie ihn mit einer Logik konfrontiert, der er sich nicht entziehen konnte. Kein normaler Körper war imstande, in ein paar Sekunden Haare wachsen zu lassen und die Muskulatur aufzubauen. Eigentlich hätte er von selbst darauf kommen müssen, dass er einen neuen Körper hatte. Aber gab es tatsächlich so etwas, wie eine Seele? War der Körper lediglich eine Hülle, weiter nichts?

Aus einer Ahnung heraus zog er den Ärmel seines Pullovers hoch. Jetzt konnte er sich sicher sein, dass sein Körper neu war. Die große, längliche Narbe an seinem Unterarm war verschwunden. Als kleines Kind hatte er sich an der offenen Kante eines Maschendrahtzauns verhakt. Als er panisch versucht hatte wegzurennen, war ein großer Riss aufgeklafft. Er hatte sich die Haut aufgerissen und die Wunde hatte genäht werden müssen.

Aber jetzt war diese Narbe verschwunden. Die Haut war ganz glatt und hatte einen gesunden Teint. Er war kerngesund. Nur, wie war das möglich? Wie hatte er so schnell einen neuen Körper bekommen können? Widersprach das nicht allen Gesetzen der Natur?

„Wir verstehen, dass das schwierig zu verarbeiten ist, Darren", sagte Anna. „Aber glaub uns, dass unser heutiger Rundgang alle deine Fragen beantworten wird. Dein alter Körper ist tot, Darren. Deine Familie beginnt gerade damit, Abschied von dir zu nehmen. Würdest du in deiner neuen Hülle zurückkehren, würde man dich für einen Geist halten und Angst vor dir haben. Du würdest deiner Familie und deinen Freunden einen riesigen Schrecken einjagen und ihnen noch mehr Leid zufügen, als sie sowieso schon ertragen müssen. Davon abgesehen kannst du nicht zurückkehren. Es ist unmöglich."

Darrens gesamte Entschlossenheit, die Engel davon zu überzeugen, dass er irgendwie in sein Leben zurückkehren musste, war verpufft. An ihrer Stelle klaffte eine große Leere. Was sollte er nur tun? Es gab keinen Weg zurück. Es gab keinen Weg voraus. Es gab nur diesen wundersamen Ort. Und diese Frauen, die sich als Engel ausgaben, hatten immer die genau richtige Antwort auf Lager. Eine Welle der Trauer durchflutete ihn beim Gedanken an seine Familie. Was sie wohl gerade machten? Wie lange sie wohl brauchen würden, um seinen Tod zu verarbeiten?

Darren setzte sich auf einen der Stühle und hielt sich beide Hände vors Gesicht. Alles würde er dafür tun, jetzt bei ihnen zu sein. Seine Eltern, Alison und seine Freunde in den Arm zu nehmen. Stattdessen war er an diesem Ort hier gefangen. Einem Ort, der aussah wie ein Bunker und von zwei leuchtenden Engeln betrieben wurde.

Er brauchte ein paar Minuten, um sich zu sammeln. Hannah und Anna gewährten ihm diese Zeit und warteten geduldig.

„Und wann geht es mit dem Rundgang los?", fragte er sie schließlich, sich in sein Schicksal fügend. „Erst musst du frühstücken, Darren. Wir haben dir schon alles bereitgestellt. Stärke dich und gib uns Bescheid, wenn du startklar bist", sagte Hannah und sah dabei ganz verzückt aus. Als würde sie sich seit Wochen auf nichts anderes als diesen Rundgang freuen.

Unzufrieden setzte Darren sich an den gedeckten Frühstückstisch und aß ein paar Pancakes. Er fühlte sich gefangen und verloren. Würde er nun wirklich sechs Monate hier verbringen müssen? Sechs Monate zusammen mit Hannah und Anna?

Obwohl – man hatte ihm gestern auch etwas von zwei anderen Mitarbeitern erzählt. Er musste sie sprechen. Musste mit jemandem sprechen, der ihm nicht immer eine rational perfekte und logische Antwort lieferte. Er musste mit einem Menschen sprechen.

Als er mit seinem Frühstück fertig war, ging er zurück zu den Engeln, die sich begeistert aus ihren Stühlen erhoben. Es war eine seltsame Freude, die die zwei Engel ausstrahlten. Überschwänglich und übertrieben und ein klein wenig beängstigend. Alle vermeintlichen Emotionen, die sie bisher gezeigt hatten, waren Darren künstlich erschienen und hatten ihn abgeschreckt. Vielleicht war diese überschwängliche Begeisterung für die eigene Arbeit aber noch viel schlimmer.

„Also Darren, dann wollen wir mal loslegen", sagte Anna. „Wir beginnen unseren Rundgang selbstverständlich hier. Von diesem großen Raum aus organisieren Hannah und ich die Lotterie – wir nennen ihn den Kontrollraum. Auf den Monitoren bekommen wir fortlaufend Updates darüber, wo auf der Welt ein Kind geboren wird. Die Nachricht über eine Geburt erreicht uns immer rund 48 Stunden im Voraus und so können wir für jeden Tag frühzeitig exakte Listen erstellen. Jeden Tag wird daher einmal gelost, welches der Neugeborenen welche Seele und somit auch welchen Persönlichkeitsbaustein zugeteilt bekommt. Soweit irgendwelche Fragen?" „Naja, was soll denn ein Persönlichkeitsbaustein sein?" „Eine gute Frage", sagte Hannah. „Das werden wir dir im großen Lotteriesaal zeigen. Zuerst zeigen wir dir aber unsere Küche, den Aufenthaltsraum und die Zimmer deiner Kolleginnen. Komm!"

Die Engel gingen voraus durch die Tür, aus der sie gestern Darrens Kaffee und Abendessen geholt hatten. Sie führte in einen langen Flur, von dem fünf Türen abzweigten. „Also Darren, dies hier ist der Mitarbeiterbereich. Du wirst ab morgen auch ein Zimmer hier haben. Normalerweise haben wir immer nur zwei Mitarbeiter, daher mussten wir dir spontan unseren Abstellraum einrichten. Zu deiner Rechten siehst du die Zimmer deiner Mitarbeiterinnen. Sie heißen Ingrid und Lalita. Im Verlauf der nächsten Tage wirst du sie kennenlernen." „Wieso habt ihr denn ab jetzt auf einmal drei Mitarbeiter?" Die Engel schauten sich an. Zum allerersten Mal meinte er, ihre perfekte Fassade geknackt zu haben. Sie schienen sich nicht sicher zu sein, was sie ihm sagen sollten und schauten ihn verlegen an. „Das können wir dir besser erklären, wenn wir im Lotterieraum sind", sagte Anna schließlich und begann wieder freundlich zu lächeln. Irgendetwas an der Tatsache, dass drei Menschen in ihren Räumlichkeiten waren, schien sie aber zu beunruhigen.

„Am Ende des Flures siehst du unseren Aufenthaltsraum. Dort haben wir ein vielfältiges Angebot an Unterhaltung. Keine Sorge, da wird es dir nicht langweilig werden." Darren schaute durch die offene Tür in ein kleines Zimmer hinein. Außer einem großen Fernseher und einer ledernen

Couch konnte er nichts erkennen. Wie er sich in diesem Raum vielfältig unterhalten sollte, war ihm schleierhaft. Hannah deutete anschließend auf die letzte Tür: „Und hier ist unsere Küche. Dort wirst du dir jedes Gericht zubereiten können, auf das du Lust hast." Sie öffnete die Tür und dahinter sah Darren eine ganz gewöhnliche Einbauküche, ohne die kleinste Besonderheit.

„Das ist unser Mitarbeiterbereich, Darren. Ab morgen wirst du zwischen den Zimmern von Lalita und Ingrid dein eigenes Zimmer erhalten. Wir kümmern uns heute noch darum. Ach ja, diese Tür führt natürlich ins Badezimmer. Aber komm mit, jetzt wird es spannend. Wir zeigen dir den Lotteriesaal." Sie verließen den Flur wieder und waren zurück im großen Kontrollraum, in dessen Mitte die Bildschirme immer noch blinkten und viele Zahlen und Namen anzeigten.

„Hier siehst du die Tür zum Zimmer von Hannah und mir", sagte Anna und zeigte auf eine kleine Tür neben dem Eingang des Mitarbeiterbereichs. „Für uns heute interessant ist aber diese Tür", sagte sie und deutete auf eine große Doppeltür zu seiner Linken. „Hinter dieser Tür wartet unsere große Lotterie, die seit Beginn der Menschheit täglich entscheidet, welcher Mensch an welchem Ort und in welcher Familie aufwächst." „Bist du bereit, dir die Lotterie mit uns anzusehen?", fragte Hannah.

Darren war sich nicht sicher, was hinter dieser Tür auf ihn warten würde. Wenn aber alles, was die Engel ihm bisher gesagt hatten der Wahrheit entsprach, dann durfte er gleich etwas betrachten, das fast allen anderen Menschen versagt blieb. Vermutlich würden andere Menschen töten, um zu sehen, wie diese Lotterie funktionierte. Ihm war etwas mulmig zumute. Aber er war gespannt, was ihn erwartete: „Ja, gehen wir."

Mit einem breiten Lächeln auf ihren Gesichtern gingen Hannah und Anna voraus und stießen die Tür auf. Darren folgte ihnen langsam und konnte nicht glauben, was für einen Raum er soeben betreten hatte. Hinter der Tür wartete ein Saal von der Größe einer riesigen Lagerhalle. Direkt unter der Decke kam eine lange Röhre aus durchsichtigem Plastik aus der Wand hervor. In einem zickzack Muster verlief diese unter der gesamten Decke des Saales entlang. Neben der Röhre war eine metallene Plattform angebracht, die im selben zickzack Muster unterhalb der Decke befestigt war. Das Rohr selbst war gefüllt mit unzähligen kleinen, weißen Kugeln, die silbern schimmerten. Es sah ein wenig so aus, als lägen in diesem langen Rohr tausende Flummis.

Von der langen Röhre gingen viele weitere Rohre ab, die sich wiederum in mehr und mehr Rohre spalteten. Sie waren alle aus demselben durchsichtigen Plastik gemacht. Die vielen Rohre verliefen alle bis zum Boden der Halle, wo sie sich jeweils in vier kleinere Rohre aufspalteten. Es waren so unendlich viele, dass Darren gar nicht erst versuchte sie zu zählen. An den Rohren angebracht waren unzählige Ventile und Klappen verschiedener Größen.

Jedes dieser Rohre mündete in ein kleines Quadrat, sobald es sich dem Boden des Saales näherte. Neben jedem dieser kleinen Quadrate war ein Bildschirm angebracht, auf dem etwas in hellem Grün geschrieben stand.

Der gesamte Raum war ausschließlich durch diese monströse Maschine gefüllt. Einzig ein großer Hebel und ein

Computer schienen kein Teil des riesigen Komplexes aus Rohren zu sein. Sie waren an der Wand direkt neben dem Eingang angebracht. Als Darren die Lotterie betrachtete, war er sich nicht einmal sicher, ob er erkennen konnte, wo sie aufhörte. Ein Ende des Raumes war nicht in Sichtweite.

Bestimmt ein paar Minuten lang stand Darren ungläubig vor dem riesigen Gebilde aus durchsichtigen Rohren und schaute es sich an. Mit jeder Sekunde bahnte sich eine neue Frage den Weg in seinen Verstand, die dann immer wieder von einer neuen, interessanteren Frage ersetzt wurde. Nachdem er es schaffte, seinen Blick von der Lotterie abzuwenden, drehte er sich zu Hannah und Anna. „Und Darren, was sagst du?"

„Sie ist … groß." Mehr war er nicht im Stande zu sagen. Die Engel lachten. „Der Anblick der Lotterie verschlägt den meisten Menschen die Sprache. Aber kommen wir zur Sache. Blicken wir einmal nach oben zu dem großen Rohr, das du dort aus der Wand kommen siehst. Der Inhalt dieser Röhre ist das wohl Kostbarste, das es gibt. Es sind menschliche Seelen. Sie sind alle unbefleckt und warten noch darauf in eine Hülle entlassen zu werden und ihre Erfahrungen zu machen. Daher leuchten sie alle in derselben silbrigen Farbe." „DAS, sind SEELEN?", fragte er verwirrt. Er hatte immer gedacht, dass die Seele eine Erfindung dieser alternativen, spirituellen Yoga-Menschen war. Niemals hätte er sich träumen lassen, dass eine Seele tatsächlich etwas Materielles war. Er war sich ja noch nicht einmal sicher gewesen, ob sie überhaupt existierte.

„Ja Darren, alle diese Kugeln sind Seelen. Ihre Form ergibt sich aber nur durch eine dünne, künstliche Hülle, die dafür sorgt, dass sie in unsere Lotterie hineinpassen und wunderbar geschmeidig durch sie hindurchrollen. Eine feste Form hat die Seele nicht. Sie muss sich stets in einer Hülle befinden. In dieser durchströmt sie jede einzelne Faser. Wenn diese Hülle stirbt, wie in deinem Fall, benötigt sie einen neuen Träger. Die Seele braucht immer eine Hülle und die Hülle braucht immer eine Seele. Deine eigene Seele erfüllt jetzt wieder jeden Teil deines neuen Körpers."

Darren blickte fasziniert zu den silbern schimmernden Kugeln hinauf. Es war wie mit den anderen Informationen, die die Engel ihm gegeben hatten. Alles war perfekt logisch und klärte Fragen, die sich jeder Mensch auf der Erde stellte. Nur erschienen ihm die Antworten immer zu simpel, als dass sie wahr sein konnten. Die Seelen von Menschen, die bald geboren werden würden, lagen in kugeliger Form in einem Rohr. Einem Rohr, das zu einer Maschine gehörte, die sie gleich zwischen den Neugeborenen des morgigen Tages verteilen würde. Ungläubig schüttelte er den Kopf und starrte die Lotterie an.

„Also muss auch ich einst eine dieser Kugeln gewesen sein und wurde in dieser Lotterie meinem Leben zugelost, nicht wahr?", fragte er. „Exakt", sagte Anna und gab ihm einen Daumen hoch. „Jeder Mensch war einst nur eine dieser Kugeln, bevor er in ein zufällig ausgewähltes Leben entlassen wurde."

„Und jetzt wird es erst richtig interessant, Darren", sagte Hannah ganz aufgeregt. „Wenn du jemandem erklären müsstest, wie es dazu kam, dass du der Mensch bist, der du heute bist: Was würdest du sagen? Was glaubst du macht einen Menschen zu dem Menschen, der er ist? Du wirst an dieser Frage erkennen, wie groß der Einfluss der Lotterie auf dein Leben war." „Ich schätze meine Kindheit und meine Erziehung haben mich sehr geprägt", sagte Darren. „Ohne meinen Dad hätte ich nie die Liebe für Football entdeckt." „Eine kluge Antwort", sagte Hannah und nickte ihm begeistert zu. „Was du beschreibst, sind die äußeren Einflüsse, denen jeder Mensch ausgesetzt ist. Über diese Einflüsse entscheidet unsere Lotterie. Du hättest schließlich auch in einem anderen Land oder einer anderen Familie geboren werden können und dein Leben wäre ganz anders gewesen." „Wenn es aber darum geht, wie sich das Leben eines Menschen entwickelt", fuhr Anna fort, „spielen die äußeren Einflüsse nur zu einem Drittel eine Rolle. Oder glaubst du etwa, ein Mensch ist das reine Ergebnis der Einflüsse, denen er ausgesetzt ist? Das wäre doch furchtbar traurig, nicht wahr?" „Vielleicht sind manche Eigenschaften eines Menschen auch schon vor seiner Geburt festgelegt. Manche Kinder sind schüchtern, manche sind sehr selbstbewusst, ohne dass es dafür einen Grund gibt", sagte Darren.

„Hervorragend", sagte Anna: „Die Seelen, die du dort oben siehst, enthalten alle einen Persönlichkeitsbaustein. Gott hat bei seiner Schöpfung eine Milliarde verschiedene Persönlichkeitsbausteine erschaffen und jeder ist individuell. Es ist nicht in Worte zu fassen, wie so ein Baustein funktioniert. Jede Persönlichkeit hat ihre eigenen Facetten, Macken und Talente. Jedenfalls macht dieser Persönlichkeitsbaustein, genauso wie die äußeren Einflüsse, ein weiteres Drittel des Wesens eines Menschen aus. Hast du noch eine Idee, was das letzte Drittel sein könnte, das bestimmt, wie ein Mensch ist und wie er sich in seinem Leben entfaltet?"

Darren dachte nach. Wenn er so auf sein Leben zurückblickte, dann konnte er tatsächlich genau diese zwei Drittel erkennen, die bestimmt hatten, wie sich sein Leben entwickelt hatte. Schon immer war er sehr selbstbewusst gewesen und hatte gerne Verantwortung übernommen. Das musste irgendwie in seinem eigenen Persönlichkeitsbaustein verankert gewesen sein. Genauso waren die wichtigsten Eckdaten seines Lebens durch den äußeren Einfluss seiner Eltern bestimmt worden. Sein Wohnort, seine Schule, seine Religion und sogar seine Hobbies waren von seinen Eltern ausgewählt worden. Was die dritte Komponente sein sollte, die das Leben bestimmte, war ihm aber ein Rätsel. Jeder Moment in seinem Leben erschien ihm wie das perfekt logische Ergebnis aus seiner individuellen Persönlichkeit und dem Einfluss seines Umfeldes.

„Nein, es fällt mir nicht ein", sagte er schließlich. „Das ist auch nicht verwunderlich", sagte Hannah und lachte. „Noch nie hat jemand die dritte Komponente gewusst. Dabei ist die dritte Komponente wohl die Wichtigste von allen drei. Es sind die Entscheidungen, die ein Mensch fällt, die ihn zu dem machen, der er ist. Die Entscheidungen eines Menschen bestimmen ebenfalls zu einem Drittel seine Persönlichkeit und den Werdegang seines Lebens." „Aber sind unsere Entscheidungen nicht an unsere Persönlichkeit und unsere äußeren Einflüsse gebunden?" Die Engel lachten beide.

„Diese Frage stellt uns jeder, Darren", sagte Anna. „Und du hast natürlich Recht. Allerdings beeinflussen alle drei Komponenten sich gegenseitig und stehen in ständiger Wechselwirkung zueinander. Überleg, wie dein eigenes Leben verlaufen ist. Deine Persönlichkeit und dein Umfeld haben dich zu dem gemacht, der du bist. Aber zu jedem Zeitpunkt deines Lebens hattest du die Möglichkeit, Entscheidungen zu treffen, die deine Persönlichkeit und dein Umfeld hätten verändern können. Jede Entscheidung, die du getroffen hast, hat deine Persönlichkeit geprägt. Genauso konnte man jede einzelne deiner Entscheidungen zu einem gewissen Anteil auf deine Persönlichkeit zurückführen.

Mit deinen äußeren Einflüssen ist es dasselbe. Denn die Entscheidung darüber, mit wem du deine Zeit verbringst und wo du wohnst, beeinflusst deine äußeren Einflüsse. Und deine äußeren Einflüsse haben deine Entscheidungen geprägt, in Bezug auf deine Freunde und deinen Wohnort. Sag uns, Darren: Wo wolltest du aufs College gehen?"

Darren brauchte eine Weile, um auf die Frage zu reagieren. Zu beeindruckt war er von dem, was die Engel ihm soeben gesagt hatten. „Ich hatte vor, in Denver zu studieren. Dort wäre ich nicht weit weg von meiner Familie gewesen und sie haben dort ein gutes Footballteam." „Ein exzellentes Beispiel, um den Einfluss der drei Komponenten zu zeigen", sagte Hannah und strahlte. „Deine äußeren Einflüsse, eine Familie, der du nahe sein willst, haben dich dazu gebracht, die Entscheidung zu treffen, in Denver zu studieren. Allerdings hat diese Entscheidung im Umkehrschluss auch wieder dazu geführt, dass deine äußeren Einflüsse sich nicht besonders verändern. Ebenso kann man deinen Persönlichkeitsbaustein in dieser Entscheidung erkennen. Du bist anscheinend niemand, der das Abenteuer sucht und verreist. Du bist ein Mensch, der gerne sein gewohntes Umfeld um sich hat. Darum wolltest du Colorado nicht verlassen. Wäre in deinem Persönlichkeitsbaustein eine größere Lust darauf verankert gewesen, Neues kennenzulernen, so hättest du dir vermutlich ein anderes College mit einem guten Footballteam außerhalb von Colorado gesucht."

Darren schaute tief beeindruckt die Lotterie an. Sein gesamtes Leben war durch diese Maschine geprägt worden. Alles, was er für selbstverständlich gehalten hatte, war eigentlich nur ein Ergebnis des Zufalls gewesen. Das Ergebnis einer Kugel, die in ein Quadrat gerollt war. Sein Persönlichkeitsbaustein und sein äußeres Umfeld waren von der Lotterie bestimmt worden. Nur durch seine Entscheidungen hatte er die Möglichkeit gehabt, sein Leben anders zu gestalten.

Allerdings kam es ihm rückblickend nicht so vor, als wäre er in seinen Entscheidungen besonders frei gewesen. Zu groß kam ihm der Einfluss von Persönlichkeit und seinem Umfeld vor. „Mir erscheint der Anteil meiner Entscheidungen nicht groß genug, um ihnen so viel Einfluss auf mein Leben zuzusprechen", sagte er.

„Aber Darren. Die Rechnung mit den Dritteln ist doch nur sehr grob und stellt lediglich eine Orientierung da, um die Geschehnisse auf der Erde zu verstehen", antwortete Anna. „Es gibt Menschen, die es ihr ganzes Leben lang nicht schaffen, sich von ihren äußeren Einflüssen zu befreien. Genauso gibt es Menschen, die durch ihre Entscheidungen ihr äußeres Umfeld komplett verändern. Sie verlassen ihren Heimatort und ihre Familie und kehren nie wieder zurück. Auch gibt es Menschen, deren Persönlichkeit sich durch ihre Erziehung so stark verändert, dass von ihrem anfänglichen Persönlichkeitsbaustein irgendwann gar nichts mehr zu erkennen ist. Auch wenn der Einfluss deines Umfeldes und deines Persönlichkeitsbausteines groß waren, so hättest du trotzdem jederzeit Entscheidungen treffen können, die diese zwei Komponenten vollkommen verändert hätten. Jeder Mensch ist frei in seinen Entscheidungen. So hat Gott die Menschen erschaffen. Er wollte immer, dass es auf der Welt keine einzige Struktur gibt, die man nicht verändern kann. Nichts ist für immer vorbestimmt und unveränderlich. Ist das nicht großartig?"

„Ja, ich schätze das ist eine gute Sache", sagte Darren nachdenklich. Auf einmal wünschte er sich noch viel intensiver, in sein Leben zurückkehren zu können. Mit dem Wissen, das er soeben erlangt hatte, würde alles ganz anders verlaufen, als er es geplant hatte. Er hätte nun einen klareren Blick auf sein Leben. Vielleicht würde er jetzt andere Entscheidungen treffen. Vielleicht war es ein Fehler gewesen, so oft auf seine Eltern zu hören und ihren Ideen für seine Zukunft nahezu immer zu folgen.

„Wir wissen, dass das jetzt sehr viel Information auf einmal ist, Darren. Und genau deswegen, bekommst du auch noch einen Tag freie Zeit, sobald wir hier fertig sind. Da wir unerwartet nun drei Mitarbeiter haben, sind wir sowieso nicht zwangsläufig auf deine Hilfe angewiesen. Wir werden Schichten einteilen und du wirst dich mit Ingrid und Lalita abwechseln." „Was soll das heißen, es gibt unerwartet drei Mitarbeiter?", fragte er, herausgerissen aus seiner Melancholie. Erneut meinte er auf den Gesichtern der Engel so etwas wie Enttäuschung zu sehen. War Hannah vielleicht sogar ein klein wenig rot angelaufen? „Komm mit Darren, wir werden es dir zeigen", sagte Anna. Sie lächelte ihn an, aber es war ein anderes Lächeln als sonst. Auch künstlich und aufgesetzt, aber vor allem gezwungen. Als solle es lediglich eine andere Emotion überdecken.

Er folgte Hannah und Anna in eine der vielen Reihen hinein, zwischen den vielen Rohren hindurch. „Wir sind fast fertig mit unserem Rundgang, Darren. Schau kurz auf die Enden der Rohre. Wie du siehst, münden sie alle in kleinen Quadraten. Jeden Abend bestimmt ein Zufallsgenerator die Aufteilung der Kinder, die am folgenden Tag geboren werden, auf die Quadrate. Wenn wir die Lotterie einschalten, rollen alle Seelenkugeln durch die Rohre hindurch und landen in einem."

Darren blickte auf einen der kleinen Bildschirme, die neben jedem Quadrat angebracht waren. „Jeff McCane – Glasgow, Scotland" stand in der grellen, grünen Schrift darauf. Die Seele, die in dieses Quadrat fallen würde, musste also in Schottland aufwachsen.

„Die Aufgabe unserer Mitarbeiter ist dabei die Kontrolle der Quadrate und Seelen. Jede Seelenkugel muss in einem der Quadrate landen. Wenn sie sich irgendwo verhakt oder stecken bleibt, muss ein Mitarbeiter durch eine der vielen angebrachten Klappen hindurchgreifen und sie wieder zum Rollen bringen." „Könnten diese Arbeit nicht Maschinen machen?", fragte Darren. „Ja das wäre möglich. Und wir haben es ausprobiert, Darren." Die Engel schauten kurz traurig auf den Boden. „Als wir dies jedoch testeten, kam eine der Kugeln nicht in ihrem Quadrat an und ein Kind wurde ohne Seele geboren. Es starb noch am selben Tag."

Kurz herrschte Schweigen und Darren traute sich nicht etwas zu sagen. „Daher sind wir auf menschliche Mitarbeiter angewiesen. Roboter interessiert es nicht, ob die Kugeln ihren Weg in die Quadrate finden, Menschen hingegen schon. Wir brauchen die Kontrolle der Lotterie durch Menschen, um zu gewährleisten, dass jede Kugel in einem

Quadrat landet. Und es ist der vielleicht wichtigste Job, den ein Mensch machen kann; du solltest dich also geehrt fühlen, ihn auszuüben."

Ohne weitere Worte liefen Hannah und Anna weiter und Darren folgte ihnen. Sie liefen durch die gesamte Lotterie hindurch, bis ans andere Ende der großen Lagerhalle. Darren war über die ungeheure Größe der Lotterie erstaunt. Mehrere Minuten lang liefen sie den langen Flur entlang, während sich über ihnen das verzweigte System aus Rohren fortsetzte.

Am Ende der Reihe angekommen, sah er ein weiteres Rohr aus der Wand herauskommen. Ein kleiner Bildschirm war daneben angebracht und es war im Gegensatz zu den anderen Rohren sehr kurz. „Aus diesem Rohr, Darren, kommen unsere Mitarbeiter zu uns. Wenn ihre Seelen auf dem Weg in den Himmel sind, kommen sie stattdessen zu uns. Auf diesem Computer schalten wir alle drei Monate einen Zufallsgenerator ein, der eine der Seelen auswählt, die gerade die Erde verlässt. Alle drei Monate verlässt uns ebenfalls ein Mitarbeiter und darf in das Licht eintreten. Wir müssen dir leider mitteilen, dass es nicht vorgesehen war, dass du zu uns gekommen bist. Dieser Computer muss eine Macke gehabt haben und hat dich aus Versehen zu uns geholt. Wir konnten bisher noch nicht herausfinden, wie uns ein solcher Fehler unterlaufen konnte. Darum bist du auch schon den Tunnel entlanggegangen und hast vor dem Licht gestanden. Wir waren nicht darauf vorbereitet, dich zu uns zu holen. Wir hoffen, du kannst uns diesen Fehler verzeihen, Darren."

Darren starrte Hannah und Anna ungläubig an. Auf alle seine Fragen hatten sie immer die perfekt passende Antwort gehabt. Sie waren ihm wie fehlerlose, roboterähnliche Menschen erschienen. Der einzige Fehler, der ihnen in ihrem perfekten Dasein unterlaufen war, hatte ihn hierhergebracht.

Er wusste nicht, was er sagen sollte. Vermutlich hätte er schreien sollen. Vermutlich hätte er wütend auf die Engel sein sollen. Komischerweise erschienen sie ihm aber zum ersten Mal zumindest ein klein wenig sympathisch.

„Wenn es nicht vorgesehen war, dass ich hierherkomme, wieso kann ich dann nicht wieder gehen?" „Das geht nicht, Darren. Die Betreibung der Lotterie obliegt strengen Regeln. Wir können nur alle drei Monate einen unserer Mitarbeiter entlassen. Und Ingrid und Lalita warten schon länger als du darauf, diesen Ort zu verlassen. Sie deinetwegen länger hierzubehalten würde unseren Prinzipien widersprechen", sagte Hannah. „Es tut uns wirklich von ganzem Herzen leid, Darren", redete Anna weiter und sah ihm tief in die Augen. Dieses Mal wusste er, dass sie es wirklich so meinte.

Er war nicht wütend. Er war einfach traurig. Traurig, weil er hier sein musste. Traurig, weil in seinem Kopf parallel zu jedem Gedanken die Frage auftauchte, wie es wohl gerade den Menschen ging, die er auf der Erde zurückgelassen hatte.

„Wir sind für heute fertig, Darren", sagte Anna, nachdem einen kurzen Moment Stille geherrscht hatte. „Wir müssen gleich die tägliche Verlosung durchführen. Geh du in dein Zimmer, benutze unseren Aufenthaltsraum und iss deine Lieblingsgerichte. Deine erste Schicht haben wir für übermorgen angesetzt. Hast du noch Fragen?"

Darren dachte nach. Eigentlich hatte er noch viele Fragen, auf die er Antworten wollte. Jetzt gerade wollte er sich aber einfach nur hinlegen. Er würde in der Küche vorbeischauen und sich etwas zu Essen suchen und dann versuchen, irgendwie mit dieser Situation zurechtzukommen. Als er gerade sagen wollte, dass er in sein Zimmer zurückgehen wolle, fiel ihm doch noch eine Frage ein. Es wunderte ihn, dass er sie nicht schon vorher gestellt hatte. Eigentlich war sie doch so offensichtlich, dass er sie direkt hatte stellen müssen.

„Wo befindet sich all das hier? Sind wir irgendwo im Weltraum oder tief unter der Erde? Irgendwo müssen wir uns doch gerade befinden. Ich meine, diese Halle hier ist riesig." „Das ist eine interessante Frage, Darren", sagte Hannah. „Du musst es dir so vorstellen: Die Welt, in der du gelebt hast und der Ort, an dem wir uns befinden, existieren nebeneinander, aber ohne sich räumlich zu überschneiden. Der Begriff, den ihr Menschen verwendet, um dieses Phänomen zu beschreiben, heißt Dimension. Man könnte also sagen, wir befinden uns in einer anderen Dimension als die Erde." „Okay, ich glaube ich werde mich dann ausruhen", sagte Darren und atmete laut aus. Hätte er doch besser nicht gefragt. Sein Schädel brummte inzwischen vor lauter neuem Wissen und skurrilen Wahrheiten.

Also ging er mit Hannah und Anna den langen Weg zwischen den vielen Rohren der Lotterie wieder zurück; zurück zu der großen Tür, durch die er vor einer halben Stunde hineingekommen war. „Ah, sehr pünktlich, hervorragend", sagte Anna und schaute zur Tür. Zwei Frauen standen vor dem Ausgang des Lotteriesaales. Die eine Frau hatte schulterlange blonde Haare und blaue Augen. Sie trug ein dunkelblaues, altmodisches Kleid. Darren schätzte sie um die 30 Jahre. Neben ihr stand eine Frau, die etwas jünger aussah. Sie hatte dunkle Haut und schwarze Haare. Sie musste Lalita sein. Vermutlich war sie eine Inderin. Sie trug ein Gewand, das eine Inderin an seiner High-School schon einmal getragen hatte. Es war mit bunten Mustern verziert. Sie schauten ihn beide freundlich aber auch nachdenklich an und begrüßten ihn. „Also Darren, das sind deine Mitarbeiterinnen Ingrid und Lalita. In den nächsten Wochen werdet ihr einander bestimmt gut kennenlernen. Geh nun aber in dein Zimmer und ruhe dich aus. Wir müssen hier jetzt arbeiten und du sollst deine versprochene freie Zeit erhalten." Darren grüßte die Frauen zurück und verließ dann den Lotteriesaal. Er hatte das Gefühl, als würden die zwei Mitarbeiterinnen ihn aufmerksam mustern, während er sie passierte.

In dem Moment, in dem die große Doppeltür hinter ihm zuklappte, atmete er tief aus und stützte sich auf seine Knie. Was hatte er da gerade gesehen? Er konnte es schon, ein paar Sekunden nachdem er den Raum verlassen hatte, nicht glauben.

Er blickte auf die verschlossene Doppeltür hinter ihm. Er schüttelte den Kopf. Das konnte nicht sein. Dieses Gebilde aus Plastikrohren konnte unmöglich einen so großen Einfluss auf sein Leben gehabt haben.

Sich aufrichtend blickte er sich um und versuchte, die Gedanken an die Lotterie abzuschütteln. Gegenüber von der Tür des Lotteriesaales erblickte er die Tür seines Zimmers. Die Tür rechts daneben führte in den Mitarbeiterbereich. Und zwischen dieser Tür und dem Eingang des Lotteriesaales war die Tür für das Zimmer von Hannah und Anna. Als er nach links blickte, sah er allerdings eine weitere Tür, über die die Engel nicht gesprochen hatten. Wo sie wohl hinführen mochte?

Neugierig ging Darren auf die Tür zu. Ob das, was sich hinter der Tür befand, den heutigen Tag noch verrückter machen konnte? Vielleicht wäre es auch schlauer, erst morgen nachzusehen, was sich hinter der Tür verbarg. Er hatte eigentlich schon viel zu viel zu verarbeiten für einen Vormittag. Kurz überlegte er, direkt in sein Zimmer zu gehen. Von seiner Neugier gepackt, zog es ihn dann aber doch zu der geheimnisvollen Tür. Er drehte den Türknauf um und hielt die Luft an. Die Tür wollte sich aber nicht öffnen lassen. Sie war abgeschlossen. Jetzt hatte seine Neugierde sich verdoppelt. Was konnte hinter dieser Tür bloß sein? Die Engel schienen doch sonst so erpicht darauf, ihm jedes noch so kleine Detail ihrer Räumlichkeiten zu zeigen und zu erklären. Wieso hatten sie diese Tür nicht einmal erwähnt?

Er rüttelte noch einmal am Türknauf und machte sich dann auf den Weg zurück in sein Zimmer.

4. Lalita

In seinem Zimmer angekommen, versuchte Darren sich auszuruhen. Aber wie sollte er jetzt nur zur Ruhe kommen? Alles, was seit seinem Tod passiert war, ließ ihn sein gesamtes Leben hinterfragen. Diese verdammte Lotteriemaschine und der Vortrag der Engel spukten in seinem Kopf umher. Während seines Lebens war er immer mit sich im Einklang gewesen. Da war immer eine unterschwellige, fortwährende Zufriedenheit gewesen. Aber jetzt? All seine Entscheidungen und all seine Taten sah er in einem ganz anderen Licht. Über nahezu alle Rahmendaten seines Lebens hatte die Maschine entschieden, die er eben betrachtet hatte. War alles, was in seinem Leben passiert war, auf die Lotterie zurückzuführen?

Nachdem er sich eine Stunde lang unruhig auf dem Bett hin und her gewälzt hatte, verließ er sein Zimmer. Er betrat wieder den großen Saal, in dem die Engel ihren Arbeitsplatz hatten. Der Raum war leer; sie mussten wohl noch mit der Verlosung beschäftigt sein. Er durchschritt den Raum und steuerte auf die Küche zu. Es war ein kleiner Raum mit vielen Schränken, einer Speisekammer, Ofen, Herd und Kühlschrank. Er öffnete die Tür zur anschließenden Speisekammer. Auf verschiedenen Regalbrettern lag Essen von Ingrid und Lalita, die ihre Bereiche mit ihren Namen versehen hatten. Das unterste Regalbrett trug die Aufschrift „Darren", aber es war leer.

Dieselbe Aufteilung konnte er im Kühlschrank beobachten. Ingrid und Lalita hatten ihre Vorräte, aber sein eigener Bereich war leer. Was sollte er denn nun essen? „Diese verdammten Engel", dachte er. Eine schäumende Wut machte sich in ihm breit. Sie hatten ihm doch sogar gesagt, er solle sein Lieblingsgericht essen. Alles, was er gerade brauchte, war doch nur eine Pizza und ein kaltes Root Beer. Es wäre wenigstens eine kleine Ablenkung. Aber selbst diese sollte ihm wohl verwehrt bleiben.

Darren setzte sich auf einen der Stühle, der in der Küche stand und legte den Kopf auf den Esstisch. Womit hatte er es verdient an diesem Ort zu sein? Sein Hass gegenüber den Engeln wechselte in einen Hass auf die Lotterie. „Diese bescheuerte Maschine", dachte er sich. Er war gerade dabei, sich immer weiter in seinem Strudel aus Wut, Trauer und Selbstmitleid zu verlieren, als ihm ein bekannter Duft entgegenschwebte.

Er drehte sich um und sah woher der Geruch kam. Der Ofen war an und der Duft einer herrlichen Pizza strömte ihm entgegen. Ohne es zu hinterfragen ging er zu dem Ofen und öffnete ihn. Tatsächlich lag dort auf dem Backblech eine Pizza. Und sie sah genauso aus, wie die Pizza, die er sich vorgestellt hatte. So hatten die Engel ihm innerhalb einer Minute ein so vielfältiges Menü bringen können. In dieser Küche musste man nicht kochen. Die reine Vorstellungskraft schien einem zu genügen. Grinsend ging er zum Kühlschrank und seine Vermutung wurde bestätigt. Auf seinem Regalbrett stand ein wunderbar gekühltes Root Beer.

Für einen kurzen Augenblick vergaß er seine Situation. Er machte sich über die Pizza her und trank das kalte Getränk.

Beim Gedanken an einen Kaffee, um sein Mittagessen abzurunden, stieg ihm schon der Geruch eines heißen Bechers Cappuccino in die Nase, der hinter ihm auf der Küchenablage stand.

Er nahm den Kaffee und lief zurück zu seinem Zimmer. Beim Betreten des Kontrollraums endete sein kurzes Stimmungshoch. Die vielen Bildschirme erinnerten ihn daran, weshalb er hier war und er blieb kurz stehen. Als er sich in dem Raum umsah, fiel ihm, wie schon nach seiner Einführung in die Lotterie, etwas Neues auf. Nicht nur die abgeschlossene Tür hatte er bei seinen ersten Aufenthalten hier übersehen. Oberhalb des inneren Kreises stand ein kleiner Stuhl vor einem breiten Display. Es schien nicht zu den Bildschirmen und Anzeigen der Engel zu gehören.

Neugierig setzte er sich auf den Stuhl davor und stellte seinen Kaffee auf dem Boden ab. Auf dem großen Touchscreen vor ihm stand ein kurzer Text, in Blockschrift geschrieben.

„Hallo Lotteriearbeiter,

mein Name ist Andy Newton. Ich bin Australier und ich habe im Jahre 1995 in der Lotterie gearbeitet. Damals gab es einen großen zusätzlichen Raum hier, in dem seit 500 v.Chr. alle Ergebnisse der Verlosungen gesammelt und archiviert wurden. Ich überzeugte die Engel damals davon, wie sinnvoll es wäre, all diese Daten zu digitalisieren. Und das Ergebnis siehst du nun vor dir. Ich habe aus den Daten ein paar interessante Statistiken zusammengestellt, die meine Mitarbeiter immer sehr wissenswert fanden. Vielleicht gefallen sie auch dir."

Darren klickte auf den großen „Weiter"-Button und konnte nun aus einer großen Auswahl an Daten wählen. Tatsächlich waren in dem Archiv alle Verlosungen festgehalten, seitdem man damit begonnen hatte, die Ergebnisse schriftlich festzuhalten. Dies hatte 500 v.Chr. begonnen. Newton hatte immer kleine Anmerkungen hinterlassen und kleine Pfeile schlugen ihm vor, wonach er die Statistiken durchsuchen konnte. Zu allererst begann er, den riesigen Kalender zu durchforsten, der wirklich die Ergebnisse jedes einzelnen Tages dokumentierte.

Er konnte sich anschauen, wo die Leute zur Blütezeit des Römischen Reiches geboren wurden und wie viele Menschen zu dieser Zeit gelebt hatten. Dabei stieß er auf eine verrückte Tatsache. War man im Jahr 100 v.Chr. geboren worden, so war der Unterschied der Lebensstandards riesig. Zwar war das Römische Reich damals sehr groß gewesen, aber es gab weitaus mehr indigene Völker auf anderen Kontinenten, in die die Lotterie damals Seelen gelost hatte. Nur hatten sie über diese in der Schule nie etwas gelernt. Die Lotterie hatte also entschieden, ob man im fortgeschrittenen römischen Reich oder als Jäger und Sammler in Afrika hatte leben dürfen. Genauso konnte man im Römischen Reich selbst Glück und Pech haben. Wenn er sich richtig an den Geschichtsunterricht erinnerte, so gab es auch dort große soziale Unterschiede zwischen Patriziern und Plebejern. Auch wurden manche Seelen in Gebiete gelost, die im Laufe der Zeit von den Römern erobert wurde. Ihr Los hatte sie wohl mit einer großen Wahrscheinlichkeit in ein Leben als Sklave geführt.

Darren war fasziniert von den Ergebnissen, die der Computer ihm anzeigte. Wohlstand, dachte er sich nach der Betrachtung dieser Daten, war wohl weniger etwas, das die Menschen sich verdienten. Vielmehr schien es etwas zu sein, das ihnen von ihrer Geburt an geschenkt oder versagt wurde.

Die großen kulturellen Unterschiede, die es früher gegeben hatte, machten ihn nachdenklich. Eigentlich hatte sich seit damals nicht so viel verändert. Es gab noch immer die verschiedensten Kulturen auf der Welt. Genauso entschied noch immer die Lotterie über Reichtum und Wohlstand.

Er selbst hatte Glück gehabt. Seine Eltern hatten ihm immer alles gekauft, was er gewollt hatte. Nur selten hatten sie ihm etwas versagt. Auch war es für ihn nie in Frage gekommen, nicht das College zu besuchen, denn seine Eltern hatten dafür genug Geld gespart. Andere Familien hingegen konnten sich die teuren Gebühren oft nicht leisten.

Tief beeindruckt von der unvorstellbaren Macht der Lotterie, schloss er die Kalenderfunktion. Irgendwann würde er weiter darin stöbern, da war er sich sicher. Nun wollte er aber nachsehen, welche weiteren Statistiken der Australier zusammengestellt hatte. Als er zur Startseite zurückkehrte, öffnete sich ein kleines Pop-up neben der Suchleiste. „Suche hier deinen eigenen Namen und erfahre Statistiken über dich selbst"

Aufgeregt tippte er „Darren Jackson" ein und drückte auf die kleine Lupe. Er musste sich anschließend noch aus einer Liste von ziemlich vielen Darren Jacksons auswählen, sah dann aber einen Steckbrief von sich selbst auf dem Display erscheinen.

Angezeigt wurden ihm sein Geburtsdatum, sein Geburtsort, sein Beruf und sein Todesdatum. Unterhalb dieser Eckdaten stand eine lange Zahl: 7239544. Sie wurde nicht genauer erklärt und Darren fragte sich, was sie wohl bedeuten könnte.

Unter den Daten über seine Person prangte ein großes Feld, das mit „Nationalitätenwahrscheinlichkeit" beschriftet war. Er klickte es an und ihm wurden Flaggen verschiedenster Nationen angezeigt. Neben jeder dieser Flaggen tauchte nun eine Prozentzahl auf. An erster Stelle dieser Liste stand die Flagge der USA und neben ihr die Prozentzahl 4,5%. „Die Wahrscheinlichkeit, dass du deinem Heimatland zugelost werden würdest" stand darunter.

Darunter waren die Flaggen Indiens und Chinas. Die danebenstehende Zahl zeigte auch hier die Wahrscheinlichkeit an, mit der er einer dieser Nationen hätte angehören können. „China – 19%" „Indien – 18%"

Darren wusste nahezu gar nichts über diese Länder. Trotzdem hatte die Wahrscheinlichkeit 37% betragen, dass er jetzt einer dieser Nationalitäten angehörte. Das war doch total verrückt. Niemals hatten sie in der Schule etwas über die Chinesen oder die Inder gelernt – dabei machten sie fast die Hälfte der gesamten Weltbevölkerung aus. Die Wahrscheinlichkeit, Amerikaner zu werden, war hingegen lächerlich gering.

Sein ganzes Leben lang war es für ihn das Selbstverständlichste auf der Welt gewesen, Amerikaner zu sein. Nicht nur das. Er war stolzer Amerikaner. Er liebte das Land und seine Kultur. Hätte er aber vielleicht genauso ein anderes

Land lieben gelernt, wenn die Lotterie ihn nicht nach Cincidoncee gelost hätte?

Die Prozentzahl, die ihn am meisten bestürzte, war die große 94,5%, die die Wahrscheinlichkeit bezifferte, nicht Amerikaner zu sein. Die USA waren sein Zuhause gewesen. Er hatte sich immer mit diesem Land identifiziert. Jetzt, wo er wusste, dass es der Zufall war, der ihn dort hatte aufwachsen lassen, wünschte er sich, er hätte auch andere Länder kennengelernt. Schließlich hätten diese ebenfalls sein Zuhause sein können. Vielleicht hätte jedes andere Land der Welt seine geliebte Heimat werden können, die er nicht hatte verlassen wollen.

Eigentlich hatte die Lotterie sehr viele Eckdaten seines Lebens bestimmt, auf die er immer stolz gewesen war. Nur hatte er sich diese Eckdaten nie erarbeitet oder verdient. Er war stolz auf seine Eltern und seine gesamte Familie gewesen. Diese war immer eine große Gemeinschaft gewesen. Aber er hätte genauso gut das Kind von schlechten Eltern aus einer zerrütteten Familie sein können. Und seine Heimatstadt, von der er seiner Verwandtschaft immer mit großem Stolz erzählt hatte, war auch nur ein Zufallsprodukt der Lotterie gewesen.

Seine Footballleistungen, seine Noten, seine Beziehung mit Alison, das waren Dinge, die er sich erarbeitet hatte. Über diese Leistungen hatte nicht die Lotterie bestimmt und er konnte sie auf seine eigenen Entscheidungen und oft auf harte Arbeit zurückführen. Warum sollte er aber weiter stolz auf seine Familie und seine Heimat sein. Sie hätten beide gänzlich anders sein können. Er hatte keinen Anteil daran, dass sie beide so wunderbar waren. Genauso hätte die Lotterie ihn doch auch in einer zerstrittenen Familie in einem armen Dorf in Somalia aufwachsen lassen können.

Eine ganze Weile saß er so vor dieser Statistik auf dem Display und trank seinen Kaffee. Es kam ihm vor, als würde er in den Räumlichkeiten der Lotterie stündlich eine neue Erkenntnis erlangen, die ihn sein Leben von einem neuen, verrückten Standpunkt aus betrachten ließ.

Das Öffnen der Tür zum Lotteriesaal ließ ihn aus seinen Gedanken hochschrecken. Die Engel sowie Ingrid und Lalita waren anscheinend fertig mit der heutigen Verlosung. „Ah Darren", sagte Hannah begeistert. „Du hast unseren netten Computer entdeckt." „Ja, das habe ich", antwortete er. „Wirklich interessant." „Oh ja. Manche Mitarbeiter haben ganze Tage damit verbracht, diese Datenmengen durchzusehen", sagte Anna.

Ingrid und Lalita schauten ihn kurz an, wie er so vor dem Display saß und machten sich dann auf den Weg in den Mitarbeiterbereich. Hannah und Anna setzten sich wieder auf ihre ledernen Bürostühle und der gesamte Ablauf der Lotterie begann von vorne. Jetzt würden sie wieder auf ihren Bildschirmen verfolgen, wer alles geboren werden würde.

Darren schaute noch einmal kurz auf das Display mit den Statistiken. Vermutlich barg der Computer noch mehr interessante Informationen. Für heute waren es aber schon genug verrückte Wahrheiten gewesen, die er verarbeiten musste, dachte er sich und ging zurück in sein Zimmer.

Darren legte sich nur kurz auf sein Bett und schlief schnell ein. Er war noch immer müde und erschöpft. Auch hatte er das Gespür für Tag und Nacht verloren. Es gab kein einziges Fenster, das Sonnenlicht in diesen verdammten Ort hereinließ. Er schlief ein bisschen über zwei Stunden und entschied sich dann, erneut die Küche aufzusuchen. Er stellte sich einen leckeren Braten vor, den seine Mutter oft gekocht hatte und nur wenige Sekunden später konnte er das saftige Rindfleisch aus dem Ofen herausnehmen. Mit zwei großen Stücken des Bratens auf seinem Teller, wollte er sich auf den Weg zurück in sein Zimmer machen. Als er jedoch den Flur betrat, hörte er Geräusche aus dem Aufenthaltsraum. Eigentlich könnte er ja auch dort essen, dachte er sich. Er wollte seine zwei Mitarbeiterinnen sowieso einmal kennenlernen.

Beim Aufstoßen der Tür konnte er den Raum nicht wiedererkennen. Der Fernseher war jetzt ungefähr doppelt so groß und vor dem Sofa stand ein großer Tisch mit vielen verschiedenen Snacks. Auf der ledernen Couch saß Lalita. Sie hatte eine Schüssel Popcorn auf ihrem Schoß und schaute gespannt auf den Fernseher. Auf dem Bildschirm konnte er ein großes Spielfeld und Spieler zweier Teams mit Schlägern erkennen. Erst dachte er, Lalita würde sich Baseball anschauen, aber schnell erkannte er, dass es sich bei der Sportart um Cricket handeln musste.

Während er noch auf den Fernseher starrte und versuchte, das Spielprinzip von Cricket zu verstehen, hatte Lalita gemerkt, dass er in der Tür stand. „Setz dich doch", sagte sie freundlich und erschreckte ihn fast. Ihr Englisch war von einem starken Akzent geprägt, aber er konnte sie gut verstehen. „Gern", sagte er, nachdem er sich gefasst hatte und setzte sich mit seinem Braten neben sie auf das Sofa.

Fast eine Minute lang schwiegen die beiden Toten sich an. Dann durchbrach Darren die Stille. „Verwandelt sich dieser Raum so, wie man es möchte? Als ich mit Hannah und Anna hier war, sah er noch viel langweiliger aus." „Richtig", sagte Lalita. „Alles, was du dir vorstellst, taucht hier einfach so aus dem Nichts aus. Alles, was es gibt oder geben kann." „Also könnte ich mir die neue Playstation vorstellen und sie würde einfach so hier auftauchen?", fragte er. „Ja. Das würde gehen. Es funktioniert mit wirklich allem außer Kunstformen. Du könntest dir den ersten Teil von Harry Potter vorstellen und er würde hier erscheinen, du könntest dir aber nicht eine Fortsetzung der Buchreihe vorstellen." „Natürlich", sagte Darren, „wie sollte der Raum etwas kreieren können, das es nicht gibt?" „Oh doch, manchmal kann er das. Alles, was logisch und herstellbar wäre, kannst du dir vorstellen und es wird erscheinen. Man könnte auch sagen, dass alles, was mit dem heutigen Stand der Technik herstellbar wäre, hier erscheinen kann. Du könntest dir beispielsweise Schuhe mit Flügeln daran vorstellen. Sofort würden sie vor dir stehen, auch wenn du damit nicht fliegen könntest. Alles, dessen Entstehung irrational ist, kann nicht erscheinen. Theoretisch könntest du dir eine neue CD deiner Lieblingsband vorstellen. Sie könnte aber nicht erscheinen, weil es nicht möglich wäre, sie durch reine Logik zu kreieren." „Ich glaube ich verstehe, was du meinst", sagte Darren. „Ich möchte etwas ausprobieren."

Kurz dachte Darren an das Objekt, das er in seinen Händen halten wollte und augenblicklich erschien es. Auf seinem Schoß lag ein weißer Schuhkarton. Er öffnete ihn und tatsächlich hatte es funktioniert. Das neue Modell seiner Schuhe war immer nur in weißer und roter Farbe erhältlich gewesen. Immer hatte er sich gewünscht, es auch in dunkelblau zu bekommen. Genau das hatte er sich vorgestellt und vor ihm lag das Modell in dunkelblauer Farbe. „Es funktioniert", sagte Darren. „Diese Schuhe gibt es sonst nicht in dieser Farbe." Er hatte ein breites Grinsen auf dem Gesicht, aber Lalita schien unbeeindruckt und lächelte schüchtern. „Der Raum ist wirklich faszinierend, nicht wahr?", sagte sie, aber ohne wirklich begeistert zu wirken und widmete ihre Aufmerksamkeit wieder dem Cricketspiel.

Erneut schwiegen sie eine ganze Weile. Dann traute Darren sich, ihr eine persönlichere Frage zu stellen: „Wie lange arbeitest du schon hier?", fragte er. „Erst seit einem Monat", sagte sie: „wir werden also fünf Monate lang zusammenarbeiten." Kurz dachte er, sie würden erneut in Schweigen verfallen. Doch dann stellte sie ihm eine Frage: „Was hältst du von all dem hier?" „Das ist eine gute Frage", sagte er und lächelte sie schief an. Sie lächelte zurück. „Ich habe mich noch nicht wirklich an alles hier gewöhnt. Ich glaube, das wird eine Weile dauern." „Das ist ganz normal. Die Lotterie lässt einen wirklich viel hinterfragen, findest du nicht auch?" „Ja, auf jeden Fall", sagte er. „Ich habe eben diesen Computer benutzt. Die Statistiken dort haben mich wirklich sehr beeindruckt." „Und, was sind deine drei alternativen Lebenswege?", fragte Lalita interessiert. „Alternative Lebenswege?" „Das hast du dir nicht angeschaut? Das ist das vielleicht Interessanteste, das dieser Computer einem verrät." „Was meinst du denn überhaupt damit?", fragte Darren. „Du warst doch heute schon im Lotteriesaal." Darren nickte. „Jedes der Rohre spaltete sich ganz am Ende noch einmal in vier verschiedene Rohre ab. Wenn die Kugeln aus der großen Röhre herausgelassen werden, fließen sie in einer festen Reihenfolge in die verschiedenen Rohre. Zu der zufälligen Verteilung kommt es also nur durch zwei Komponenten. Zum einen durch die Verteilung der Identitäten auf die kleinen Quadrate. Zum anderen durch den zufälligen Fall einer Kugel in eines der vier Quadrate ihres Rohres." „Das heißt, erst ganz am Ende des Röhrensystems verlaufen die Kugeln zufällig durch die Rohre?" „Genau. Das bedeutet, deine Seele hatte zu einem Viertel die Wahrscheinlichkeit in dem Quadrat zu landen, welches dein Leben dargestellt hat." „Also gibt es drei alternative Quadrate, in denen meine Seele hätte landen können?" „Ja, genau. Theoretisch hätte sie natürlich in jedem Quadrat landen können. Die Anordnung der Seelen in dem großen Rohr ist ja auch willkürlich. Aber letztendlich rollt sie eben in eines der Rohre hinein und hat ab dann vier Möglichkeiten. Der Computer kann dir also anzeigen, was das für drei Lebenswege gewesen wären."

Darren spielte kurz mit dem Gedanken, sofort aufzustehen und sich anzusehen, in welche Leben die Lotterie ihn beinahe entlassen hätte. Er schaffte es aber, sich zu beherrschen und begann, den Braten fertig zu essen, der inzwischen fast kalt war. Ein paar Minuten lang aß er und schaute dem Spiel zu, dessen Regeln ihm nicht ganz einleuchten wollten. Dann stellte sich ihm eine Frage, die er Lalita sofort hätte stellen müssen, als sie ihm von den alternativen Lebenswegen erzählt hatte: „Was waren denn deine drei anderen möglichen Leben?" Lalita lächelte belustigt. „Das ist bei mir ganz schön verrückt", sagte sie. „Zwei der Quadrate waren für Leben in Afrika bestimmt. Ich hätte entweder in Südafrika oder Namibia gewohnt. Das Vierte ist am verrücktesten. Der Computer zeigt dir natürlich nur den anderen Geburtsort an. Dieser war bei mir ein kleines Dorf in Papua-Neuguinea. Ich habe seitdem viel über dieses

Land recherchiert und festgestellt, dass dieses Dorf von den Einheimischen dort bewohnt wird. Ich kannte während meines Lebens nur den Namen dieses Landes, dabei ist seine Geschichte wirklich interessant. Erst 1933 haben Menschen aus dem Westen angefangen, sich dort niederzulassen. Die indigenen Völker waren also sehr lange von der Außenwelt isoliert. Es gibt unzählige Gerüchte darüber, dass die Völker einst Kannibalen waren. Die indigene Kultur dort ist vollkommen verrückt und divers. Sie besteht aus ganz vielen verschiedenen Stämmen, die sehr individuelle Kulturen und auch Sprachen haben. Fast wäre ich dort aufgewachsen. Stattdessen kam es aber dazu, dass ich eine von 1,2 Milliarden Indern war." „Ehrlich gesagt, weiß ich gar nichts über Indien, obwohl es so viele von euch gibt", sagte Darren verlegen. „Dass du nichts über Papua-Neuguinea wusstest, ist doch nur natürlich. Man kann nicht alles wissen." „Klar. Nur das Wissen, dass ich fast dort gelebt hätte...", kurz schwieg Lalita, „naja, vielleicht sogar immer noch dort leben würde, begleitet mich irgendwie jeden Tag, seitdem ich hier bin."

„Ich bin gespannt, was der Computer mir verraten wird", sagte Darren. „Meine Welt ist auf den Kopf gestellt, seitdem ich die Statistiken dort gesehen habe", sagte Lalita und schaute nachdenklich auf den Boden. „Das Absurdeste an meinen drei anderen Lebenswegen ist nämlich, dass ich in allen drei dieser Leben ein Mann gewesen wäre."

Das Stück Braten, das Darren soeben aufgespießt hatte, fiel ihm von seiner Gabel und er schaute die Inderin ungläubig an. Wie hatte er nur so ein Idiot sein können? Selbstverständlich war in den Seelen der Lotterie kein Geschlecht verankert. Das Geschlecht war eine Sache des

Körpers, in den man hineingeboren wurde. Trotzdem hatte er sich bei seinen Überlegungen am Computer als indischen oder chinesischen Mann vorgestellt – nicht im Traum war er aber darauf gekommen, sich selbst als eine Frau vorzustellen. Eigentlich war es aber doch so wie mit den anderen Eckdaten seines Lebens. Genauso, wie seine Familie und seinen Wohnort, hatte er sich auch sein Geschlecht nicht aussuchen können.

Lalita schien seine Fassungslosigkeit zu erkennen und lachte. „Absolut verrückt, nicht wahr?" „Und wie", sagte Darren. Er schüttelte den Kopf und musste lächeln. Er, Darren Jackson, hätte als ein Mädchen aufwachsen können. Seine Vorliebe für Filme, Musik und Kleidung hatte eigentlich sein ganzes Leben lang stark von seinem männlichen Geschlecht abgehangen. Alle seine Interessen wären aber vermutlich ganz anders gewesen, wenn er als Mädchen geboren worden wäre.

Darren saß noch zwei weitere Stunden mit Lalita im Aufenthaltsraum. Sie erklärte ihm, wie Cricket funktionierte und er meinte, es zumindest ein klein wenig zu verstehen. Auch sprach sie über ihr Leben. Sie war mit 18 zwangsverheiratet worden, denn sie hatte in einer eher altmodischen Kleinstadt Indiens gelebt. Ihre Familie war aber sehr wohlhabend gewesen und hatte es ihr gestattet, zur Schule zu gehen. Dort hatte sie auch Englisch gelernt, aber sie hatte nicht studieren dürfen. Stattdessen musste sie zuhause den Haushalt machen. Gerade deswegen, meinte sie, fand sie es so faszinierend, dass sie mit einer Wahrscheinlichkeit von 75% ein Mann gewesen wäre. Sie erzählte sehr offen über ihr Leben, was Darren verwunderte. Schließlich konnte sie unmöglich älter als 25 sein. Es musste für sie doch genauso schwer sein wie für ihn, die Erde in jungem Alter verlassen zu haben.

Es war interessant, sich ihre Erzählungen anzuhören. Während seines Lebens hatte er sich nie mit einer Inderin unterhalten. Sie war sehr freundlich und herzlich ihm gegenüber. Auch sah sie jung und hübsch aus, wenn auch für ihn sehr exotisch.

Im Gegenzug erzählte er Lalita etwas über sein eigenes Leben. Sie stellte viele Fragen darüber, wie das Leben in den USA war und er erklärte ihr das amerikanische Schulsystem. Auch versuchte er ihre Fragen über die Politik zu beantworten. Selbst an Lalita, die in Indien nicht viel vom weltpolitischen Geschehen mitbekommen hatte, war die Präsidentschaft von Donald Trump nicht vorbeigegangen. Leider hatte er sich mit Politik nie intensiv auseinandergesetzt, er war bei der letzten Wahl ja auch noch zu jung zum Wählen gewesen.

Sie redeten über viele verschiedene Themen, nur gingen sie einer Frage aus dem Weg. Keiner der beiden machte Anstalten, über den eigenen Tod zu sprechen oder den anderen danach zu fragen.

Irgendwann flachte ihre Unterhaltung ab und Darren ging zurück in die Küche, um sein Geschirr wegzubringen. Er stellte sich noch einen warmen Kakao vor und ging dann mit diesem zurück in den kommandozentralartigen Raum. Das gesamte Gespräch mit Lalita über hatte er simultan an die alternativen Lebenswege gedacht und sich gefragt, wo auf der Erde er noch hätte aufwachsen können.

Hannah und Anna arbeiteten noch immer, obwohl es schon nach 11 Uhr abends sein musste. Ob sie überhaupt schliefen? Sie begrüßten ihn mit ihren mechanisch-freundlichen Mienen, aber blickten anschließend sofort wieder auf ihre Bildschirme. Aufgeregt setzte er sich auf den Stuhl vor dem Display. Erneut tauchte die Begrüßungsnachricht des Australiers auf. Er klickte sie weg und suchte sich wie schon zuvor selbst. Unter den Nationalitätenwahrscheinlichkeiten fand er den Button, der mit „Alternative Lebenswege" beschriftet war. Er atmete tief durch und öffnete den Bereich.

Auf dem Display erschienen drei kleine Steckbriefe. Die Steckbriefe wiesen jeweils nur drei Stichpunkte auf. Name, Geburtsort und Geburtsdatum.

„Isabella Cruz – Falzúl, Brasil – 02.01.2000"

„Sun Chi – Chaebync, South-Korea – 02.01.2000"

„Jeremy Hastings – Casualidad, Texas, United States of America – 02.01.2000"

Darrens Kinnlade klappte beim Lesen der Namen nach unten. Dass er in Brasilien oder Korea hätte leben können war absolut verrückt. Genauso verrückt war die Tatsache, dass er zu 50% eine Frau hätte sein können. Auf diese beiden Absurditäten hatte er sich aber bei seinem Gespräch mit Lalita schon eingestellt. Was ihn bestürzte, war der dritte Name auf dem Display. Jeremy Hastings war niemand Geringeres als sein eigener Cousin.

Das war unfassbar. Es war merkwürdig zu wissen, dass er auch eine Brasilianerin oder Koreanerin hätte sein können. Diese beiden Lebenswege waren aber so unterschiedlich zu seinem, dass er sich gar nicht vorstellen konnte, wie es sein musste, in einem dieser Länder aufzuwachsen. Sie waren verrückt und nicht greifbar – genauso hatte er sie sich den ganzen Abend über vorgestellt. Aber was war es für ein riesiger Zufall gewesen, dass die Lotterie ihn und Jeremy in die gleiche Vierergruppe gelost hatte?

Seine gesamte Kindheit über hatte er diesen Jungen gekannt. Sehr gut sogar. Als die beiden klein gewesen waren, hatten sie das ein oder andere Mal zusammen ihren Geburtstag gefeiert und die ganze Familie war gekommen. Was ihn so bestürzte, war aber nicht die willkürliche Zufallsmacht der Lotterie, die ihn fast in das Leben Jeremys gelost hatte. Es war das Wissen darüber, dass er Jeremy immer furchtbar uncool und langweilig gefunden hatte. Seine Tante Sarah und sein Onkel Mike waren sehr konservative Menschen und Jeremy und seine Schwester Carla hatten jeden Sonntag in die Kirche gehen müssen. Sie hatten zuhause strenge Regeln gehabt. Seine Tante und sein Onkel hatten immer viel Wert auf Manieren und das richtige Verhalten gelegt. Jeremy und Carla hatten erst mit 15 ein eigenes Handy bekommen und hatten immer strikte Zeiten einhalten müssen, wenn es um Computerspiele oder Fernsehen ging.

Das Schlimmste war, dass Jeremy furchtbar unsportlich war. Er war sehr groß, aber auch unheimlich schlank und schmal. Niemals hätte er in seinem Körper Quarterback werden können. Vielleicht war Jeremy ja gar nicht uncool und langweilig gewesen, weil er eben so war, sondern weil seine äußeren Einflüsse ihn so hatten werden lassen. Und vielleicht war er selbst im Umkehrschluss gar nicht der coole Quarterback und beliebte Schüler gewesen, weil er so ein toller Typ war, sondern weil seine Eltern und sein Körper ihm den Weg dazu geebnet hatten.

Er lehnte sich in seinem Stuhl zurück und schaute fassungslos auf das Display. Eine große Wertschätzung für seine Kindheit erfüllte auf einmal sein Bewusstsein. Eigentlich war alles immer perfekt gewesen. Es hatte Höhen und Tiefen gegeben, aber immer war er glücklich gewesen. Jetzt, da er Lalitas Geschichte gehört hatte und er gesehen hatte, dass er fast Jeremy Hastings gewesen wäre, wusste er all das erst zu würdigen. Alles Gute in seinem Leben war für ihn immer selbstverständlich gewesen – gewöhnlich und normal. Erst jetzt realisierte er, dass er auch sehr viel Glück gehabt hatte.

Verwirrt stellte er den Computer aus und ging in sein Zimmer. Hannah und Anna nahmen keine Notiz von ihm. Er zog sich um, legte sich in sein Bett und versuchte zu schlafen. Zu viele Gedanken kreisten aber in seinem Kopf hin und her. Was würde er nur dafür geben noch weiter zu leben. So vieles würde er anders machen. Er würde seinen Eltern jeden Tag sagen, wie dankbar er für sie war. Er würde noch mehr trainieren, um im Football noch besser zu werden. Denn sein Talent, seine Statur und die Einführung in den Sport durch seinen Vater waren ein Geschenk der Lotterie gewesen. Er würde Alison so früh wie möglich heiraten, denn ein Mädchen wie sie zu finden, war selten. Seine Beziehung zu ihr erschien ihm erst jetzt wie etwas ganz Besonderes und Wertvolles.

Tränen rollten über seine Wangen. All diese Chancen würde er niemals wahrnehmen können. Während alle Menschen weiter auf der Erde wandeln durften, musste er tot sein. Gefangen an einem Ort, dem er nicht entfliehen konnte. Einem Ort, der ihn mit Wahrheiten konfrontierte, die ihm Kopfschmerzen bereiteten.

~

Alte Schultische. Ein aufgeschlagenes Geschichtsbuch. Desinteresse. Der 15-jährige Darren Jackson blickte müde und gelangweilt seinen Lehrer an. Seit einem halben Jahr war er nun auf der High-School. Vieles war anders, aber eigentlich war doch vieles auch gleichgeblieben. Er hatte auch an der High-School ein Footballteam gefunden, mit dem er regelmäßig trainierte. Auch sein Freundeskreis aus der Middle-School besuchte dieselbe Schule und er verbrachte seine Zeit mit denselben Leuten wie zuvor. Und genau wie in seiner bisherigen Schullaufbahn auch, interessierte ihn der Unterricht überhaupt nicht. Seine Noten waren passabel, er schaffte es durch minimalen Lernaufwand immer wieder, gute Resultate zu erzielen. Aber sich für die Schule interessieren oder gar gerne lernen? Nein, das kam nicht in Frage. Seine Energie gehörte dem Football. Er musste nicht nachdenken, musste nicht schlau sein. Er musste einfach nur alles für sein Team geben. All die Emotionen und die Leidenschaft, die er am Football so liebte, fehlten der Schule. Darum würde sie Darren wohl nie reizen können. Er verstand nicht, weshalb ihn die Kolonialisierung Amerikas interessieren sollte, von der sein Geschichtslehrer so ausgiebig erzählte.

Was genau sollte er der Expansion der USA im 19. Jahrhundert abgewinnen? Inwiefern sollte es ihm im Leben weiterhelfen, die Namen der Indianerstämme zu kennen, die diese Gebiete einst besiedelt hatten? Am liebsten hätte er Mr. Kelvin diese Fragen gestellt. Zu gern würde er ihn mal so richtig aus der Reserve locken. „Also. Nun lest den Text auf Seite 114 und schreibt euch in Stichpunkten die wichtigsten Informationen heraus."

Genervt holte Darren Stift und Papier heraus. Immerhin hatte Mr. Kelvin aufgehört zu reden. Er verstand die Begeisterung nicht, die dieser Mann für Geschichte zu haben schien. Er war immer ganz aufgeregt, wenn sie ein neues Thema begannen und liebte es, wenn ein Schüler eine Rückfrage stellte. Dabei lag doch all das schon so lang zurück und hatte kaum noch Relevanz für heutige Geschehnisse. Darren konnte und wollte dieses Interesse an lange verstorbenen Menschen und ihren Taten einfach nicht verstehen.

Die Stunde verging dennoch schnell, da Darren sich mit seinem Sitznachbarn Jake unterhielt. Er kannte Jake bereits seit mehreren Jahren und sie spielten zusammen Football. Ihre Unterhaltung über das am Wochenende anstehende Spiel ließ seine Langeweile verpuffen. Sie wurde erst durch ein lautes Räuspern unterbrochen. Darren und Jake blickten auf und sahen Mr. Kelvin, der sie streng musterte. „Darren, ich sehe erst zwei Stichpunkte auf deinem Blatt. Meinst du nicht, dass da etwas mehr stehen könnte?" „Ja, da haben Sie Recht. Entschuldigung. Ich habe während unserer Unterhaltung die Aufgabe kurz vergessen." „Also liege ich richtig mit der Annahme, dass du eure Unterhaltung für interessanter als die Doppelseite in deinem Buch hältst?" „Nun ja", stammelte Darren. „Ja, ich denke schon. Ich bin einfach kein großer Fan von Geschichte." „Okay, dann lass mich dir etwas zeigen, Darren."

Mr. Kelvin lief zurück zur Tafel. „So, alle mal herhören. Euer Mitschüler Darren scheint sich nicht besonders für Geschichte zu interessieren. Und ich möchte euch nicht nur etwas beibringen, sondern ebenfalls versuchen, euer Interesse und vielleicht sogar Begeisterung für die Geschichte zu wecken. Ich möchte also kurz mal unsere theoretischen Überlegungen verlassen und Darren zeigen, dass die Kenntnis der Geschichte durchaus von Bedeutung sein kann. Also Darren, sag mir: Wo kommen deine Vorfahren her?" „Meine Eltern kommen aus Colorado. Genauso meine Großeltern." Mr. Kelvin schmunzelte. „Okay, Darren. Das mag sein. Aber wo liegen deine Wurzeln? Du bist mit Sicherheit kein Nachkomme von Amerikanischen Ureinwohnern." Ein paar der Schüler kicherten. „Bei meinem Vater bin ich mir nicht ganz sicher. Aber meine Mutter hat schottische Wurzeln. Es muss sehr lange her sein, aber ihre Vorfahren sind damals mit dem Schiff von Schottland in die USA gereist und haben sich hier niedergelassen."

„Ausgezeichnet, Darren. Und jetzt pass auf: Wenn du dir bei den Wurzeln deines Vaters nicht ganz sicher bist, gehen wir mal davon aus, dass seine Vorfahren ebenfalls Briten waren. Dein Familienname stammt jedenfalls aus diesem Raum. Stellen wir uns vor, seine Ahnen kommen aus England. Also, Darren. Gehen wir ein paar Jahrhunderte in der Zeit zurück. Sagen wir, in das 18. Jahrhundert. Zu dieser Zeit wohnten die Vorfahren deiner Mutter in Schottland und die Vorfahren deines Vaters in England. Und beide Familien oder vielleicht Einzelpersonen aus diesen Familien, haben etwas getan, ohne dass du gar nicht existieren würdest: Sie sind ausgewandert und zwar in die USA. Womöglich vor der Unabhängigkeitserklärung, vielleicht auch danach. Hätten sie dies nicht getan, hätte es deine Großeltern nie nach Colorado getrieben und deine Eltern hätten sich hier nie kennengelernt."

„Und was hat das nun mit dem heutigen Thema zu tun?", fragte Darren. „Sehr viel, Darren. Ich glaube sogar, mehr als du denkst. Schau in dein Buch. Die Vereinigten Staaten von Amerika bestanden anfangs nur aus Staaten an der Ostküste. Zu seiner heutigen Größe wuchs unser Land erst später an. Während also die Vorfahren deiner Eltern ihre verschiedenen Lebenswege in den Gründungsstaaten der USA bestritten, trieb die Regierung die Expansion voran. Aber stell dir vor, die Ureinwohner der westlichen Staaten hätten sich nicht erobern lassen. Stell dir vor, die Indianerstämme Colorados hätten so starken Widerstand geleistet, dass die USA sie nicht hätten erobern können." „Mr. Kelvin", unterbrach ein Mädchen in der letzten Reihe den Lehrer. „Das ist doch ein äußerst unrealistisches Szenario. Die Ureinwohner hatten doch keine Chance gegen die amerikanischen Soldaten."

„Richtig, Mary. Aber warum war das so? Es waren etliche verschiedene Faktoren, die dazu geführt haben, dass die Indianer sich nicht gegen die amerikanischen Soldaten behaupten konnten. Es gibt unzählige Zusammenhänge, die bewirkt haben, dass die Kolonialisten letztendlich so überlegen waren. Beispielsweise die Krankheiten und Infekte, an denen die Indianer zum Großteil verstorben sind. Was wäre, wenn es andersherum gewesen wäre? Wenn die Kolonialisten beim Versuch der Eroberung alle erkrankt wären? Man könnte sich auch fragen, weshalb die Indianer nur Pfeil und Bogen besaßen, mit denen sie sich gegen Pistolen wehren mussten. Der Fortschritt eines Landes hängt historisch betrachtet sehr stark von den klimatischen Bedingungen des jeweiligen Landes ab. Es besteht beispielsweise ein starker Zusammenhang zwischen den Möglichkeiten zur Essensproduktion durch Landwirtschaft und *dem Fortschritt einer Zivilisation. Da es in Großbritannien damals leichter war, sich durch Landwirtschaft eine Grundsicherung aufzubauen, konnten die Menschen sich Zeit für Dinge nehmen, für die die Indianer damals noch keine Zeit hatten. Sie waren noch Jäger und Sammler und waren noch ausschließlich auf das Überleben fixiert. Die Briten hatten also die zeitlichen Kapazitäten, sich zu bilden, Technologie zu entwickeln und auch über die politische Struktur einer Gesellschaft nachzudenken. Dieser Vorsprung bewirkte, dass sie vor den Indianern die Pistole erfinden konnten und ihnen letztlich im Kampf überlegen waren. Dies ist natürlich eine sehr stark vereinfachte Darstellung der Geschichte. Seid euch dem bitte bewusst!*

Aber kommen wir zurück zu Darren, ich schweife mal wieder ein wenig ab. Nehmen wir an, die Indianer, die früher das Gebiet bewohnt haben, wo nun diese Schule steht, hätten sich erfolgreich gewehrt. Dies hätte bewirkt, dass Colorado nie ein Staat der USA geworden wäre. Darrens Vorfahren hätten ihr Leben im Osten des Landes weitergelebt und wären womöglich nie auf die Idee gekommen, in einen anderen Teil der USA zu ziehen. Wodurch sich Darrens Großeltern und Eltern nie kennengelernt hätten und Darren sich gerade nicht meine wunderbare Rede über Geschichte anhören könnte." Mr. Kelvin machte eine kurze Pause und schaute gespannt seine Schüler an. Der Lehrer bekam aber nur ein paar müde Lacher. „Jedenfalls", fuhr er enttäuscht fort, „wollte ich euch mit diesem Beispiel zeigen, welch riesige Auswirkungen die Geschichte auf unser aller Leben haben kann. Im Falle von unserem heutigen Thema hat sie sogar eine ganz unmittelbare Wirkung auf genau diesen Moment. Wäre Colorado nie ein Amerikanischer Staat geworden, wäre diese Stadt wohl nie erbaut worden, es gäbe folglich diese Schule nicht und diese Schulstunde hätte niemals stattgefunden. Stattdessen gibt es diese Stadt seit knapp 150 Jahren und diese Schule wurde vor 40 Jahren erbaut. Und wer kann mir sagen, woher unsere Stadt ihren recht außergewöhnlichen Namen hat?"

Über die Hälfte der Hände gingen hoch. Darren aber wusste es nicht. Mr. Kelvin nahm einen Jungen in der ersten Reihe dran. „Cincidoncee wurde nach den zwei Indianerstämmen benannt die diese Gebiete einst besiedelt haben. Die Cinci und die Doncee." „Richtig, Mike. Sehr gut, so ist es." Das schrille Rattern der Pausenklingel setzte der Stunde ein Ende. „Oh, ich habe mich wohl mal wieder verquasselt.", sagte Mr. Kelvin. „Lest die drei anschließenden Seiten in eurem Buch als Hausaufgabe. Und ich möchte mir nächste Woche noch eure Stichpunkte zum heutigen Text ansehen. Es ist wichtig, dass ihr aus einem langen Text das Wichtigste herausfiltern könnt."

Darren nahm seine Tasche und verließ zusammen mit seinen Mitschülern das Klassenzimmer. An seinem Spind angekommen, sprach ihn eines der Mädchen aus seinem Kurs an. Wenn er sich nicht irrte, hieß sie Alison. „Weißt du Darren, meine Vorfahren kommen auch aus Schottland", sagte sie. „Immerhin musstest du dir von Mr. Kelvin nicht erklären lassen, wie unwahrscheinlich es war, dass sie sich kennengelernt haben", sagte Darren und lachte. Das Mädchen lachte auch. „Das stimmt. Wir sehen uns, Darren", antwortete sie, errötete leicht und ging dann den Gang entlang zum Ausgang der Schule. Darren blickte ihr nach. Was hatte sie mit diesem Kurzgespräch bezwecken wollen? Ob sie wohl Interesse an ihm hatte?

5. Die Memoiren der Lotteriearbeiter

Am nächsten Morgen wurde Darren durch ein lautes Klopfen an seiner Tür geweckt. Verschlafen schaute er auf den Wecker auf seinem Schreibtisch. Es war bereits 10 Uhr. Er stand auf und öffnete die Tür. Hannah und Anna standen vor ihm. Sie wirkten topfit und lächelten ihn wie immer an, als wäre der heutige Tag ein besonders toller Tag. „Komm, Darren, wir haben dein Zimmer eingerichtet. Gerne kannst du dich dort erneut ausruhen." Ohne auf eine Antwort zu warten, drehten sie sich um und liefen auf den Mitarbeiterbereich zu. Kurz fragte er sich, ob er aus seinem Schlafanzug schlüpfen und normale Klamotten anziehen sollte, lief dann aber den enteilenden Engeln hinterher.

Er betrat den langen Flur, von dem sich fünf Türen in die Zimmer von Ingrid und Lalita sowie zur Küche, dem Bad und in den Aufenthaltsraum abspalteten. Jetzt war da aber eine sechste Tür. Neben dem Eingang zur Küche betraten Hannah und Anna ein neues Zimmer – sein neues Zimmer. Er folgte ihnen und sah ein Zimmer, welches erneut ganz genauso aussah wie sein Zimmer in Cincidoncee. „Wie habt ihr das so schnell einrichten können?", fragte er. „Wir haben das gesamte Inventar im Aufenthaltsraum entstehen lassen und eine Maschine hat es in das Zimmer hier transportiert. Unsere einzige Arbeit war es, alles an seinen richtigen Ort zu stellen." „Eine Maschine?" „Oh ja, ein kleiner Roboter mit vielen winzigen Rädern. Der kann wirklich alles schleppen. Mag sein, dass er noch nicht erfunden wurde, aber mit der heutigen Technik der Menschheit wäre ein solcher Roboter möglich. So funktioniert der Aufenthaltsraum, er kann alles erschaffen, das ..." „Ja, das hat Lalita mir bereits erklärt", unterbracht Darren Hannah, die enttäuscht schien, ihm nicht erklären zu können, wie der Raum funktionierte. Sie lächelte ihn dennoch an und ließ ein paar Sätze darüber folgen, wie wunderbar es sei, dass er bereits mit Lalita Bekanntschaft gemacht hatte.

„So, Darren, dann lassen wir dich für heute mal in Ruhe. Mach dir einen schönen Tag", sagte Anna. „Morgen wirst du uns das erste Mal bei einer Verlosung helfen. Komm um 11 Uhr in den Lotteriesaal. Bis dann." Die Engel drehten sich um und waren im Begriff zu gehen.

Als sich Darren in seinem neuen Zimmer umsah, drängte sich ihm eine Frage auf. Eine Frage, die ihn schon seit zwei Tagen beschäftigte. „Woher wusstet ihr, wie ihr meine Möbel anordnen müsst?", fragte er Hannah und Anna. „Wir haben uns dein Facebook-Profil angeschaut, Darren", sagte Hannah und lachte. „Dein Selfie aus deinem Zimmer vor zwei Jahren war wirklich süß und wir konnten fast alles so anordnen, wie es auf dem Bild war. Vielleicht werden dir ein paar Details auffallen, bei denen wir uns vertan haben."

Mit diesen Worten verließen sie Darrens neues Zimmer und er konnte ihr schrill-mechanisches Lachen weiterhin durch den Flur in seine Richtung hallen hören. Nachdem sie gegangen waren, legte sich Darren erneut hin, konnte aber nicht wieder einschlafen. Zu viele merkwürdige Erkenntnisse der letzten Tage schwirrten in seinem Kopf umher.

Er entschied sich, in den Aufenthaltsraum zu gehen. Auf dem Weg dorthin holte er sich in der Küche einen Kaffee, eine Schüssel Müsli und ein paar Pancakes. Im Aufenthaltsraum stellte er sich ein großes Sofa vor und machte es sich darauf bequem. Nachdem er sein Frühstück gegessen hatte, stellte er sich einen größeren Fernseher, mit guten Boxen und seiner Playstation vor. Da er sich genau seine Playstation vorgestellt hatte, waren alle Spiele auf exakt dem Speicherstand, auf dem er sie zuletzt gespielt hatte. Dass er seine Spiele an den richtigen Stellen fortsetzen konnte, besserte seine Laune und ein paar Stunden lang schaffte er es, alle negativen Gedanken aus seinem Kopf zu verdrängen. Er ersetzte sie mit der oberflächlichen Freude darüber, seinen Charakter in AncientWorlds ein neues Quest bestehen zu lassen. Vermutlich keine wirksame Therapie, um den eigenen Tod zu verarbeiten, dachte er sich. Aber immerhin genau das, was er gerade brauchte, um sich abzulenken.

Als er nach ein paar Stunden auf die Uhr schaute, war es schon kurz nach 15 Uhr. Obwohl er keinen großen Hunger hatte, überlegte er, erneut die Küche aufzusuchen. Der Gedanke an Tacos, ohne den Aufwand, sie zuzubereiten, ließ ihn vom Sofa aufstehen. Schon im Flur hörte er Stimmen aus der Küche. Es waren die Stimmen von Ingrid und Lalita, die am Küchentisch saßen. „Hey, Darren", begrüßte ihn Lalita. „Ich zeige Ingrid gerade ein klassisches indisches Gericht. Möchtest du auch etwas probieren?" Obwohl er schon einen Heißhunger auf Tacos entwickelt hatte, willigte er ein und wenig später reichte Lalita ihm einen Teller mit Hühnchen in einer cremigen rot-orangenen Soße, mit Reis und einem luftigen Brotfladen. Vielleicht war diese Alternative ja gar nicht so schlecht.

Er setzte sich zu den Frauen an den Tisch und begann zu essen. Der Geschmack der Soße war ihm sehr fremd, aber sie war lecker und er merkte erneut, wie wenig er eigentlich über andere Kulturen und Länder wusste. 19% hatte die Wahrscheinlichkeit betragen, Inder zu werden. So hatte der Computer es ihm gesagt. Vielleicht hätte er wenigstens die Küche anderer Länder intensiver probieren sollen.

Die zwei Mitarbeiterinnen schwiegen, während sie aßen. Zum ersten Mal hatte Darren Zeit, Ingrid richtig zu betrachten. Sie sah aus wie Mitte dreißig und wirkte sehr selbstbewusst. Als sie merkte, dass er sie anschaute, lächelte sie ihn freundlich an. „Morgen ist also deine erste Verlosung, Darren. Bist du aufgeregt?" „Ein wenig", sagte er verlegen. Eigentlich hatte er noch nicht so richtig darüber nachgedacht, wie es sein würde, bei der Verlosung zu helfen. Es war schon befremdlich genug gewesen, die Maschine zu sehen und zu verstehen, wie sie funktionierte. Morgen dabei zu helfen sie zu betreiben, erschien ihm vollkommen irre. Er würde morgen sehen, wie kleine Kugeln durch Rohre in Quadrate fallen würden. Ein Prozess, der über die Leben von tausenden von Seelen entscheiden würde. Er würde einfach so danebenstehen und zusehen, wie sich die Schicksale von so vielen Menschen entschieden.

„Alles hier ist am Anfang sehr befremdlich. Aber man gewöhnt sich sehr schnell daran. Erinnere mich nach dem Essen daran, dir etwas aus meinem Zimmer mitzugeben. Es ist ein Buch, in das ein spanischer Soldat im 16. Jahrhundert als erster hineingeschrieben hat. Er hat damit begonnen, ein Tagebuch zu führen und hat seine Gedanken über die Lotterie niedergeschrieben. Seitdem haben ganz viele Lotteriemitarbeiter ihre Eindrücke und Gefühle der Lotterie gegenüber darin notiert. Es ist wirklich sehr interessant und hilft einem dabei, sich mit der Situation hier zu arrangieren." „Das hört sich super an", sagte Darren.

Anschließend stellte er Ingrid ein paar Fragen über ihr Leben. Sie war Schwedin und hatte als Ärztin gearbeitet. Wie auch Lalita stellte sie ihm ähnliche Fragen, sodass sie am Ende der Unterhaltung zumindest ein Bisschen über den anderen wussten. Nur, wie am gestrigen Abend bei seiner Unterhaltung mit Lalita, gingen sie einem Thema aus dem Weg – ihrem eigenen Tod.

Als sie fertig mit Essen waren, fragte Ingrid ihn, was er von den Engeln halte. „Sie sind mir unsympathisch, aber ich weiß nicht genau, wieso", sagte er. „Eigentlich sind sie immer nett und freundlich." „Vermutlich sind sie dir genau deswegen unsympathisch", entgegnete Ingrid und lachte. Auch Lalita musste schmunzeln. „Müssen sie überhaupt schlafen? Ich habe sie bisher nur arbeiten sehen und nie haben sie auf mich den Eindruck gemacht, müde zu sein." „Oh ja. Jede Nacht von 0 bis 3 Uhr verschwinden sie in ihrem Zimmer. Sie sind wirklich auf die Sekunde genau zu dieser Zeit weg. Du kannst dich mit einer Stoppuhr in den Kontrollraum stellen und sie werden genau pünktlich um 0 Uhr gehen und um 3 Uhr zurückkommen."

„Und sind sie wirklich schon seit den Anfängen der Menschheit hier und leiten die Lotterie?" „Ja, das ist wahr. Wenn du dir das Buch durchliest, wirst du viel Interessantes über sie erfahren. Sie hatten schon öfters andere Namen und haben wohl auch schon anders ausgesehen. Und ja, sie sind schon immer hier gewesen. Sie sind nicht menschlich, denn es scheint ihnen nichts auszumachen. Sie sind fast wie perfekt programmiert, um diesen Job hier zu machen. Es ist manchmal ein bisschen unheimlich, wie viel Spaß sie dabei haben, obwohl sie es seit vielen tausend Jahren machen."

Darren blieb noch eine halbe Stunde mit Ingrid und Lalita in der Küche. Sie wechselten von Gesprächsthemen über die Lotterie zu ihren jeweiligen Kulturen und sie redeten über verschiedene Traditionen. Lalita erzählte ihnen von den großen hinduistischen Festen, die sie in Indien feierten und im Gegenzug erklärten Darren und Ingrid ihr, was Weihnachten und Ostern war. Es war interessant, sich die Geschichten seiner Mitarbeiterinnen anzuhören und Darren verdrängte, wie schon am Vormittag, kurzzeitig seine bösen Gedanken.

Als sie aufstanden und zurück in ihre Zimmer gingen, bat Ingrid Darren mitzukommen. Ihr Zimmer war mit bunten Wandteppichen geschmückt und die Möbel waren aus rustikalem Holz. Es erschien Darren schon fast ein wenig altmodisch. In einer Ecke des Zimmers stand eine große Truhe aus braunem Holz, die mit einem kleinen Vorhängeschloss gesichert war. Ingrid schloss sie auf und holte ein dickes Buch heraus. „Hier, nimm es. Es wird dir dabei helfen, dich hier zurechtzufinden." „Danke", sagte Darren. „Ich werde aber eine ganze Weile brauchen, um es zu lesen, glaube ich", sagte er und lächelte verlegen. Er hatte in den letzten Jahren nur selten ein Buch angefasst. Jetzt diesen Wälzer mit vielleicht über 500 Seiten zu lesen, würde seine Zeit brauchen.

„Das macht nichts", sagte Ingrid. „Lalita und ich haben es beide schon gelesen. Du kannst dir also so viel Zeit dabei lassen, wie du brauchst. Eines ist aber wichtig, Darren. Erzähl den Engeln nicht, dass du das Buch von mir bekommen hast. Es wurde vor langer Zeit von den Mitarbeitern entwendet und immer weitergegeben. Sei also vorsichtig, wenn du ihnen Fragen stellst. Sie dürfen nicht wissen, dass du daraus gelesen hast." Darren war verwundert. „Wieso hat man das Buch denn überhaupt entwendet? Was sollten die Engel denn dagegen haben, dass Mitarbeiter es lesen?" Ingrid schaute ihm nun ernst in die Augen. „Die Funktionsweise der Lotterie wurde schon oft angeprangert, Darren. Ein paar Mal gab es Mitarbeiter, die versucht haben, die Lotterie zu verändern. All das ist in diesem Buch dokumentiert. Den Engeln geht es nicht darum, dass du hier eine schöne Zeit hast. Alles, was sie wollen, alles, was sie im Sinn haben, ist, dass die Lotterie funktioniert." „Also lese ich das Buch am besten in meinem Zimmer?" „Lies es ruhig auch im Aufenthaltsraum oder in der Küche. Die Engel betreten den Mitarbeiterbereich fast nie. Aber nimm es nie mit in den Kontrollraum." „Okay", sagte Darren, verwirrt von der Ernsthaftigkeit in Ingrids Stimme.

„Ich gehe dann in mein Zimmer", sagte Darren. „Mach das. Ruh dich aus, beginn mit dem Buch auch erst morgen, wenn du etwas Zeit für andere Dinge brauchst. Eines ist aber ganz wichtig, Darren: Lies das Buch und bilde dir eine Meinung zu der Lotterie. Nicht alles in Gottes Plan ist perfekt. Die Lotterie hat ihre Macken. Versuche zwischen den Zeilen zu lesen und stell dir die Frage, ob das Prinzip des Zufalls die richtige Idee ist, um die Seelen auf die Quadrate aufzuteilen. Es ist wirklich wichtig, dass du dich mit der Lotterie auseinandersetzt, Darren. Schaffst du das?" „Ja, ich denke schon", antwortete Darren noch verwirrter als vorher. „Gut. Dann sehen wir uns spätestens morgen bei deiner ersten Verlosung."

Mit diesen Worten ging Ingrid zurück zu der großen Truhe und schloss sie wieder zu. Was wohl noch in dieser Truhe sein konnte, dass sie es für nötig hielt, sie abzuschließen? Verwundert verließ Darren das Zimmer der Schwedin mit dem dicken Buch in seinen Händen.

Er verstaute er es zunächst in der obersten Schublade seines Nachttisches und legte sich gedankenversunken auf sein Bett.

Der Nachmittag zog sich in die Länge. Mehrmals ging Darren in die Küche und stellte sich irgendeine Leckerei vor. Nicht, weil er hungrig war, sondern aus Langeweile. Vermutlich bot der Aufenthaltsraum unendlich Arten sich zu beschäftigen, aber eine große Lustlosigkeit steckte ihm in den Knochen. Alles was er wollte, war, in sein Leben zurückzukehren. Nichts, ganz egal wie unterhaltsam oder lecker es auch war, wollte ihn von diesem Gedanken abbringen. Er fühlte sich einsam und schaffte es nicht mehr sich abzulenken.

Vielleicht eine ganze Stunde lag er lethargisch auf seinem Bett. Dann aber legte sich, zum ersten Mal seitdem er gestorben war, ein Schalter in seinem Kopf um. Vielleicht, dachte er sich, gab es auch eine andere Perspektive, aus der er seine Situation betrachten konnte. Eigentlich, wenn er so darüber nachdachte, grenzte es an ein Wunder, dass er gerade in einem gesunden Körper auf seinem Bett lag.

Es war alles andere als selbstverständlich, dass es überhaupt ein Leben nach dem Tod gab. Vor ein paar Tagen war er schwach und hoffnungslos gewesen. Jetzt war er kerngesund und durfte etwas kennenlernen, das das Leben auf der Erde maßgeblich prägte. Vielleicht musste er damit beginnen, sich mit seiner neuen Situation zu arrangieren, anstatt in seiner Trauer zu versinken – ganz egal, wie unfair es gewesen war, dass er hatte sterben müssen.

Er erinnerte sich an Ingrids Worte. Ihr schien es wirklich wichtig zu sein, dass er dieses Buch las. Warum genau, das wusste er nicht. Wenn sie aber Recht hatte und es ihm seinen Einstieg in die Arbeit hier erleichtern würde, war es wohl der perfekte Schritt, um diese neue Situation anzunehmen.

Er holte das Buch aus dem Nachttisch hervor und schlug es auf. Kurz blätterte er es durch und überflog die Seiten. Sie waren alle handgeschrieben und bei manchen Seiten war er sich nicht sicher, ob er die Schrift würde entziffern können. Merkwürdig war, dass am Ende der Einträge vielleicht 10 Seiten ausgerissen worden waren. Vielleicht drei Viertel des Buches waren mit Berichten verschiedener Mitarbeiter gefüllt. Dann kamen die 10 ausgerissenen Seiten und der Rest des Buches wartete noch auf neue Einträge.

Wer die Seiten wohl ausgerissen hatte? Vielleicht waren es die Engel gewesen, um etwas zu zensieren. Ingrid hatte ihm schließlich gesagt, dass sie mit dem Inhalt des Buches nicht einverstanden waren.

Darren schlug die ersten Seiten auf. Wie die Schwedin es ihm gesagt hatte, stammte der erste Eintrag von einem Spanier aus dem 16. Jahrhundert. Aufgeregt begann er zu lesen.

„Mein Name ist Gonzalo Marcos Silva und soeben habe ich dieses dicke Buch in meinem Zimmer entdeckt. Es lag in der großen Truhe, die dort schon immer stand. Ich weiß nicht, wo es herkam und ich habe es einen Monat lang nicht angerührt. Nach langer Bedenkzeit möchte ich es nun aber dazu verwenden, eine wichtige Botschaft zu vermitteln. Denn mir kommt mein Leben wie ein großer Fehltritt vor. Ich weiß, dass jeder, der dieses Buch lesen kann, tot sein wird. Ich werde also niemanden meiner Freunde oder andere Menschen auf der Erde mit meinen Worten bewegen können. Dennoch müssen meine Erkenntnisse der letzten zwei Monaten aus mir heraus. Ich habe nur einen anderen Menschen an diesem Ort, mit dem ich sprechen könnte, aber diese Person ist einer anderen Sprache mächtig, als ich es bin. Ich habe versucht, mit den Engeln über mein Leben zu sprechen, aber sie scheinen meine inneren Konflikte nicht zu verstehen. Sie sind sehr freundlich und haben mich das Schreiben gelehrt, aber ich kann ihnen nicht erklären, wie es mir geht.

Mir bleibt also nur dieser Weg. Ich muss diese Last aus mir herausschreiben, sonst werde ich sie niemals hinter mir lassen können.

Mein gesamtes Leben lang war ich Soldat. Ich verschrieb mich dieser Aufgabe, weil ich sie für die ehrenwerteste Aufgabe hielt, die ein Mensch übernehmen könnte. Ich wollte alles dafür tun, um meine Familie zu beschützen und der Krone dabei zu helfen, ihre Macht auszuweiten. Denn genau das war es, wofür ich lebte. Für meine Familie und mein Königreich.

Ich habe mein Leben lang gekämpft. Oft habe ich mich dabei gefragt, wieso ich kämpfe. Denn der Krieg kostet jeden Mann Überwindung. Es dauert Jahre, bis man es schafft, seine Gefühle zurückzulassen und keine Gnade walten zu lassen. Besonders in meinen ersten Jahren fiel es mir also schwer, meine Befehle auszuführen. Immer schaffte ich es aber, ihnen nachzukommen. Denn nie wagte ich es, die Zwecke unserer Kämpfe in Frage zu stellen. Die Treue zu meinem König und meinem Land ließ mich Grausames tun. Grausames, das ich für richtig hielt.

Meine grausamste Expedition führte mich im Alter von 30 Jahren in die neue Welt. Eine Expedition, von der ich nicht zurückkehren sollte.

Unter meinem Anführer Hernando Cortés verließen wir 1519 Kuba und brachen von dort in ein Gebiet auf, welches angeblich voller Gold sein sollte. Unser Auftrag war daher klar: Wir mussten dieses Gold in unseren Besitz bringen, ganz egal, wer sich uns in den Weg stellen würde. Entsandt hatte uns Diego Velazquez, der Gouverneur von Kuba.

Als wir in dem von uns angestrebten Gebiet anlegten, unterwarfen wir die dortigen Einheimischen und brachten sie dazu, uns einen Tribut zu zahlen. Auch empfing uns der Anführer dieses Volkes, Moctezuma und machte uns prächtige Geschenke. Unser Anführer Hernando ließ daraufhin alle unsere Schiffe versenken und gründete eine Kolonie namens Veracruz. Auf diese Weise wollte er den Kontakt und damit den Einfluss von Velazquez auf unsere Mission beenden. Er wollte eigenständig entscheiden, wie wir vorgehen würden.

Von der Küste aus machten wir uns dann auf den Weg zur Hauptstadt der Einheimischen – manche nannten sie Azteken – Tenochtitlán. Unterwegs eroberten wir die Stadt Cholula, um den Azteken zu zeigen, dass wir ihnen überlegen waren. Auch schlossen wir ein Bündnis mit den Tlaxcalans, einer Gruppe der Einheimischen. Das gesamte

Reich, das wir erobern wollten, erschien uns innerlich sehr zerstritten und gespalten. Dies wollten wir ausnutzen.

In Tenochtitlán angekommen, wurden wir unerwartet freundlich empfangen. Es war, als würde man uns vergöttern. Nie habe ich verstanden, wie es so kommen konnte. Aber unser Einmarsch sollte friedlich verlaufen. Zu unserem Entsetzen mussten wir allerdings schnell feststellen, dass Menschenopfer zu der Kultur dieses Volkes gehörten. Selten habe ich etwas so Furchterregendes gesehen. Wir stellten schnell Kreuze auf, denn wir wollten diesen Wilden zeigen, dass wir ihre Bräuche nicht dulden würden. In der Folge kam es zu vielen Streitereien mit den Einheimischen. Cortés schaffte es aber, die Lage zu beruhigen. Wir nahmen den Herrscher der Stadt, Moctezuma, gefangen und wiesen ihn dazu an, sein Volk zu bändigen.

Kurz darauf musste Cortés mit vielen Soldaten unseres Heeres Tenochtitlán verlassen. Es hieß, Velazquez hätte Soldaten geschickt, die ihn festnehmen sollten. Er zog also mit vielen von uns los, um seine Festnahme und das Ende unserer Expedition aufzuhalten. Ich aber blieb mit wenigen zurück, um die Kontrolle über Tenochtitlán zu halten.

Alles blieb ruhig, bis die Einheimischen mit den Vorbereitungen für ein merkwürdiges Fest begannen. Wir hatten Angst, denn wir fürchteten weitere Menschenopfer. Pedro de Alvarado, der von Cortés als Statthalter eingesetzt worden war, befahl uns schließlich, die Teilnehmer des Festes zu töten. Natürlich zweifelten wir seinen Befehl an, aber wir führten ihn aus. Seinen Vorgesetzten zu gehorchen, war für einen Soldaten immer wichtig. Obwohl wir also starken Widerstand befürchteten, begannen wir damit, die Einheimischen umzubringen.

Bei diesem Unterfangen starb ich. Ich weiß nicht genau, wie. Ich erinnere mich nur noch an einen stechenden Schmerz in meinem Rücken. Danach wurde alles schwarz und wenig später weckten mich die Engel in dieser Unterkunft auf, in der ich nun in dieses Buch schreibe."

Beeindruckt machte Darren eine kurze Pause beim Lesen. Er hatte nie viel von Geschichte gehalten, aber diesen Bericht des Spaniers könnte man bestimmt oscarwürdig verfilmen. Das Buch hatte ihm zudem eine weitere Zufallsvariable offenbart, die sein Leben maßgeblich geprägt hatte. Und auch über sie hatte die Lotterie bestimmt.

Als er vom Aufbau der Lotterie erfahren hatte, war ihm sofort klargeworden, dass seine Familie, seine Nationalität und sein Wohnort durch den Zufall bestimmt worden waren. Erst bei seinem Gespräch mit Lalita hatte er realisiert, dass auch sein Geschlecht etwas war, das er sich nie hatte aussuchen können. Es war vorbestimmt gewesen. Nur weil es für ihn so selbstverständlich gewesen war, ein Junge zu sein, hatte er gar nicht daran gedacht, dass er ja auch ein Mädchen hätte sein können.

Denselben Moment erlebte er jetzt beim Lesen des Berichtes des spanischen Soldaten. Es gab nämlich noch etwas, das durch den Zufall entschieden worden war. Dies war für ihn aber noch selbstverständlicher gewesen als sein Geschlecht: Die Zeit, in der er gelebt hatte.

Eigentlich, wenn er so darüber nachdachte, hatte er in dieser Hinsicht wirklich viel Glück gehabt. Vermutlich war die Wahrscheinlichkeit in einer Demokratie aufzuwachsen erschreckend gering bei den vielen Monarchien und Diktaturen, die dem modernen System seines Landes vorangegangen waren. Genauso hätte er in früheren Zeiten auf Vieles verzichten müssen, ohne das er sich sein Leben gar nicht vorstellen konnte. Elektrizität, Technik, Fortbewegungsmittel. Aber genauso auch die ganz alltäglichen Hygieneartikel wie Zahnpasta, Shampoo oder Klopapier.

Als er sich gerade dankbar und wertschätzend für den Standard fühlte, in dem er gelebt hatte, drosch eine neue verrückte Idee auf ihn ein. Genauso, wie er in der Vergangenheit hätte leben können, so hätte er auch in der Zukunft leben können. Er hätte im Jahr 3000 und nicht im Jahr 2000 geboren werden können. Eine bizarre Vorstellung. Aber nie hatte man ihn gefragt, in welchem Jahrhundert er hatte leben wollen.

Er fasste sich, wie schon oft in den letzten Tagen, an den Kopf und konnte nicht glauben, mit was für Erkenntnissen sein Aufenthalt in den Lotterieräumlichkeiten ihn bombardierte. Die Lotterie entschied darüber, an genau welchem Tag eine Seele in die Welt gelassen wurde. Sie bestimmte das Geschlecht jedes Menschen. Sie bestimmte in welche Familie, welche soziale Schicht und welchen Ort ein Mensch hineingeboren wurde. Eigentlich wurde das gesamte Weltgeschehen, die gesamte Weltgeschichte maßgeblich durch die Lotterie beeinflusst.

Neugierig las er weiter. „Ich schreibe meine Geschichte hier nieder, weil die Engel mir etwas gezeigt haben. Etwas, das einfach alles verändert hat. Sie haben mir vor zwei Wochen ein Dokument gezeigt, welches darlegt, dass ich anstelle eines Spaniers auch ein Engländer hätte sein können. Aber nicht nur das. Genauso hätte ich in einem Land, in der Nähe des Aztekenreiches oder am ganz anderen Ende der Welt leben können. Von beiden Orten hatte ich noch nie etwas gehört, aber fast hätte ich dort gelebt. Ich konnte dieses Dokument zuerst nicht ganz verstehen. Denn meine Heimat war meine Identität und das wofür ich gekämpft habe. Also habe ich die Engel gefragt, ob die Menschen, gegen die ich gekämpft habe, auch so sind wie ich. Ich dachte immer, wir wären ihnen überlegen; diesen unzivilisierten, unchristlichen Wilden. Ihre Antwort hat mich in eine tiefe Trauer gestürzt. Sie sagen, dass alle Menschen auf der Erde den gleichen Ursprung haben. Menschen haben sich verändert und voneinander distanziert, aber jeder, gegen den ich gekämpft habe, war ein Mensch ganz genauso wie ich, sagen sie.

Ich habe also gegen meine eigenen Brüder gekämpft. Gegen Völker, zu denen ich selber hätte gehören können. Ich habe Menschen getötet, weil unser Königreich Gold wollte. Ich habe Menschen getötet, nur damit unser Königreich wachsen konnte.

All das kommt mir wie ein großer Irrtum vor. Ich kann nachts nicht schlafen. Denn mein Leben lang habe ich einen Kampf mitgekämpft, den es nicht hätte geben dürfen. So verrückt und anders das Volk war, dessen Reich wir eroberten: Sie waren unsere Brüder und Schwestern. Wir hätten sie niemals angreifen dürfen."

Darren hörte auf zu lesen und schlug das Buch zu. Eigentlich war die Erkenntnis des Spaniers nicht besonders. Sie war logisch. Es war eine Erkenntnis, auf die er selbst hätte kommen können; was er aber nie getan hatte.

Als er über all die Kriege nachdachte, die auf der Erde wüteten, regte sich in ihm eine Abscheu, die er zuvor so noch nie gespürt hatte. Gott hatte all die Menschen frei in die

Welt entlassen. Er hatte ihnen einen Planeten geschaffen, der genug Nahrung und Platz für alle bot. Und doch hatte die Menschheit es geschafft, all das zu zerstören. Sie hatte Strukturen geschaffen, die Menschen unfrei machten. Sie hatte es geschafft, dass manche Menschen hungerten, während andere in Überfluss lebten. Sie hatte es geschafft, dass manche Menschen riesige Grundstücke und Villen besaßen und andere kein Dach über dem Kopf hatten.

Anstatt sich von Anfang an gemeinsam um die Erde zu kümmern und ihre Ressourcen zu teilen, kämpften die Menschen seit Jahrtausenden um sie.

Darren stand auf und verließ sein Zimmer. Er ging in den Aufenthaltsraum und stellte sich einen Laptop vor. Augenblicklich erschien das Modell, das er sich vorgestellt hatte und er öffnete einen Browser. Zuerst suchte er nach der Geschichte des Spaniers. Sein Anführer Hernán Cortés war tatsächlich eine berühmte Persönlichkeit. Die Suche seines Namens erzielte sofort viele Ergebnisse mit ausführlichen Berichten seiner Expeditionen in Amerika. Als er sich einen der Artikel durchlas, erklärte sich ihm eine Frage, die der Spanier sich gestellt hatte. Die Azteken in Tenochtitlán hatten im Jahr, in dem er mit Cortes ihre Stadt betreten hatte, die Ankunft einer Gottheit erwartet. So war es in ihrem Kalender datiert gewesen. Statt dieser Gottheit waren aber die Spanier gekommen, die sie zunächst für die erwarteten Götter gehalten hatten. Eine andere Version besagte, die Spanier hätten so schlecht gerochen, dass die Azteken sie mit wohlriechenden Düften empfangen hatten.

Ein paar Minuten lang las er weiter in dem Bericht über die Eroberung des Aztekenreiches. Nicht lange, nach dem Tod des Spaniers, schaffte es Cortes, mit Hilfe von Verstärkung,

Tenochtitlán zu erobern. Die Stadt wurde zerstört und neu erbaut. Heutzutage hieß sie Mexiko-Stadt und war die größte Stadt Mexikos. Die Spanier machten das Aztekenreich zu ihrer Kolonie und nannten es Neuspanien, bis es viele Jahre später zu einem Teil des heutigen Mexiko werden sollte.

Im Anschluss an seine Recherche über Cortes und die Azteken überprüfte Darren die Aussagen des Spaniers über den Ursprung der Menschheit. Die Engel hatten ihm die Wahrheit erzählt. Tatsächlich stammten alle Menschen aus Afrika, aus dem heutigen Tansania. Von da aus hatten sie sich über den ganzen Planeten ausgedehnt. All das lag so weit zurück, dass die Menschen damals andere Kontinente über den Landweg erreicht hatten und sich so auf die ganze Welt hatten ausbreiten können. Im Verlauf der Jahre waren diese Landverbindungen zwischen den Kontinenten dem Wasser gewichen. So lebten die Menschen in Amerika, Australien und den verbundenen Kontinenten Europa, Asien und Afrika eine lange Zeit unter sich und entwickelten sich ganz verschieden. Dazu kamen sehr viele Inseln weltweit, auf denen die Menschen isoliert vom Rest der Welt gelebt hatten.

Darren schämte sich, all das nicht schon vorher gewusst zu haben. Erst durch die Lotterie hatte er begonnen, darüber nachzudenken, woher alle Menschen eigentlich kamen und wie sie sich so verschieden entwickelt hatten. Dabei waren die Antworten darauf schon vor seinem Tod für ihn zugänglich gewesen.

Genauso schämte er sich, dass er diese Wut auf das Unrecht, das auf der Erde geschah, noch nie gespürt hatte. Wie hatte er all das nur so gleichgültig zur Kenntnis nehmen können? Er hätte auch ohne die Lotterie erkennen können, dass sein Leben in einem friedlichen Land mit einem hohen Lebensstandard dem Zufall entsprungen war. Er hätte auch ohne die Lotterie erkennen können, dass er über ganz viele Eckdaten seines Lebens nie hatte entscheiden dürfen und sie auch vollkommen anders hätten sein können.

Der Spanier hatte andere Menschen getötet, weil er sich nicht über die Existenz der Lotterie im Klaren gewesen war. Hatte er ebenfalls Fehler gemacht, weil er den Einfluss der Lotterie auf das Leben nicht erkannt hatte?

Beschämt schaute er auf den Boden. Die ganzen Witze auf der High-School, die er mit seinen Freunden gemacht hatte – niemals würde er sie so wiederholen. Sie hatten sich lustig gemacht über die Dicken, die Kleinen, die Dünnen, die Unsportlichen und ziemlich oft über die unattraktiven Mädchen. Fast alles, worüber sie sich belustigt hatten, waren von der Lotterie beeinflusste Dinge gewesen. Eine Person ihres Aussehens wegen zu beleidigen, erschien ihm rückblickend dumm und idiotisch. Er erinnerte sich voller Reue an ein Mädchen mit vielen Pickeln zurück, die er mal frech auf ihr Gesicht angesprochen hatte. Sie war heulend aufs Mädchenklo gerannt und er hatte sich bei seinen Kumpels High-Fives abgeholt. Was war er nur für ein Idiot gewesen!

Er war erneut traurig, dass er keine Chance hatte, in sein Leben zurückzukehren. Nicht aber wie zuvor, weil er seine Familie und Freunde wiedersehen wollte. Er wollte zurück und anders leben. Wenn er zurückkehren könnte, würde er ganz anders durch die Welt gehen. Er würde seine Mitmenschen aufgrund ihres Inneren beurteilen und nicht wegen einer der vielen Zufallsvariablen, die sie der Lotterie verdankten. Er würde Menschen an ihren Taten messen, nicht an zufälligen Rahmendaten ihres Lebens.

Kurz bedrückte es ihn, dass es kein Zurück gab und die Erkenntnisse des heutigen Abends zu spät kamen. Dann wallte in ihm aber eine Entschlossenheit auf. Eine Entschlossenheit, von nun an anders zu sein. Er würde damit beginnen, mit Lalita und Ingrid richtig umzugehen. Niemals würde er sich in seinem Urteil über sie von ihrer Nationalität oder ihrem Geschlecht beeinflussen lassen. Auch wenn er nicht wusste, wohin sein Weg führen würde, wenn er die Lotterie verlassen durfte, so nahm er sich auch für die Zeit danach vor, sein Leben anders zu führen. Ein Leben voller Toleranz und Offenheit, ohne die Vorurteile und Stereotypen, die sein Weltbild zuvor immer geprägt hatten.

Mit diesem Entschluss in seinem Kopf nahm er das Buch, ging zurück in sein Zimmer und legte sich in sein Bett. Zum ersten Mal, seitdem er bei der Lotterie war, schlief er fast schon zufrieden ein. Seine Erkenntnisse kamen zwar zu spät, aber von nun an würde er anders leben. Denn er hatte etwas verstanden. Er hatte verstanden, dass alle Menschen auf ihre ganz unterschiedlichen Arten und Weisen gleich waren.

Seine Erkenntnisse und Beschlüsse vermischten sich mit den Vorstellungen von seiner ersten Verlosung und begleiteten ihn in seine Träume.

6. Die erste Verlosung

Darren wurde vom penetranten Piepen seines Weckers aus dem Schlaf gerissen. Es war 9 Uhr und er stand auf und frühstückte. Eine große Anspannung beherrschte ihn. Zwar erschien ihm der Job, den er gleich erledigen sollte, recht einfach und anspruchslos – aber die Verantwortung, die mit ihm einherging, machte ihm Sorgen. Es war eine Arbeit wie die eines Schichtarbeiters am Fließband. Man konnte eigentlich nicht viel falsch machen. Nur rollten über sein Fließband menschliche Seelen, während der Schichtarbeiter Konservenessen aussortieren musste.

Er konnte an nichts anderes mehr denken, als die bevorstehende Verlosung. Die übrige Stunde bis zum Beginn versuchte er mit Videospielen zu überbrücken, aber auch diese schafften es nicht, ihn zu beruhigen. Er machte sich einen zweiten Kaffee, setzte sich auf das Sofa des Aufenthaltsraumes und schaute auf die Zeiger seiner Armbanduhr. Noch ein paar Umdrehungen des Sekundenzeigers und es war soweit. Er atmete tief durch, versuchte sich zu entspannen und schloss die Augen. In kleinen Schlucken trank er seinen Kaffee, ohne dabei seine Augen zu öffnen. Ruhe und Entspannung kehrten in seinen Körper zurück. Als er kurz darauf wieder auf seine Uhr schaute, waren es nur noch 10 Minuten, bis seine erste Verlosung beginnen sollte. Darren nahm seinen Mut zusammen und machte sich auf den Weg zur Lotterie.

Als er den Kontrollraum betrat, fand er ihn leer auf. Hannah und Anna mussten schon im Lotteriesaal sein. Er schaute sich im Kontrollraum um und entdeckte die Tür, die er vorgestern hatte öffnen wollen. Die Tür, von der die Engel ihm nichts erzählt hatten. Dabei hatten sie ihm doch sonst wirklich alles an diesem Ort erklärt, sogar vieles, das er gar nicht hatte wissen wollen. So wie vor zwei Tagen ging er auf die Tür zu und rüttelte am Türknauf, aber sie war immer noch abgeschlossen.

Er entschied sich, die Engel nach der Verlosung auf die Tür anzusprechen und betrat den Lotteriesaal. Hannah und Anna standen an einem Computer, der in die Wand eingelassen war und beredeten etwas. Sein Blick blieb aber wie schon vorgestern an der riesigen Lotterie hängen. Die unzähligen Rohre erstreckten sich viele Meter hoch bis an die Decke des riesigen Raumes und er konnte kein Ende des Komplexes erkennen.

Die Engel drehten sich von ihrem Computer weg, als sie ihn hereinkommen hörten und liefen auf ihn zu. „Hallo, Darren," sagte Anna. „Hast du gut geschlafen?" „Ja, mir geht es bestens," antwortete Darren und versuchte, seine Nervosität vor der kommenden Aufgabe zu verstecken.

„Wunderbar! Es ist gut, dass du so früh da bist. Wir werden dir schon einmal deine Aufgabe erklären, bevor Ingrid zu uns stößt. Bist du startklar?" „Ich denke schon." „Perfekt. Also, Darren, die Arbeit hier in der Lotterie ist ganz simpel. Dennoch musst du dir bewusst sein, dass wir uns keine Fehler erlauben dürfen. Nicht mal einen klitzekleinen, ist das klar?" „Ja. Dessen bin ich mir bewusst." „Ausgezeichnet. Unsere Lotterie funktioniert wie folgt: Hannah oder ich werden zum Start den großen Hebel dort an der Wand umlegen. Dieser bringt die Maschine ins Rollen. Nach und nach werden alle Seelen, die du dort oben in der Röhre siehst, durch die Lotterie hindurchlaufen und in eines der Quadrate fallen. Dieser Prozess dauert bis zu drei Stunden lang, denn die Kugeln rollen alle nacheinander durch die Röhren, nicht gleichzeitig. Soweit irgendwelche Fragen?" „Ich glaube nicht," sagte Darren. „Fantastisch. Deine Aufgabe wird es sein, die einzelnen Quadrate durchzusehen und zu überprüfen, ob die Seelen sicher darin gelandet sind. Theoretisch bekommen wir eine Mitteilung, wenn eine der Kugeln stecken bleibt, aber sicherheitshalber überprüfen wir trotzdem jedes einzelne Quadrat. Doppelt hält besser – so wie ihr Menschen gerne sagt." Hannah und Anna lachten beide laut und gekünstelt auf.

Während Darren herauszufinden versuchte, was an der Aussage so lustig sein sollte und warum die Engel sich nicht einkriegen konnten vor Lachen, betrat Ingrid den Lotteriesaal. „Ah, Ingrid. Wundervoll siehst du heute aus", sagte Anna. „Wir sind fast mit Darrens Einführung fertig und können beginnen." „Also, Darren", fuhr Hannah fort. „Deine Aufgabe ist die Überprüfung der Quadrate. Das ist fast alles. Du musst nur schauen, ob die Seelen sich darin befinden. Selten kommt es vor, dass eine Kugel im Röhrensystem stecken bleibt. Wenn dies passiert, zeigt der Computer hier es uns an und du musst zur passenden Stelle gehen und die Kugel wieder in Fahrt bringen. Das passiert aber so gut wie nie. Wir haben die Maschine über die Jahre hinweg immer weiter optimiert." „Okay, das sollte ich alles schaffen", sagte Darren. Die Anwesenheit von Ingrid gab ihm Selbstvertrauen. Sie sah so locker und entspannt aus, dass er sich kaum noch Sorgen machte.

„Dann wollen wir mal beginnen", sagte Anna und lief zum Hebel. „Darren, du übernimmst die linke Reihe, Hannah die Rechte und Ingrid und ich werden die Mitte überprüfen." Darren stellte sich an die Stelle, die die Engel ihm zuwiesen und sah zu, wie Anna den großen Hebel umlegte. Mit einem großen Rattern lief die Maschine an. Darren schaute nach oben und sah die ersten Kugeln aus dem großen Rohr in das System hineinrollen. Nur wenige Sekunden später landeten sie in den Quadraten vor ihm.

Es waren immer Vierergruppen und bei jeder Röhre, durch die eine Kugel gerollt war, schloss sich anschließend eine Klappe, sodass die nächsten Kugeln in andere Quadrate rollen würden. Es ging sehr schnell und Darren hatte Schwierigkeiten hinterherzukommen. Zu neugierig war er, was für Namen auf den kleinen Bildschirmen standen.

45 Minuten lang lief er seine Reihe entlang und musste permanent überprüfen, ob die Seelen in den Quadraten gelandet waren. Es dauerte meist nur ein paar Sekunden, bis eine Vierergruppe sich gefüllt hatte, denn die Lotterie pumpte die Seelen mit einer enormen Geschwindigkeit durch die Plastikrohre. Die Arbeit war ermüdend und er nahm die von Anna angesagte Pause dankend an.

Endlich hatte er Zeit, die Namen auf den Bildschirmen genauer zu inspizieren. Er betrachtete eine der silbern schimmernden Kugeln und schaute auf das Display neben ihrem Quadrat. Diese Seele würde den Körper des morgen geborenen Mehmet Yilmaz in Bursa, in der Türkei, erfüllen. Die nächste Kugel war einer Ina Schmidt zugelost worden. Sie würde in einer Stadt namens Bamberg in Deutschland geboren werden.

Im dritten Quadrat befand sich eine Seele, die Lee Shao in China zugelost worden war und die letzte Kugel hatte somit automatisch den Weg zu Oumar Keita in Mali gefunden. Die Entscheidung darüber, welche Seele in welches Quadrat der Vierergruppe fallen würde, hatte nur zwei Sekunden gedauert, aber über die Schicksale von vier Menschen entschieden. Darren schüttelte den Kopf. Es war bizarr, Zeuge von dieser Entscheidung zu sein. Einer Entscheidung, von der diese Menschen ihr Leben lang nichts wissen würden.

Das deutsche Mädchen Ina Schmidt hätte mit einer Wahrscheinlichkeit von 75% ein Junge sein können und zu 50% außerhalb von Europa leben können. Ihr Geschlecht und ihr Geburtsort würden für sie aber immer das Natürlichste, Normalste auf der Welt sein. Sie würde keinen blassen Schimmer davon haben, wie knapp sie an einem Leben in Mali vorbeigeschrammt war. Sie würde den Lebensstandard in Deutschland als selbstverständlich ansehen, dabei war er ungewöhnlich hoch.

Kurz verweilte Darren bei der Seele von Ina Schmidt und dachte darüber nach, wie ihr Leben sich entwickeln würde, bis Hannah ihn aus seinem Tagtraum aufweckte. Die Pause war vorbei.

Unverändert ging es anschließend weiter. Immer fielen die Kugeln in die Quadrate, die anschließend abgeriegelt wurden, bis die Gruppe komplett war. Darren blieben nur wenige Sekunden zum Verschnaufen, während die Kugeln in eine Reihe von Hannah, Anna oder Ingrid fielen. Ansonsten musste er durchgehend kontrollieren, ob die Seelen alle in einem Quadrat gelandet waren. Immer wenn eine dreiviertel Stunde lang die Seelen durch die Rohre gelaufen waren, machte die Maschine eine kurze Pause. In diesen Pausen schaute Darren interessiert auf die Namen und Geburtsorte auf den Displays.

Es faszinierte ihn bei jeder Seele, die in eines der Quadrate fiel, wie unterschiedlich ihre anderen Lebenswege gewesen wären. Fast immer waren mindestens drei verschiedene Kontinente in den Vierergruppen enthalten und nahezu immer große soziale Gegensätze. Es gab nur wenige Gruppen, in denen die Seelen ausschließlich in reiche, entwickelte Länder gelost wurden.

Bei der Kontrolle der Quadrate dachte Darren an Ingrids Worte, als sie ihm das Buch gegeben hatte. Sie hatte gesagt, er solle überlegen, ob das Zufallsprinzip der Lotterie fair und richtig wäre. Jetzt, wo er sah, wie die Lotterie die Seelen in Verhältnisse entließ, die furchtbar ungleich waren, wusste er, wie er darüber dachte: Die tägliche Verlosung der Lotterie war auf gar keinen Fall fair. Wie aber sollte man sonst die Seelen verteilen?

Er verstand nicht, was Ingrid gemeint hatte. Natürlich war es ungerecht, dass manche Seelen in Geborgenheit und Liebe aufwachsen würden und andere in Armut oder ohne Eltern. Es war nicht fair, dass in manchen Vierergruppen drei Seelen in friedlichen Ländern aufwachsen durften und die vierte einem Kriegsgebiet zugelost wurde. Wäre es nicht aber noch unfairer, die Seelen bewusst zu verteilen?

Darren sah keine andere Möglichkeit als die Zufallsverteilung der Lotterie. Sie war nicht perfekt und auf keinen Fall fair, aber sie gab jedem Menschen die gleiche Chance, in einem guten Umfeld groß zu werden. Sie behandelte alle Menschen gleich – wie sollte man es besser machen? Was hatte wohl vorherige Mitarbeiter dazu getrieben, die Lotterie verändern zu wollen?

Letzten Endes war es wieder die Schuld der Menschen, dass die Zufallsverteilung ungerecht war und nicht die der Lotterie, dachte Darren sich. Wenn die Erde nicht von so großer sozialer Ungleichheit geprägt wäre, würde jede Seele in ein gutes Leben hineingeboren werden. Es lag an den Menschen, die Verteilung fair zu gestalten, indem sie die Welt zu einem gerechteren Ort machten.

Darüber grübelnd, was Ingrid ihm hatte sagen wollen, kontrollierte er immer weiter die Seelen, die in die Quadrate fielen. Die Zeit verging schnell, da er ständig in Bewegung war und er immer über die verschiedenen Lebenswege der Vierergruppen nachdachte, in die die Seelen entlassen wurden.

Nach ein paar Stunden hörte die Maschine auf zu arbeiten. Alle Kugeln waren durch die Rohre in ihre Quadrate gerollt. Erleichtert atmete Darren auf. Die Arbeit war zwar sehr leicht, aber auch sehr monoton und langweilig gewesen. Auch war er es nicht gewohnt zu arbeiten. Er hatte während seines Lebens nie einen Job gehabt.

Darrens Reihe erstreckte sich noch viel weiter, als er gekommen war. Vermutlich hatten die Engel sich auf einen noch höheren Anstieg der Weltbevölkerung vorbereitet und die Lotterie größer gebaut als momentan notwendig. Hannah wies ihn freundlich an, mit ihr mitzukommen und sie gingen zurück in Richtung des Eingangs des Lotteriesaals. Dort schaute sie mit Anna auf den in die Wand eingelassen Computer.

„Der Computer zeigt keine Fehler an, die uns unterlaufen sind. Seid ihr euch alle sicher, dass jede Seele in einem Quadrat gelandet ist?" Darren tat es Ingrid nach und nickte, fühlte sich dabei aber furchtbar unwohl. Zwar war er sich sicher, dass die Seelen immer in die Quadrate gefallen waren, aber die Möglichkeit eines Fehlers machte ihm Angst. Wenn er einmal nicht aufgepasst hätte, würde ein unschuldiges Kind seinetwegen sterben. Niemals durfte er diesen Job auf die leichte Schulter nehmen.

„Hervorragend!", sagte Anna und ging zurück zum großen Hebel, den sie zum Start der Lotterie umgelegt hatte. Sie schaltete ihn zurück in seine Ausgangsposition und die Engel und Ingrid blickten zur Lotterie. Darren folgte ihren Blicken und sah, weshalb sie sich umgedreht hatten. Alle Seelen in den Quadraten leuchteten hell auf und waren nach ein paar Sekunden des hellen Leuchtens verschwunden. Es war ein mitreißender Anblick.

„So, Darren. Deine erste Verlosung. Hat doch super geklappt, oder nicht?" „Ja, ich denke schon", sagte er und starrte weiterhin die Lotterie an: „wohin sind die Seelen denn nun verschwunden?" „Ich dachte das wüsstest du bereits", sagte Hannah. „Sie wurden in die Embryonen ihrer zugeteilten Körper transferiert, sodass jedes Kind mit einer Seele geboren wird."

Tatsächlich hatte Darren gewusst, dass die Seelen nach der Verlosung in den Körpern der Kinder landen würden. Er hatte sich nur nie Gedanken darüber gemacht, wie der Weg von der Lotterie in den Körper hinein eigentlich funktionierte. Wie die Seelen aus den Quadraten in die Körper übergingen, blieb ihm ein Rätsel, er traute sich aber nicht, die Engel zu fragen. Vermutlich würden sie ihm wieder eine belehrende, besserwisserische Antwort geben.

Den Anblick der leuchtenden Seelen weiterhin vor Augen, folgte Darren Hannah, Anna und Ingrid in den Kontrollraum. „So, Ingrid und Darren. Morgen werdet ihr erneut mit uns zusammenarbeiten. Übermorgen arbeiten dann Lalita und Darren für zwei Tage zusammen und anschließend Lalita und Ingrid. Diesen Rhythmus werden wir beibehalten bis Ingrid uns verlässt." Darren und Ingrid nickten die Information ab und gingen dann beide in Richtung des Mitarbeiterbereichs.

Darren dachte bereits voller Vorfreude an einen Mittagsschlaf und etwas zu essen, bis er aus dem Augenwinkel die mysteriöse Tür sah und sich ruckartig umdrehte.

„Hannah, Anna, was verbirgt sich hinter dieser Tür?", fragte er und deutete auf die Tür. Auch Ingrid blieb stehen und schaute interessiert in Richtung der Engel. „Darren, was sich hinter dieser Tür befindet, zeigen wir unseren Mitarbeitern immer erst, nachdem sie fünf Wochen hier gearbeitet haben. Wir bitten um dein Verständnis hierfür", sagte Anna. Wie immer hatte sie ihr freundlichstes Lächeln aufgesetzt.

Ungläubig starrte er die Engel an. „Wieso denn das?", fragte er empört. „Aber, Darren. Das können wir dir doch unmöglich plausibel erklären, ohne den Inhalt des Raumes zu offenbaren", sagte Hannah und die Engel verfielen in einen ihrer vielen Lachanfälle. Als sie merkten, dass Darren sie noch immer wütend anstarrte, fügte Anna an: „Sei dir aber sicher, Darren, dass es deine Arbeit hier in der Lotterie nicht beeinflusst. Wenn wir dir den Raum in ein paar

Wochen zeigen, wirst du wie gewohnt weiterarbeiten. Wir verheimlichen dir nichts, was du wissen solltest, Darren."

„Ihr erwartet also, dass ich euch bei der Lotteriearbeit helfe und ihr verratet mir nicht einmal, was hinter dieser Tür ist?", fragte Darren, der nun wirklich zornig geworden war. Er kam sich vor wie ein kleines Kind, dem man etwas nicht erlaubte. „Darren, du wirst nicht dazu gezwungen, uns bei der Arbeit hier zu helfen. Du kannst dich hier ein halbes Jahr entspannen und nichts tun. Dann wirst du aber auch mit den Konsequenzen leben müssen, die ein solches Verhalten nach sich ziehen würde. Wir sind uns sicher, dass dir bewusst ist, wie wichtig unsere Arbeit hier ist."

Mit diesen Worten gingen die Engel zu ihren Bildschirmen und ließen Darren konsterniert zurück. Am liebsten wäre er ihnen hinterhergelaufen und hätte sie angeschrien. Inzwischen wusste er aber, dass jeder Widerstand gegen ihre Argumentation sinnlos war. Sie würden aufs Neue ihre klinisch-freundlichen Mienen aufsetzen und ihm in aller Ruhe antworten. Kurz überlegte er dennoch, seine Wut an Hannah und Anna auszulassen.

Eine Hand, die ihn sanft zurückzog, hielt ihn davon ab. Ingrid brachte ihn dazu, seinen Blick von den Engeln abzuwenden. „Komm mit, Darren", sagte sie und ging voraus in den Mitarbeiterbereich. Er folgte ihr und sie wartete im Flur auf ihn. „Kannst du mir verraten, was hinter der Tür ist?" „Das könnte ich. Ich werde es aber nicht tun." „Du stellst dich auf die Seite der Engel?" „Nur in diesem einen Fall", sagte Ingrid und lächelte. „Du bist vor ein paar Tagen gestorben. Dich davon zu erholen und dazu all die Erfahrungen mit der Lotterie zu verarbeiten – das ist Wahnsinn! Es wird dir sogar viel zu viel zugemutet, wenn du mich fragst. Daher ist es eine gute Idee der Engel, den Mitarbeitern nicht auch noch den Inhalt dieses Raumes direkt zu Beginn zu offenbaren. Du wirst im Moment genug zum Nachdenken haben."

Vergeblich suchte Darren nach den passenden Widerworten. Er wollte sich das nicht bieten lassen. Wenn er schon an diesem Ort war, dann wollte er auch von allem wissen, das hier vor sich ging. „Darren, ruh dich aus. Du hast gerade etwas miterlebt, dessen Tragweite weit über den Horizont der meisten Menschen hinausgeht. Es wird Wochen dauern, bis du all das neue Wissen dieses Ortes sortiert hast und dir eine richtige Meinung dazu bilden kannst." Erneut wusste er nicht, was er Ingrid entgegnen konnte. „Und außerdem: Es ist nur ein bisschen über einen Monat, bis die Engel dir den Raum zeigen. Die Zeit wird wie im Flug vergehen. Du hast den Tod überlebt, Darren. Das schaffst du auch." Sie zwinkerte ihm zu und verschwand dann in ihrem Zimmer. Kurz stand er weiterhin regungslos und nach Worten suchend im Flur, bis er sich aus seiner Starre befreite und in sein eigenes Zimmer ging.

Enttäuscht lag Darren auf seinem Bett. Er wusste, dass Ingrid Recht hatte. Trotzdem lag er mehrere Minuten lang nur so da und ärgerte sich über die Schwedin. Mit der Zeit verblasste seine Wut und er begann den Tag zu reflektieren. In der ganzen Aufregung hatte er seine erste Verlosung kurzzeitig verdrängt. Dabei faszinierte ihn die Erfahrung, die er gemacht hatte in jeder Hinsicht. Er hatte dabei zugesehen, wie all den Menschen, die morgen geboren werden würden, ihre Seelen zugeteilt wurden. Das war unfassbar. Seine gesamte Familie war einst durch die Röhren gerollt, die er soeben kontrolliert hatte. Diese riesige

Maschine entschied so viel, jeden Tag. Aber trotzdem wusste kein einziger Mensch auf der Erde von ihrer Existenz.

Eine halbe Stunde lang lag Darren auf seinem Bett und seine Gedanken kreisten weiter um die Lotterie und seinen heutigen Tag, bis er irgendwann einschlief. Die monotone Arbeit hatte ihn müde gemacht. Er wurde durch ein lautes Klopfen an der Tür aus dem Schlaf gerissen. „Darren, bist du hier?", hörte er Annas Stimme und rappelte sich auf, unsicher, wie lange er geschlafen hatte. „Ja, ich bin hier. kommt rein!", erwiderte er verschlafen und setzte sich auf die Bettkante.

Hannah und Anna betraten sein Zimmer, beide mit einem Klemmbrett und einem Stift in den Händen. Die zwei Engel hatten fröhliche und erwartungsfrohe Mienen aufgesetzt, die auf Darren wie so oft sehr künstlich wirkten. Als hätten sie verschiedene Versionen von Gesichtsausdrücken abgespeichert, aus denen sie sich immer den genau passenden heraussuchen konnten. Der schwache Schimmer, den sie dauerhaft auszustrahlen schienen, komplettierte ihr kurioses Auftreten.

„So, Darren, es ist Zeit für dein erstes Kontrollgespräch", sagte Hannah. „Kontrollgespräch?" „Richtig, Darren. Wir sind dafür verantwortlich, dass du dich hier wohlfühlst und möchten dir dabei helfen, deine ersten Eindrücke zu verarbeiten. Komm, wir setzen uns in den Aufenthaltsraum."

Schweigend stand er auf und folgte den Engeln in den Aufenthaltsraum, wo sie sich auf drei bequeme Sessel aufteilten. „Also, beginnen wir mit ein paar einfachen Fragen. Gefallen dir dein Zimmer und der Aufenthaltsraum?" „Naja, was soll man da groß verbessern? Man kann sich doch alles vorstellen, was man benötigt." „Richtig. Dennoch haben wir schon ein paar Mal spezielle Wünsche von Mitarbeitern bekommen. Beispielsweise den Wunsch nach einem Haustier oder einem Fenster, das Tageslicht spendet." „Das funktioniert?" „Nun ja, ein Haustier können wir nicht herbeizaubern. Ein Fenster, welches Tageslicht simuliert, ist möglich. Möchtest du eins?" „Sehr gerne."

Das Gespräch mit den Engeln ging fünf Minuten lang so weiter. Sie fragten ihn nach seiner Meinung zu den Räumlichkeiten und versuchten, jeden Vorschlag seinerseits umzusetzen. Egal, was er sagte – sie machten sich immer Anmerkungen auf ihren Klemmbrettern.

Schließlich fragten sie ihn nach seiner Meinung zu seinem ersten Arbeitstag. Darren schilderte seine Eindrücke und dass er die Arbeit als sehr monoton und recht lang empfand. „So sehen das alle Mitarbeiter, Darren. Aber leider können wir nichts daran ändern. Es werden nun einmal jeden Tag immer mehr Menschen geboren. Wir würden uns auch über eine kürzere Arbeitszeit freuen."

Die Art und Weise, wie die Engel auf seine Fragen und Schilderungen antworten, empfand Darren als befremdlich. Es war, als wären ihre Antworten automatisiert und würden aus einer großen Datenbank stammen, auf die sie immer zugreifen konnten, wenn er ihnen eine Frage stellte.

„Eine letzte Frage haben wir noch, Darren. Für alle Mitarbeiter, die wir bisher betreut haben – und glaub uns, das sind schon ganz schön viele gewesen – war die Lotterie immer ein Anlass, sehr viel über ihr eigenes Leben nachzudenken. Wie waren deine bisherigen Erfahrungen in dieser Hinsicht? Verändert die Lotterie etwas daran, wie du über dein Leben nachdenkst?" "Sehr sogar, schätze ich. Ich finde es unglaublich, wie viel die Lotterie entscheidet, wie viel Einfluss sie hat. Mein Leben hätte so anders sein können. Ich weiß, ihr habt mir an meinem ersten Tag hier davon erzählt, dass die äußeren Einflüsse einer Person nur zu einem Drittel das Leben eines Menschen bestimmen. Aber spätestens seit meiner Schicht heute habe ich das Gefühl, dass dieser Einfluss viel größer ist. Mein gesamtes Leben war ich sehr stark an meine Kultur, meine Heimat und meine Familie gebunden. Und über all das hat doch die Lotterie entschieden."

Hannah und Anna schauten sich kurz an und blickten dann wieder zu ihm. Als hätten sie soeben ihre Antwort in ihrer Datenbank abgeglichen. "Es ist richtig, Darren, die Lotterie entscheidet über sehr viel", begann Anna, "aber dennoch ändert dies nichts an der Dreiteilung der Einflüsse auf das Leben eines Menschen. Es ist so, dass jede menschliche Gesellschaft eine Gemeinsamkeit aufweist, die sich entscheidend darauf auswirkt, wie man sich verhält. Hast du eine Idee, was diese Gemeinsamkeit sein könnte?" Darren schüttelte den Kopf.

"Es ist die Gemeinsamkeit der Sozialisation. Jede Gesellschaft entwickelt ihre eigenen, individuellen Strukturen. Und wenn jemand neu in eine Gesellschaft dazu stößt – wie es jeden Tag all die Seelen tun, die wir hier verlosen – so wird versucht, diesen Menschen in diese Gesellschaft einzugliedern. Sozialisation orientiert sich an den Normen einer Gesellschaft. Daran, was eine Gesellschaft für richtig und was sie für falsch hält. Und all das wird einem Kind von der Gesellschaft vermittelt und prägt somit sein Weltbild und seine Meinung. Du wurdest durch die Sozialisationsinstanzen der amerikanischen Gesellschaft geprägt. Deine Eltern haben dir die Traditionen und die Kultur deiner Heimat vermittelt. Dadurch wurde diese für dich selbstverständlich. Dies sind die äußeren Einflüsse, die wir dir an deinem ersten Tag beschrieben haben."

„Nun ist es so", fuhr Hannah fort, „dass mit Sozialisation etwas Hand in Hand geht. Und dies erweckt bei dir den Eindruck, dass die äußeren Einflüsse dein Leben so maßgeblich bestimmt haben. Sozialisation ist immer mit Erwartungen verknüpft. So wurde von dir als Amerikaner beispielsweise erwartet, dass du Thanksgiving feierst. Rein theoretisch bist du in deinen Entscheidungen gänzlich frei und könntest durch diese selber festlegen, ob du Thanksgiving feierst oder eben nicht. Nur ist das Problem, dass dein Umfeld von dir erwartet hat, dass du es feierst. Von diesen Erwartungen abzuweichen, hätte für dich viele Schwierigkeiten mit sich gebracht. Du hättest dich dafür vor all deinen Bekannten rechtfertigen müssen, hättest dich womöglich sogar mit manchen Mitgliedern deiner Familie gestritten, weil du als einziger nicht zum Thanksgiving Essen erschienen wärst. Sozialisation birgt also immer eine gewaltsame Komponente, die das Individuum in verschiedene Rollen zwingt. Denn abweichendes Verhalten bringt fast immer Schwierigkeiten mit sich."

„Und deshalb, Darren, deshalb, empfindest du die äußeren Einflüsse als so ungeheuer machtvoll. Weil von ihnen abzuweichen und sich von ihnen zu distanzieren, immer eine große Hürde für jeden Menschen darstellt. Aber trotzdem hättest du dich durch deine Entscheidungen immer von ihnen abwenden können. Du hättest genauso Schafhirte auf Island werden können, wie den Weg zu gehen, den du für deine Zukunft geplant hattest."

Darren wollte zu einer Antwort ansetzen, doch ein erneuter Redeschwall von Hannah ließ ihn nicht dazu kommen. „Wir nennen dies gerne auch das Handtaschen-Phänomen", sagte sie. Sie sprach schnell und aufgeregt, als hätte sie seit Wochen darauf gewartet, diesen einen Satz zu sagen. „Denn in nahezu jeder Gesellschaft dieser Welt hat sich heutzutage die unsichtbare Regel gebildet, dass nur Frauen Handtaschen tragen, Männer aber nicht. Dabei bietet eine Handtasche doch wirklich viele praktische Vorteile an. Sie ist klein und kompakt, aber bietet genug Platz, um immer alle wichtigen Gegenstände überall hin mitzunehmen. Dennoch verbieten die ungeschriebenen Regeln der Gesellschaft es den Männern, eine Handtasche zu tragen. Verstößt man gegen diese Regel so wird man bestraft. Verhöhnung und Ausgrenzung sind mögliche Konsequenzen. Sowohl von anderen Männern als auch von Frauen. Erlaubt ist es als Mann nur, eine andere Form einer Handtasche zu benutzen. Wird aus der Handtasche eine Bauchtasche, dann…"

„Zack!", rief Anna laut aus und die Engel schnipsten beide synchron mit den Fingern. „Ist sie für einen Mann erlaubt."
„Ihr Menschen seid schon ein schräges Völkchen", fuhr Hannah fort. „In gewisser Weise entscheidet die Lotterie also auch darüber, welche Seelen einmal eine Handtasche tragen dürfen und welche nicht. Denn die verschiedenen Gesellschaften haben diese in ihren eigenen Regelwerken ganz klar dem weiblichen Geschlecht zugeordnet."

Erneut wollte Darren zu einer Antwort ansetzen; wollte sich einerseits für die einleuchtende Erklärung bedanken, aber andererseits auch klarstellen, dass er es in Ordnung fand, nie eine Handtasche getragen zu haben. Erneut kamen ihm die Engel aber zuvor. „Ich hoffe, wir konnten dir weiterhelfen, Darren. Wir müssen jetzt aber mal zurück an die Arbeit. Die Lotterie ruft", sagte Hannah abschließend, woraufhin beide Engel mechanisch kicherten und Darren im Aufenthaltsraum zurückließen.

~

Den restlichen Nachmittag verbrachte Darren damit, in dem dicken Buch weiterzulesen und im Aufenthaltsraum Playstation zu spielen. Die zwei Einträge im Buch, die auf den des Spaniers folgten, stammten von einer Frau aus dem heutigen Pakistan und einem Afrikaner. Beide hatten während ihrer Zeit bei der Lotterie erstmals das Schreiben gelernt und daher nur sehr knapp ihre Eindrücke schildern können.

Darren erkannte seine eigenen Gedanken in denen der Frau und des Mannes. Zwar hatten sie mehrere Jahrhunderte vor ihm gelebt, aber auch sie hatten das Gefühl gehabt, sich nie mit der Vielfalt der Welt auseinandergesetzt zu haben. Sie waren erstaunt darüber, wie viele Menschen es auf der gesamten Welt gab. Sie waren erstaunt darüber, wie selbstverständlich ihre eigene Kultur und ihr Zuhause für sie gewesen waren. Und zuletzt waren sie beide darüber erstaunt, dass ihre Religionen so viele Glaubensinhalte hatten, die sich für sie als frei erfunden herausstellten. Die Frau schrieb, die Engel hätten sich nicht mehr einkriegen können vor Lachen, als sie sie nach der Existenz des Gottes Shiva gefragt hatte.

Darren fand es unglaublich, dass diese Menschen aus dem 16. Jahrhunderten sich ärgerten, nicht mehr über andere Länder gewusst zu haben. Denn genauso ging es ihm auch. Für ihn hatte es immer nur ein Land gegeben: Das gottgesegnete Amerika. Nur im Gegensatz zu den anderen beiden hatte er alle Möglichkeiten gehabt, den Blick über den Tellerrand zu wagen. Er dachte an sein heutiges Gespräch mit den Engeln zurück. Sie mussten Recht haben. Die Gesellschaft mochte einem zwar nicht per Gesetz vorschreiben, wer man sein musste. Aber es gab unsichtbare, ungeschriebene Regeln, deren Verstoß zu Schwierigkeiten führte. Und an diese hatte er sich fast ausnahmslos gehalten. Er konnte sich an keine Situation in seinem Leben erinnern, in der er gegen den Strom geschwommen war.

Nachdem Darren die zwei Einträge gelesen hatte, war sein Kopf schwer vom ganzen Denken und Grübeln des heutigen Tages. Erst hatte er zugesehen, wie flummiartige Seelen durch eine Maschine gerollt und dann verschwunden waren. Danach hatten zwei Engel ihm erklärt, weshalb er sich nur so schwer von seinen Gewohnheiten hatte lösen können und dann hatte er zwei Tagebucheinträge längst verstorbener Menschen von anderen Kontinenten gelesen. Und all das nur vier Tage nach seinem eigenen Tod. Er fasste sich ungläubig an den Kopf und entschied, dass er sich eine Belohnung verdient hatte. Er holte sich Chicken Wings aus der Küche und schaute sich einen Film an. Als er so auf den Bildschirm blickte, fühlte er sich fast schon schuldig glücklich. Während seine Familie und seine Freunde noch um ihn trauerten, saß er auf einer bequemen Couch, aß köstliche Chicken Wings und schaute seinen Lieblingsfilm „Stirb Langsam".

Er vermisste sie alle. All die Menschen in seinem Leben, die für ihn immer selbstverständlich gewesen waren. Die Gewissheit, dass es ein Leben nach dem Tod gab, vermochte ihm aber das erste Mal seitdem er hier war, ein wenig über diese Trauer hinwegzuhelfen. Unmittelbar nach seiner Ankunft war er noch zu schockiert von all den Eindrücken gewesen, die auf ihn eingeprasselt waren. Jetzt aber mit ein paar Tagen Abstand, schaffte er es, die positiven Seiten zu sehen. Denn niemals hatte er sich in seinem Zimmer im Krankenhaus träumen lassen, dass er nach seinem Tod die perfekten Chicken Wings genießen würde und dabei „Stirb Langsam" schauen könnte.

Der Tod war nicht das Ende. Es gab so etwas wie Unendlichkeit. Darum war er sich sicher, dass er eines Tages seine Eltern, seine Freunde und Alison wiedersehen würde.

∼

Die folgenden Tage vergingen für Darren erstmals schnell und ohne Erkenntnisse, die ihn auf die Probe stellen wollten. Die Arbeit in der Lotterie war tatsächlich kinderleicht. Mit jedem Tag, an dem er arbeitete, wurde er bei seiner Bestätigung, dass alle Seelen in ihren Quadraten gelandet waren, sicherer.

Auch schaffte er es, die Möglichkeiten des Aufenthaltsraumes immer besser auszuschöpfen. Nachdem er alle Spiele, die ihm früher zu teuer gewesen waren, einmal ausprobiert hatte, versuchte er sich daran, sich Dinge vorzustellen, die es nicht gab, deren Existenz aber möglich war. So dekorierte er sein Zimmer um. Er stellte sich verrückte Möbel mit bunten Lackierungen vor und nutzte einen Roboter, um die Schränke und Tische zu bewegen.

Belustigt stellte er sich im Aufenthaltsraum einen Schreibtisch aus Teakholz vor und tauschte ihn mit seinem alten Schreibtisch aus.

An den Abenden aß er meist zusammen mit Lalita und Ingrid zu Abend und sie schauten sich Filme im Aufenthaltsraum an. Zwar waren ihre Geschmäcker sehr verschieden, aber die skandinavischen Thriller, die Ingrid ihnen zeigte, gefielen ihm wirklich gut. Es war ihm nie klar gewesen, wie viele Filme eigentlich weltweit produziert wurden. Er hatte immer nur amerikanische Filme geguckt. Lalitas Bollywood Streifen schaute er sich nur mit größter Mühe mit an und er meinte, auch Ingrid anzusehen, dass sie ihr nicht gefielen. Zu albern waren ihm die tanzenden Männer und Frauen in den komischen Gewändern. Und immer ging es nur um Liebesbeziehungen, bei denen von Anfang an offensichtlich war, wie sie sich entwickeln würden. An allen Abenden aber hatte er Spaß und konnte seine Gedanken von traurigen, destruktiven Überlegungen fernhalten.

Die Trauer über seinen Tod war nicht verschwunden. Genauso war er weit davon entfernt, sich nicht die Anwesenheit seiner Familie zu wünschen. Immer wieder fiel er in kleine Stimmungslöcher und die Trauer überwog kurz. Sie wurde aber immer wieder durch den Drang abgelöst, das Beste aus seiner Situation zu machen. Und seine Situation war mit einer Küche, die ihm alles kochen konnte und einem Raum, in dem er alles Materielle haben konnte, was er wollte, gar nicht so schlecht.

Auch las er jeden Tag in dem Buch, das Ingrid ihm gegeben hatte. Die Berichte darin waren faszinierend. Jeder Historiker würde vermutlich über Leichen gehen, um darin einmal zu lesen. Er las Berichte von einem buddhistischen Mönch, einem Chinesen, einer Frau von den Fidji-Inseln, einem Franzosen, einem Südafrikaner, einer Britin und einer Kanadierin.

All diese Berichte stammten aus den unterschiedlichsten Zeiten und Darren recherchierte über die historischen Umstände, in denen diese Personen gelebt hatten. Es war interessant zu sehen, wie jede Person, die begann in der Lotterie zu arbeiten, ihre eigenen Überzeugungen hinterfragte und meistens versuchte, sich von ihnen zu lösen. Die Berichte des Franzosen und der Britin waren in dieser Hinsicht am interessantesten. Der Franzose bedauerte den französischen Kolonialismus zu seiner Zeit und die Britin bedauerte es, ihr gesamtes Leben damit verbracht zu haben, den Haushalt zu führen und ihre Kinder zu erziehen. Sie war verärgert über die ungleich verteilten Rechte für Männer und Frauen, hatte diese aber während ihres Lebens immer so akzeptiert. Das Wissen von der Lotterie hatte ihr Verständnis von der Rolle der Frau radikal verändert.

~

So vergingen Darrens erste vier Arbeitstage in der Lotterie sehr schnell. Es warteten nun zwei Tage Pause auf ihn.

Nachdem er zum zweiten Mal die Schicht mit Lalita übernommen hatte, nahm er sich einen ganzen Nachmittag Zeit, um weiter im großen Buch zu lesen. Er hatte erst ein Drittel des Wälzers geschafft, obwohl er viele Stunden damit verbracht hatte, darin zu lesen. Der Inhalt des Buches wurde aber nicht langweilig. Ständig stolperte er über neue interessante Informationen über die Lotterie. So erfuhr er, dass sie ursprünglich nur eine große Lostrommel gewesen war, aus der Hannah und Anna die Kugeln zufällig gezogen hatten. Es hatte damals auch nur einen Mitarbeiter gegeben. Durch den ständigen Zuwachs der Weltbevölkerung hatten sie sich neue Methoden einfallen lassen müssen und damit begonnen, zwei Mitarbeiter in die Lotterie zu holen. Die Mitarbeiter waren es gewesen, die die ersten Maschinen aus Holz entwickelten, die eine ähnliche Funktionsweise hatten, wie die heutige Lotterie.

Auf den Bericht, eines Mannes aus dem heutigen Venezuela, hatte eine spätere Mitarbeiterin einen zusätzlichen Zettel geklebt. Auf diesem fasste sie die weiteren Entwicklungen der Lotterie bis zum Beginn des 21. Jahrhunderts zusammen.

1960 war die Lotterie neu aufgebaut worden und hatte ihr heutiges Aussehen bekommen. Die hölzernen Rohre waren durch Plastik ausgetauscht worden. Vor 15 Jahren erst waren die Computer und die Bildschirme neben den Quadraten hinzugefügt worden.

Auch konnte er einiges über die Engel erfahren. Sie hatten schon verschiedene Namen gehabt und auch ihr Aussehen konnten sie verändern. So nannte der Venezolaner aus dem 17. Jahrhundert sie Lory und Tory und hielt sie für Britinnen. Im 18. Jahrhundert hatten sie dann die Namen Niu und Qiu sowie ein asiatisches Aussehen gehabt.

Als Darren den gesamten Nachmittag hinweg in dem Buch las, stellte er etwas fest, was er eigentlich sofort hätte hinterfragen müssen: Alle Berichte waren auf Englisch geschrieben. Er schüttelte kurz den Kopf und schämte sich dafür, dies nicht reflektiert zu haben. Wie aber war es möglich? Vielleicht hatte sich jemand einst die Mühe gemacht, das gesamte Buch zu übersetzen. Aber nein, das konnte nicht sein. Alle Berichte waren in verschiedenen Handschriften geschrieben. Sie mussten original sein. Auch konnten die Mitarbeiter unmöglich alle die englische Sprache beherrscht haben. Er wusste nicht viel über Geschichte, aber dass all diese Menschen eine Fremdsprache hatten sprechen können, konnte er ausschließen. Er blätterte zurück zum Anfang des Buches. Der Spanier hatte geschrieben, dass er das Buch einfach so gefunden hatte. Wo aber war es hergekommen?

Es war unmöglich, sich ein solches Buch im Aufenthaltsraum vorzustellen. Es war schlichtweg nicht möglich, dass ein Buch Texte von selbst übersetzen konnte und dabei die Handschrift der Personen beibehielt. Er würde Ingrid oder Lalita darauf ansprechen müssen. Vielleicht wussten sie ja mehr darüber.

Sowieso hatte er das Gefühl, dass die zwei Frauen ihm etwas verschwiegen. Auch nach vier Arbeitstagen in der Lotterie konnte er sich Ingrids kryptische Aussagen nicht erklären. Inwiefern sollte die Lotterie unfair sein? Er hatte wirklich versucht, sich auf diese Frage einzulassen und zu verstehen, was sie damit gemeint hatte, aber war einfach zu keiner plausiblen Antwort gekommen. Auf welche Weise sollte man die Lotterie denn sonst betreiben?

Als er weiterlas, stieß er erstmals auf einen Bericht, der die Erfahrung, in einem neuen Körper aufzuwachen, beschrieb. Eine Frau aus Bolivien schrieb darüber, dass sie nie gedacht hätte, dass die Seele und der Körper getrennt existieren konnten. Dass sie immer überzeugt gewesen sei, Körper und Seele wären eine unzertrennliche Einheit. Ihr auf diese Erkenntnisse folgender Satz gab Darren Rätsel auf: „Trotz all der Träume, die dieser eine Raum hier für mich wahr werden lässt, so ist die Rückkehr in meinen jungen Körper das größte Geschenk, das ich mir vorstellen kann. Niemals hätte ich gedacht, wieder so unbeschwert und schmerzfrei sein zu können."

Kurz war Darren sich nicht sicher, was die Frau meinte. Dann fühlte er sich zurückversetzt an die ersten Tage an diesem Ort, an denen er minutenweise mit Erkenntnissen überflutet worden war. Er fühlte sich, als hätte die Lotterie ihm mal wieder mit ihrer Erkenntniskeule so richtig ordentlich eins übergebraten. Egal wie alt man war, wenn man starb: Die Lotterie transferierte die Seelen der Mitarbeiter in genau den Körper ihres Lebens, der ihnen am liebsten war. Für ihn war dies sein Körper vor rund einem Jahr gewesen. Daher hatte er diese Wandlung nicht allzu sehr hinterfragt. Wenn aber die Lotterie den Arbeitern ihre meistgemochten Körper zurückgab, waren Ingrid und Lalita vermutlich schon um einiges älter, als er gedacht hatte. Er hatte es ihnen nur nie angesehen.

Erneut fragte er sich, wie er dies nicht schon früher hatte durchschauen können. Natürlich waren Lalita und Ingrid alt. Wie gering wäre denn auch die Wahrscheinlichkeit, dass drei Menschen unter vierzig Jahren in der Lotterie arbeiteten? Sein eigener Tod war eine Ausnahme. Die meisten Menschen starben erst in hohem Alter.

Kurz wunderte er sich, dass niemand zuvor in dem Buch darüber geschrieben hatte. Schnell wurde ihm aber klar, dass die Mitarbeiter es wohl vorausgesetzt hatten, dass jeder Leser von dieser Tatsache wusste. Warum aber hatten Lalita und Ingrid ihm nicht ihr wahres Alter verraten? Er hatte mit beiden ausführliche Gespräche über ihr Leben geführt, aber sie hatten ihm nie erzählt, wie alt sie geworden waren. Sie hatten ihm immer nur von ihren Berufen und ihren Partnern erzählt. Wahrscheinlich hatten sie aber beide Kinder gehabt – vielleicht sogar Enkel.

Wut keimte in ihm auf. Warum wurde er von jedem so behandelt, als wäre er zerbrechlich und könnte manche Informationen nicht ertragen. Er war es leid, wie ein kleines Kind behandelt zu werden. Ohne darüber nachzudenken stand er auf, lief zu Ingrids Zimmer und klopfte an.

„Herein." Darren trat ein und warf die Tür hinter sich hart ins Schloss. Ingrid schaute augenblicklich zu ihm auf. Sie lag auf ihrem Bett und las ein Buch. Auf dem Cover stand etwas von Saudi-Arabien und Frauenrechten geschrieben. „Was ist los, Darren?", fragte sie. „Was los ist? Ihr habt mich belogen. Die ganze Zeit. Wie alt bist du eigentlich?" „Ich bin mit 82 Jahren gestorben und bin seit vier Monaten hier", sagte Ingrid sanft. „Und wieso habt ihr mir nie davon erzählt?", fragte Darren, empört über ihre Gelassenheit. „Du hast uns nie gefragt," sagte Ingrid achselzuckend. „Wie hätte ich denn auch darauf kommen sollen. Ihr seht beide so jung aus." „Darren, wir wollten dich nicht mit noch mehr Informationen überladen, als du sowieso schon zu verarbeiten hattest. Außerdem dachten wir uns, dass du dich wohler dabei fühlst, mit uns Zeit zu verbringen, ohne unser wahres Alter zu kennen."

„Ich bin es leid, dass mir so viel verheimlicht wird. Diese Tür im Kontrollraum, euer wahres Alter und dann deine komischen Andeutungen wegen dem Buch. Ich bin es leid, Ingrid." Nachdenklich schaute Ingrid ihn an. „Dann lass mir dir etwas über das Buch verraten, Darren. Etwas, das noch sehr wichtig werden wird." „Wichtig wofür?", hakte Darren wütend nach. Nachdenklich schaute Ingrid ihn an und sprach dann ernst weiter: „Du musst mir vertrauen. Glaub mir, wenn ich dir einfach so geradeheraus wirklich alles über diesen Ort erzählen könnte, dann würde ich es tun. Aber dafür steht zu viel auf dem Spiel. Vertrau mir, wenn ich dir sage, dass alles einen Sinn ergeben wird."

Darren schaute die Schwedin verwirrt an. Er schwankte zwischen der Entscheidung ihr zu vertrauen oder sie noch weiter für ihre Verschwiegenheit zu attackieren. Nachdem lange Stille geherrscht hatte und Ingrid nicht davon abließ, ihn geduldig anzusehen, gab er nach. „Also gut. Ich vertraue dir. Dann verrate mir etwas über das Buch." „Ich danke dir, Darren. Glaub mir, du tust das Richtige." Sie blickte ihm in die Augen und auch, wenn er keine Gedanken lesen konnte, so war er sich sicher, dass sie es ernst meinte.

„Also, bestimmt ist dir an dem Buch etwas aufgefallen, was du dir nicht erklären kannst, nicht wahr?" „Ja, das stimmt. Alle Einträge sind auf Englisch, dabei können die Mitarbeiter unmöglich alle Englisch gekonnt haben." „Genau. Es wird aber noch verrückter. Als ich das Buch gelesen habe, waren die Einträge auf Schwedisch. Und als Lalita es gelesen hat, konnte sie es in Devanagari lesen, die Schrift der indischen Sprache Hindi." Darren starrte Ingrid an. Das war einfach unmöglich. Es konnte nicht sein, dass sich die Sprache eines Buches veränderte. Nicht bei einem Buch aus altem, vergilbtem Papier. „Aber wie ist das möglich?", fragte er.

„Das kann ich dir nicht beantworten, Darren. Ich weiß es nicht. Es gibt aber Vermutungen von Mitarbeitern, die sehr einleuchtend und plausibel sind. Du wirst sie lesen, sobald du ans Ende des Buches gelangst. Erinnerst du dich, was der Spanier über das Erscheinen des Buches geschrieben hat?" „Ja, er schreibt, dass es einfach so aufgetaucht ist." „Genau. Es lag seit Beginn der Lotterie in dieser Kiste hier", sagte Ingrid und deutete auf die alte Truhe, die in der Ecke ihres Zimmers stand. „Irgendjemand wollte, dass die Mitarbeiter der Lotterie dieses Buch besitzen. Und dieser jemand wollte nicht, dass die Engel von dem Buch etwas mitbekommen." „Was meinst du damit? Ich dachte die Engel wissen von dem Buch." „Es tut mir leid, dir das sagen zu müssen, Darren, aber das war gelogen. Denn die Engel können dieses Buch nicht sehen oder spüren. Es ist, als würde es für sie nicht existieren. Eine Mitarbeiterin schreibt darüber, dass sie es vor ihnen gelesen hat und sie sie gefragt haben, warum sie ihre Hände so seltsam in die Luft halte. Das Buch ist unsichtbar für Hannah und Anna."

„Das ist unmöglich!", rief Darren aus. „Genauso wie die Tatsache, dass das Buch von selbst Texte übersetzt", erwiderte Ingrid und lächelte ihn an. „Die Frage, die wir uns stellen müssen, ist nicht, ob das möglich ist, sondern warum. Die Theorie, auf die du im Buch stoßen wirst, ist, dass das Buch von jemandem absichtlich geschaffen und für uns hinterlassen wurde. Jemand wollte, dass die Erkenntnisse aller Mitarbeiter aufbewahrt werden können, ohne, dass die Engel etwas davon mitbekommen." „Und wer soll dieser jemand sein?", fragte Darren verwirrt.

„Das kann ich dir nicht sicher sagen. Aber es gibt eine Vermutung, die plausibel ist und erklärt, wieso die Engel das Buch nicht sehen können: Das Buch stammt von Gott." „Von Gott? Gott? Dem Gott?", stammelte Darren perplex. „Ja. Erinnerst du dich noch an das Gespräch mit Hannah und Anna an deinem ersten Tag hier?" „Ja, an das meiste", sagte Darren. „Sie haben mir erklärt, wie die Welt aufgebaut ist." „Genau. Und anhand ihrer Erklärung kann man nur zu der Antwort kommen, dass das Buch von Gott stammt. Denn sie haben dir ja bestimmt den Deismus erklärt, nicht wahr?" „Ja, das haben sie. Sie meinten, dass Gott sich aus der Welt zurückgezogen hat und sie den Menschen überlassen hat." „Ja, richtig. Und genau darum muss das Buch von Gott sein, Darren." „Das verstehe ich nicht." „Denk nach, Darren. Gott hat die Erde den Menschen überlassen. Es gibt keine einzige Struktur auf Erden, die nicht von Menschen verändert werden kann. Alle Systeme, die es gibt, alle Religionen, alle Staaten, stammen von Menschenhand. Keine Struktur muss ewig halten. Gott wollte, dass die Menschen immer die Möglichkeit haben, die Welt so aufzubauen, wie sie es möchten. Er wollte den Menschen rein gar nichts vorschreiben und hat der Menschheit die Freiheit geschenkt, so zu werden, wie sie werden will."

„Ich verstehe trotzdem nicht, was das mit dem Buch zu tun hat", gestand Darren. „Ganz einfach. So wie Gott keiner Struktur auf Erden eine Ewigkeitsgarantie geben wollte, so war auch die Lotterie nie als unantastbare, unveränderbare Instanz angedacht. Er wollte den Menschen die Möglichkeit geben, ihre Verteilung der Seelen zu verändern. Darum hat er das Buch hinterlassen. Er wollte, dass die Mitarbeiter die Möglichkeit haben ihre Gedanken festzuhalten, sodass jeder neue Mitarbeiter ein kritisches Bild von der Lotterie bekommt. Damit die Möglichkeit besteht, dass die Lotterie eines Tages neugestaltet werden kann."

Ungläubig starrte Darren Ingrid an. Das war verrückt. Ingrid musste verrückt geworden sein. Vielleicht eine ganze Minute lang starrte Darren die Schwedin an, ohne etwas zu sagen. Irgendwann schaffte er es, sich zu sammeln. „Wenn es stimmt, was du sagst, wie soll man die Lotterie denn jemals verändern?" „Da gab es schon eine Idee, Darren. Und du wirst sie im Buch noch finden. Ich könnte dir von ihr erzählen, aber am besten ist es, wenn du von selbst auf sie stößt. Erinnere dich daran, was ich dir gesagt habe, als ich dir das Buch gegeben habe. Sei aufmerksam, wenn du in der Lotterie arbeitest. Dir entgeht ein Detail. Ein Detail, das die zufällige Verteilung in ein ganz anderes Licht rückt. Es kann schon reichen, wenn du bei der Arbeit einfach ein bisschen genauer hinsiehst, als bisher", sagte Ingrid und zwinkerte ihm zu. „Okay, ich werde darauf achten", stammelte Darren und drehte sich um.

Er hatte genug von dieser Unterhaltung. Sein Kopf drohte vor merkwürdigen Informationen zu zerplatzen. Vielleicht hätte er Ingrid besser nicht gefragt. Er lief zur Tür, drehte sich dann aber erneut um. „Ingrid. Angenommen, ich entdecke, dass mir die Verteilung der Lotterie nicht gefällt. Besteht wirklich die Möglichkeit, sie zu verändern?" „Das wird uns die Zukunft zeigen. Es liegt aber allein bei dir, ob du Lalita und mir dabei helfen willst, es zu versuchen. Sei dir aber schon jetzt bewusst, dass es ein schwieriges Unterfangen sein wird. Wenn du dich dazu entscheidest, uns zu helfen, dann wirst du auch vollständig der Meinung sein müssen, dass die Lotterie reformiert werden muss. Denn die Engel werden sich niemals von Veränderung überzeugen lassen. Sie werden sich niemals ernsthaft mit den Ideen eines Menschen auseinandersetzen. Die Lotterie ist wie ihr Baby, das sie mit allem schützen und hüten, was sie haben. Es wird nur eine Möglichkeit geben, die Lotterie zu verändern: Sie braucht eine Revolution."

Mit diesen Worten nahm Ingrid ihr Buch wieder zur Hand und ließ Darren noch verwirrter als zuvor auf ihrer Türschwelle zurück.

~

Aufregung. Vorfreude. Gute Laune. Mit einem Strauß Blumen und einer Schachtel Pralinen im Kofferraum fuhr Darren Jackson zu Alisons Haus, um sie abzuholen. Er hatte so einiges für den heutigen Tag geplant und in seinem Bauch tobten Glücksgefühle. Es war Valentinstag und er und Alison schon zwei Jahre lang ein Paar. „Müssen wir zum Valentinstag etwas unternehmen?", hatte er Alison gefragt. „Ist doch nur ein Tag im Kalender, wie jeder andere auch. Wieso ausgerechnet an diesem Tag?" „Komm schon, Darren, so ist das halt. Ich brauche auch keinen bis ins letzte Detail geplanten romantischen Tag. Solange wir etwas zusammen unternehmen, bin ich glücklich", hatte sie lächelnd erwidert. Nur kannte er seine Freundin. Und er wusste, dass sie nicht glücklich sein würde, wenn ihre Freundinnen einen romantischen Valentinstag hatten und er für sie nichts plante.

Dabei war es doch idiotisch, dachte er sich immer wieder. Wenn keines der Paare etwas Besonderes an diesem Tag machen würde, wäre er auch nichts Besonderes. Nur, weil alle anderen diese kitschigen Valentinstage veranstalteten, war er auf unsichtbare Weise dazu gezwungen, dies auch zu tun. Wer hatte sich diesen Unsinn eigentlich ausgedacht? Vermutlich hatte irgendein hoffnungslos verliebter Spinner namens Valentin etwas unglaublich Romantisches getan und man hatte in seinem Andenken diesen Tag der Liebe ins Leben gerufen. Darren musste sich eingestehen, dass er keinen blassen Schimmer hatte, weshalb es den Valentinstag eigentlich gab. Er wusste nur, dass er keine andere Wahl hatte, als ihn mit seiner Freundin zu verbringen.

Er wollte sie glücklich sehen. Das war heute wichtig. Und es gab definitiv Schlimmeres als ein gemeinsames Picknick, dachte er sich. Er holte Alison ab und gemeinsam fuhren sie aus der Stadt heraus in die Natur. „Ach, Darren", hatte sie verlegen gesagt und gekichert, als er ihr die Pralinen und die Blumen gegeben hatte.

Er fuhr in einen kleinen Wald außerhalb von Cincidoncee, wo sie das Auto abstellten. Hand in Hand liefen sie durch den Wald in Richtung einer kleinen Wiese, die Darren vor ein paar Jahren entdeckt hatte. Sie bot freie Sicht auf die Stadt und es war angenehm ruhig und friedlich. Der Lärm der Autos, die sie in Ameisengröße in der Ferne sehen konnten, schaffte es nicht, die Distanz zu überwinden.

Darren holte dicke, warme Decken aus seinem Rucksack heraus. Noch immer war es Winter und wenn die Sonne nicht herauskam, konnte es kalt werden. Auch holte er zwei Thermoskannen mit Kaffee und Kakao sowie zwei Becher heraus. „Du weißt schon, dass die meisten Mädchen sich nicht am Valentinstag mit ihrem Freund in die Kälte setzen würden, ganz egal, wie gut der Kakao und die Aussicht sein mögen?", sagte Alison und lachte. „Aber du bist nicht wie die meisten Mädchen", erwiderte Darren. „Und ich hoffe, das wird sich nie ändern." Alison errötete und schaute auf die Stadt herab. „Weißt du, ich wollte da etwas mit dir besprechen, heute", sagte sie leise. „Klar, sprich dich aus", sagte er und versuchte dabei, so selbstsicher und entspannt wie möglich zu klingen.

Wenn es etwas gab, das Alison und er niemals machten, dann war das „etwas besprechen". Ihre Beziehung war von Anfang an ein Selbstläufer gewesen. Nie hatten sie viel Zeit damit verschwendet, sich ausgiebig über ihre Gefühle für den anderen zu unterhalten, sondern immer selbstverständlich ihre gemeinsame Zeit genossen. Sie würde doch nicht etwa am Valentinstag mit ihm Schluss machen? Nein, das konnte sie nicht, nicht nachdem sie hierher gefahren waren. Das würde sie nicht tun.

„Wir sind jetzt immerhin schon bald im letzten Schuljahr", riss Alison ihn aus seinen Gedanken und schob seine kurzen Bedenken beiseite. „Und warum möchtest du deswegen etwas besprechen?", fragte Darren, im Dunkeln tappend. „Wir werden nicht für immer auf die High-School gehen, Darren", sagte Alison und lachte kurz auf. „Und wahrscheinlich werden wir nicht für immer in Cincidoncee wohnen." „Also, das habe ich zumindest nicht vor", sagte Darren. „Siehst du, ich auch nicht. Aber wir sind jetzt schon zwei Jahre zusammen, Darren. Findest du nicht auch, wir sollten überlegen, was wir nach der High-School machen? Es gemeinsam überlegen? Jetzt ist alles so leicht, so unkompliziert und ich will nicht, dass das alles in kurzer Zeit zusammenbricht, nur weil wir uns verschiedene Dinge für die Zukunft vorstellen."

„Du – hast Recht." „Und was stellst du dir für die Zukunft vor? Was willst du tun, wenn wir die Schule verlassen?" „Ich will Football spielen, das weißt du doch. Es ist mir ungeheuer wichtig." „Ja, natürlich, Darren. Natürlich weiß ich das. Aber wo willst du Football spielen? Hast du dar-

über schon mal nachgedacht? Und soll ich mich einfach so deinen Plänen anschließen? Was passiert, wenn du ein gutes Angebot von einem College bekommst, das mich nicht aufnehmen wird?" „Das waren jetzt ganz schön viele Fragen", sagte Darren verlegen. Er hatte sich noch nie viele Gedanken über die Zukunft gemacht. Er wusste, dass er Football spielen wollte und dies bei der Auswahl seines Colleges von Bedeutung sein würde. Auch wusste er, dass er mit Alison zusammen sein wollte. Aber noch nie hatte er darüber nachgedacht, dass es Schwierigkeiten geben könnte, diese Sachen zu vereinen.

Alison verpasste ihm einen leichten Schlag gegen den Arm. „Jetzt sei bitte ein bisschen ernst. Ich will dich nicht verlieren, Darren." „Und ich will dich nicht verlieren", erwiderte er. „Dann sollten wir überlegen, wie das funktionieren wird", sagte Alison und ihre Miene wurde wieder freundlicher.

„Hast du denn schon einmal darüber nachgedacht, wo du studieren möchtest?", fragte sie. „In Colorado, schätze ich", sagte Darren. „Ich will nicht allzu weit weg von meinen Eltern. Und ich war noch nie der große Entdecker, das weißt du. Ich möchte nichts Neues kennenlernen. Ich habe hier alles, was ich brauche. Meine Familie, eine Heimat – Dich." Alison strahlte ihn an. „Siehst du, so einfach ist das." Dann begann sie ganz aufgeregt weiterzureden. „Und weißt du, ich möchte auch nicht wegziehen. Ich möchte auch in Colorado bleiben. Ich hatte solche Angst, dass du ganz weit weg ziehen möchtest. Ich bin so erleichtert." Sie lehnte sich zu ihm herüber und küsste ihn.

„Wieso möchtest du denn hierbleiben?", fragte Darren. „Ich bin mir nicht ganz sicher. Es ist nicht nur, dass es mir hier gut gefällt. Es ist mehr als das. Wenn ich morgens in

die Zeitung schaue oder die Nachrichten aus der Welt höre, dann fühle ich mich klein und bekomme Angst. Es passiert so viel Merkwürdiges und Schlimmes jeden Tag. Es gibt so viele Probleme, so viele Konflikte, ich weiß gar nicht, wie ein einzelner Mensch das alles verstehen, geschweige denn, etwas dagegen unternehmen soll. Lass uns bitte all diese Probleme Probleme und all diese Konflikte Konflikte sein lassen. Wir haben hier alles, was wir brauchen. Lass uns das wertschätzen und das Beste daraus machen", sagte Alison und lehnte sich anschließend an Darrens Arm an.

„Problem gelöst", sagte Darren lachend. Während er sich nach außen cool und lässig gab, so war er innerlich sentimental und überglücklich. Er hatte schon immer gewusst, dass er und Alison gut zusammenpassten. Doch spätestens jetzt war ihm klar, dass ihre Beziehung wirklich etwas für das Leben sein könnte.

„Und jetzt können wir unseren Tag genießen", fügte er an. „Ja, das machen wir", sagte Alison, während sie lächelnd den Kopf schüttelte. „Was ist?", fragte Darren. „Das ist doch absurd, Darren. Andere Paare streiten und zanken sich monatelang über ihre Zukunftspläne, manche trennen sich. Und bei uns reicht ein zweiminütiges Gespräch, um herauszufinden, dass wir beide in Colorado studieren werden?" „Ich bin halt ein simpler Mensch", sagte Darren achselzuckend. „Ich brauche kein Spektakel und Abenteuer. Ich habe ein paar Dinge in meinem Leben, die mir wichtig sind. Und diese will ich mein Leben lang bewahren, ganz einfach." „Ja klar, Darren. Aber versteh doch. Die Chance, dass wir beide so denken, war doch unglaublich gering. Es liegt nicht an deiner Einfachheit, es ist Glück. Eigentlich der pure Zufall, findest du nicht?" „Dann ist es ein guter Zufall",

sagte Darren und schenkte seiner Freundin einen weiteren Becher Kakao ein. „Lass ihn uns nicht weiter hinterfragen und unseren Tag genießen. Wer weiß schon, was morgen kommt?" „Ist gut", sagte Alison. „Ich glaube ich mache mir manchmal einfach zu viele Gedanken darüber, warum manche Dinge so sind, wie sie sind." „Vielleicht sollen sie so sein", sagte Darren. Vielleicht passen wir so gut zusammen, weil es so sein soll." „Und was ist dann mit den Paaren, die realisieren, dass sie nicht zusammenpassen?" „Vielleicht ziehen sie ja in verschiedene Städte und treffen dort die Partner, mit denen sie in Wirklichkeit zusammen sein sollen. Vielleicht sollen sie eben nicht zusammen sein." „Ja, vielleicht", sagte Alison nachdenklich. Sie streckte sich aus und legte ihren Kopf auf Darrens Schoß. „Ich glaube, ich höre einfach damit auf, mich damit zu beschäftigen. Wir werden nach der Schule zusammen aufs College gehen. Das ist, was zählt. Wir zählen. Ganz egal, ob das ein Zufall ist oder nicht."

7. Die richtige Kultur

Darren verbrachte den Abend nach seinem Gespräch mit Ingrid im Aufenthaltsraum. Er hatte das Buch nicht mehr angerührt. Er hatte Angst davor weiterzulesen. Er hatte Angst vor Ingrids Worten. Es mochte ja sein, dass man die Lotterie verbessern konnte. Auch mochte es sein, dass es sogar richtig war, sie zu reformieren. Aber warum musste er es sein, der an diesem Ort war? Warum würde er bei einem solchen Unterfangen womöglich mithelfen? Die schwierigsten Entscheidungen, die er in seinem Leben je hatte treffen müssen, waren ein Witz im Vergleich zu der Entscheidung, die Ingrid ihm in Aussicht gestellt hatte. Selbst wenn er zu denselben Überzeugungen kommen würde wie sie, wären die Auswirkungen seines Handelns so groß, dass er beim Gedanken daran augenblicklich Panik bekam.

An seinen folgenden freien Tagen versuchte Darren daher sich abzulenken. Er nahm sich vor, ab seinem nächsten Arbeitstag auch wieder im Buch zu lesen. Denn er wollte sich zumindest auf Ingrid und Lalitas Vorhaben einlassen. Ingrid hatte gesagt, er solle ihr vertrauen. Und auch wenn er skeptisch war, so war er sich sicher, dass die Schwedin ihre Gründe für eine Reformation der Lotterie hatte.

Seine freien Tage vergingen schnell. Die unendlichen Möglichkeiten des Aufenthaltsraums und die perfekten Gerichte der Küche gaben ihm alles, was er brauchte, um sich zu beschäftigen. Auch verbrachte er einen Abend zusammen mit Ingrid und Lalita. Sie vermieden es zwar, über den Plan der zwei Frauen zu sprechen, aber die beiden erzählten Darren erstmals von ihren Familien und ihren Kindern.

Jetzt, wo er wusste, dass Lalita mit 75 gestorben war, konnte er ihre Recherche über die Ureinwohner Papua-Neuguineas noch viel mehr nachvollziehen. Vielleicht waren viele der indigenen Stämme heutzutage gut in die Gesellschaft eingebunden. Zu dem Zeitpunkt ihrer Geburt waren sie aber bestimmt noch weit davon entfernt gewesen. Sie war nur ganz knapp an einem sehr verrückten Leben vorbeigeschrammt und hatte stattdessen zu einer der größten Nationen der Welt gehört.

Es war merkwürdig mit Frauen Zeit zu verbringen, die so viel älter waren als er, aber so jung aussahen. Er merkte, wie sehr er sich von dem Äußeren der Beiden hatte beeinflussen lassen. Ingrid hatte Recht gehabt: Er hätte sich unwohl gefühlt, wenn er direkt ihr wahres Alter gewusst hätte. Er fragte sich, ob er nach seiner Arbeit in der Lotterie seine verstorbenen Großeltern aus Minnesota wiedersehen und sie auch in veränderten Körpern antreffen würde.

Endlich fühlte er sich aber erwachsen. Ingrid hatte ihm alle Geheimnisse erzählt, die er momentan wissen musste. Alle Details zu ihrem Plan würde er über das Buch und von ihr in Zukunft noch erfahren, das hatte sie ihm versprochen. Einzig die Tür im Kontrollraum verärgerte ihn noch, aber auch Lalita wollte ihm nicht erzählen, was sich hinter ihr verbarg. Vor drei Tagen hatten die Engel ihr gezeigt, was hinter der Tür wartete.

~

Schnell waren also Darrens freie Tage dahin und vor ihm lagen vier Arbeitstage. Er war gespannt, ob ihm das Detail auffallen würde, von dem Ingrid gesprochen hatte. Er wusste allerdings nicht einmal im Ansatz, was sie gemeint haben könnte. Schließlich hatte er nun schon ein paar Tage mehrere Stunden verfolgt, wie die Seelen in die Quadrate fielen. Ein Prozess, bei dem es nicht besonders viel zu beobachten gab.

Dennoch hatte das Gespräch mit Ingrid sein Augenmerk an diesem Tag verändert. Als er heute durch die Lotterie lief und die Seelen kontrollierte, achtete er nicht mehr auf Namen und Wohnorte. Worüber er nachdachte, waren die mit den Kulturen verbundenen Religionen. Ingrid hatte ihm die Theorie präsentiert, dass das Tagebuch der Mitarbeiter von Gott stammte. Seit seiner Ankunft in der Lotterie hatte er sich aber noch nie mit der Frage auseinandergesetzt, wie Gott eigentlich war.

Definitiv gab es nur einen Gott, so hatten die Engel es ihm gesagt. Auch hatten sie gemeint, dass alle Religionen kein richtiges Bild von Gott hätten. Umso faszinierender fand er es, zu beobachten, wie die Seelen den verschiedensten Religionen zugelost wurden. Viele wurden dem Christentum zugelost, manche dem Islam, die meisten Seelen landeten aber wegen dem hohen Bevölkerungsanteil in Ostasien. Darren war sich gar nicht sicher, an was die Menschen dort glaubten. Er wusste, dass die Inder größtenteils Hindus waren und, dass viele asiatische Länder buddhistisch geprägt waren. Bei Japan, China oder Korea war er sich aber gar nicht sicher, welcher Religion sie angehörten. Er kannte nur Bilder von Tempeln mit Drachen und Schriftzeichen, die kunstvoll ausgestaltet waren.

Eigentlich, dachte er sich, war die Vielfalt von Religionen doch ein offensichtlicher Fehler der Menschen. Denn vielleicht waren die Ideen von Christentum, Islam und Judentum irgendwie vereinbar und man konnte sie auf denselben einen Gott beziehen. Ähnlich viele Menschen glaubten aber an mehrere Götter oder ordneten ihr Leben nach den Glaubensinhalten des Buddhismus. Von all den Religionen, die es schon gegeben hatte, mussten doch also offensichtlich viele einfach frei erfunden sein. Schließlich pochte jede Religion auf die eigene Richtigkeit, ließ sich aber mit den meisten anderen nicht vereinbaren.

Er selbst wusste nun, dass es nur einen Gott gab und die Glaubensinhalte vieler Religionen weit von der Realität entfernt waren. Konnten all die Menschen auf der Erde nicht aber auch realisieren, dass Religion ein sehr veraltetes, unlogisches Konzept war? Wenn er darüber nachdachte, wie viele Religionen es in der Geschichte schon gegeben hatte und heute noch gab, war es eigentlich unfassbar, dass so viele Menschen der Überzeugung sein konnten, ihre Religion wäre die Richtige.

Es gab keine Beweise oder Fakten, die Religionen rechtfertigen konnten. Dennoch war er sich unsicher, ob vielleicht erst die Erklärungen der Engel ihm diese Meinung aufgedrängt hatten. „Vielleicht", dachte er sich, während einer seiner Pausen. „Vielleicht erscheint mir Religion so naiv, weil ich die Wahrheit kenne. Weil ich jetzt weiß, wie die Schöpfung wirklich verlaufen ist. Wenn ich aber in einer christlicheren Familie aufgewachsen wäre, ohne diese Wahrheit zu kennen, so wäre ich bestimmt davon überzeugt gewesen, dass die Wahrheit über die Schöpfung in der Bibel steht."

Je länger er darüber nachdachte, wie die Welt tatsächlich erschaffen worden war, kam er immer mehr zu dem Schluss, dass die Wahrheit über Gott viel schöner war, als die Ideen der Weltreligionen. Er hielt es für einen kraftspendenden Gedanken, dass die Welt allein den Menschen überlassen worden war. Zwar ging mit dieser Freiheit eine große Verantwortung einher, aber es war so wie Ingrid es gesagt hatte: Keine Struktur musste ewig währen. Gegen jede Ungerechtigkeit konnte die Menschheit sich erheben. Es machte ihn traurig, wie sehr die Menschheit Gottes Geschenk dieser freien Welt weggeworfen hatte. Während manche Menschen diese Freiheit übermäßig auskosten durften, wurde sie anderen Menschen ein Leben lang nie zugänglich gemacht. Manche Menschen wurden von der Freiheit anderer Menschen unterdrückt, damit deren Freiheit noch größer und luxuriöser sein konnte.

In den fünf Stunden, die Darren am heutigen Tag in der Lotterie arbeiten musste, schwankten seine Gedanken hin und her. Immer wechselten sie von der Traurigkeit darüber, wie ungerecht und grausam die Welt war, zu dem Wissen, dass die Menschheit immer die Möglichkeit besaß, einen neuen Kurs einzuschlagen und die Welt zu verbessern.

Er erkannte Ingrids Worte in seinen Gedanken wieder. Egal, wie schlimm etwas auf Erden war, es gab immer die Möglichkeit, es zu ändern. Gott hatte immer gewollt, dass die Menschen etwas ändern können.

Warum aber sollte man die Lotterie ändern? Zu dieser Frage wollte ihm auch heute einfach keine Antwort einfallen – ganz egal, wie stark er sich den Kopf darüber zerbrach. Nur weil die Möglichkeit bestand sie zu verändern, hieß dies doch nicht, dass man es auch machen sollte, dachte Darren sich.

Auf der Erde – da musste vieles verändert werden. Da sollten die Menschen die Möglichkeiten, die es gab, wahrnehmen und die Welt gerechter machen. Aber die Lotterie? Ohne neue Aufschlüsse und ohne die geringste Spur von dem Detail, das er unbedingt hatte finden wollen, endete Darrens fünfter Arbeitstag und er legte sich müde zu einem Mittagsschlaf in sein Bett.

Als er wieder aufwachte, setzte er sich an seinen neuen Teakholz-Schreibtisch und klappte das Tagebuch der Lotteriemitarbeiter auf. Er atmete tief ein. Je weiter er las, umso näher würde er Ingrid und Lalitas Plan kommen. Nervös begann er, sich weiter in Richtung des Endes vorzuarbeiten.

In den zwei langen Einträgen, die er an diesem Nachmittag las, fand er dasselbe Thema wieder, das auch ihn heute beschäftigt hatte: Religion. Er las den Bericht von zwei Europäern aus dem 18. Jahrhundert. Sie stammten von einem Italiener und einer Russin. Der Italiener war stolz darauf, Christ gewesen zu sein. Er fühlte sich durch die Existenz des einen Gottes in seinem Glauben bestätigt. Zwar gestand er sich ein, dass nicht alle Inhalte seiner Religion der Wahrheit entsprochen hatten, aber es überwog eine Freude darüber, dass es ein Leben nach dem Tod und nur einen Gott gab, so wie das Christentum es besagte.

Die Russin sah genau das sehr anders. Sie hatte einer orthodoxen Kirche angehört und nach strengen Glaubensregeln gelebt. Sie war darüber verärgert, wie sehr die Ausübung ihrer Religion sie in ihren Möglichkeiten eingeschränkt hatte. In ihrem Bericht fand Darren nicht den geringsten Kommentar über eine Freude, dass es tatsächlich einen Gott gab. Es machte auf ihn fast den Eindruck, als habe sie sich von der Lotterie betrogen gefühlt. Betrogen, weil sie in einer streng orthodoxen Familie aufgewachsen war und sie dadurch eine Religion ausgeübt hatte, mit der sie sich nun nicht mehr identifizieren konnte.

Darren war glücklich darüber, dass seine Eltern ihn nicht besonders religiös erzogen hatten. Er hatte Mitleid mit der Russin, deren gesamtes Leben nach ihrem Glauben ausgerichtet gewesen war. Er fragte sich, wie es für Lalita gewesen sein musste. Die Russin hatte nur an einen Gott geglaubt. Und dies war ein Glaubensinhalt gewesen, der der Wahrheit entsprach. Wie musste es aber sein, wenn man sein Leben lang zu den vielen verschiedenen hinduistischen Göttern gebetet hatte und erfuhr, dass sie nicht existierten?

Er musste sie fragen. Er selbst hatte schon große Schwierigkeiten damit, die Erkenntnisse der letzten Woche zu verarbeiten. Es musste doch aber noch viel schlimmer sein, wenn man erfuhr, dass man sein gesamtes Leben an einer Religion orientiert hatte, deren Inhalte frei erfunden waren.

Im Aufenthaltsraum stellte er sich einen Laptop vor und durchsuchte den Spielplan der MLB. Er hatte Lalita bei ihrem ersten Gespräch gesagt, dass sie auch einmal zusammen Baseball schauen müssten, da sie sich ein indisches Cricketspiel angesehen hatten. Er würde sie also heute dazu einladen, ein Spiel mit ihm zu gucken und versuchen, sie auf ihre Religion anzusprechen.

Darren hatte Glück. Es gab ein Spiel, das am heutigen Abend um 21:00 Uhr stattfinden würde. Sich den nötigen

Receiver vorzustellen, um es zu empfangen, würde kein Problem sein. Ob er Ingrid ebenfalls einladen sollte? Vermutlich führte kein Weg daran vorbei, die Schwedin ebenfalls zu fragen, auch wenn er sich lediglich ein interessantes Gespräch mit Lalita erhoffte.

Er lud also die beiden Frauen dazu ein, sich das Spiel mit ihm anzusehen und sie sagten beide zu. Er verbrachte den Rest des Nachmittags damit, sich über den Hinduismus zu informieren. Er las über die verschiedenen Götter und ihre Geschichten. Auch öffnete er einen Artikel, der die wichtigsten Feste im Hinduismus detailliert beschrieb. Kurz fragte er sich, wie man überhaupt an solche Sachen glauben konnte. Vermutlich waren es aber mal wieder die äußeren Einflüsse, die einen Menschen empfänglich für den Hinduismus machten. Wenn man von Geburt an so erzogen wurde, war es wahrscheinlich unumgänglich, an die hinduistischen Götter zu glauben. Die Engel hatten ihm damals erzählt, dass die äußeren Einflüsse zu einem Drittel das Leben eines Menschen bestimmen würden. Darren kam es allerdings wie schon damals so vor, als hätte das Umfeld, in dem ein Mensch geboren wurde, einen viel größeren Einfluss auf jedes Leben.

Um halb neun setzte Darren sich in den Aufenthaltsraum und stellte ein paar Snacks bereit. Ingrid und Lalita kamen kurz vor Spielbeginn dazu. Darren erklärte ihnen die Regeln, war sich aber nicht sicher, ob die Frauen sie verinnerlichten. Sie unterhielten sich wie auch zuletzt ausgelassen über die verschiedensten Themen. Darren war sich unsicher, wie er das Gesprächsthema einleiten sollte, das er besprechen wollte. Auch wollte er sich nicht schon wieder eine von Ingrids langen Predigten anhören müssen. Er wollte von Lalitas Erfahrungen hören.

Als die drei Mitarbeiter kurz ihre Unterhaltung ruhen ließen und dem Geschehen auf dem Bildschirm folgten, sprach Darren das Thema Religion an: „Kann ich euch etwas fragen? Ingrid, du meintest, das Buch der Mitarbeiter könne von Gott stammen. Weiß man denn noch etwas über Gott? Ich habe nämlich letztens meine eigene Religion hinterfragt und wenn die Engel Recht haben, dann ist doch eigentlich ihr gesamter Inhalt erfunden, nicht wahr?"

Die Frauen schauten ihn interessiert an. Zu Darrens Enttäuschung war es Ingrid, die ihm antwortete: „Wir wissen gar nichts darüber, wie Gott wirklich ist. Denn es mag ja sein, dass die Engel nicht besonders gute zwischenmenschliche Fähigkeiten besitzen, aber sie lügen nie. Wenn man ihnen eine Frage stellt, so antworten sie einem immer ehrlich. Und wie dir vielleicht aufgefallen ist, erzählen sie sogar sehr gerne darüber, wie die Welt aufgebaut ist. Du kannst dir also sicher sein, dass es stimmt, was sie sagen und dass Gott seit der Schöpfung nie in die Welt eingegriffen hat. Daher können wir auch kaum etwas über ihn wissen."

„Aber ist das nicht total irre? Es gibt so viele Menschen, die ihr gesamtes Leben an ihrer Religion orientieren." „Es ist irre. Es ist total verrückt. Aber die ganze Welt erscheint einem irre, sobald man anfängt, hier zu arbeiten, findest du nicht?", fragte Ingrid.

„Das stimmt. Ich habe eine ganz andere Beziehung zu meiner Heimat, meiner Nationalität und meiner Religion seitdem ich hier bin. All das erscheint mir jetzt so wertlos. Es hätte alles ganz anders sein können. Ich habe angefangen, mich über andere Länder und Kulturen zu informieren und versuche mich immer mehr von meiner Vergangenheit zu lösen."

Zu Darrens Verwunderung schaltete Lalita sich ein: „Sei dabei vorsichtig, Darren. Du solltest deine eigene Kultur nicht aufgeben. Nur, weil sie anders hätte sein können, heißt das nicht, dass du sie nicht mögen oder stolz darauf sein darfst." Mit dieser Aussage hatte Darren vielleicht von Ingrid gerechnet, nicht aber von Lalita. „Also bist du stolz darauf, Inderin zu sein?" „Ich bin vielleicht nicht stolz darauf. Aber ich kann nicht abstreiten, dass diese Kultur ein Teil von mir ist. Und ich glaube, es wäre ungesund zu versuchen, sich von der eigenen Kultur zu lösen." „Aber wieso nicht die eigene Kultur aufgeben? Ich hätte überall auf der Welt geboren werden können. Es gibt nicht die eine richtige Kultur. Ich möchte nicht weiter an meine äußeren Einflüsse gekettet sein. So kommt mir mein Leben rückblickend vor." „Es mag ja sein, dass es keine richtige Kultur gibt, Darren", sagte Ingrid, „aber wieso sollte man deswegen nicht seine eigene Kultur lieben und ausleben?" „Weil es nur der Zufall, nur die Lotterie war, die einen in diese Kultur entlassen hat. Es fühlt sich falsch an, sie zu lieben. Diese Liebe geht nur auf den Moment zurück, an dem meine Seele in dieses eine Quadrat gefallen ist, das letztendlich mein Leben werden sollte."

Ingrid und Lalita schauten sich kurz nachdenklich an. Er hatte das Gefühl, als würden sie derselben Meinung sein und überlegen, wie sie ihm am besten vermitteln konnten, was sie meinten. „Wenn du diesen Ort verlassen darfst, Darren", sagte Lalita schließlich, „wirst du dann Weihnachten feiern?" Darren wusste nicht, was er sagen sollte. Er hatte sich noch nie wirklich damit auseinandergesetzt, was nach seiner Zeit in der Lotterie kommen würde. Allerdings sprach Lalita ein schwieriges Thema an – denn er liebte Weihnachten. Die Lieder, die Filme, die Plätzchen, die Geschenke und vor allem die entspannte Zeit mit der Familie. Eigentlich war es offensichtlich, was er machen würde. „Ja, ich glaube, ich werde Weihnachten feiern", sagte er. „Siehst du", sagte Lalita und lächelte: „du wirst dich in Zukunft nur von den Bestandteilen deiner Kultur lösen, die du nicht mochtest oder die dir nun als nicht richtig erscheinen. So wirst du nicht mehr in die Kirche gehen, denn du weißt, dass Gebete und Gottesdienste keinen Zweck haben. Du weißt nämlich, dass die christlichen Glaubensinhalte zum Großteil nicht richtig sind. Aber schau auf den Fernseher. Wir gucken Baseball. Eine der beliebtesten Sportarten deines Heimatlandes. Du wirst weiterhin an deine Kultur gebunden sein. Sie ist und bleibt ein Teil von dir."

Lalitas Worte beeindruckten Darren. Er hatte eine solche Meinung von Ingrid erwartet, aber nicht von ihr. Vielleicht war dies aber auch nur sein Vorurteil gewesen, dass eine Europäerin ihn eher verstehen konnte als eine Asiatin. Als er über Lalitas Worte nachdachte, stellte sich ihm eine Frage, die die perfekte Überleitung zu dem Thema schaffte, das er eigentlich hatte bereden wollen. „Wirst du denn hinduistische Feste feiern, wenn du die Lotterie verlässt?" „Auf jeden Fall. Ich sehe zwar meine eigene Kultur mit ganz anderen Augen als zu meiner Lebenszeit, aber ich möchte sie nicht aufgeben. Du denkst dir bestimmt, dass es idiotisch ist, Feste zu feiern, bei denen unsere Götter verehrt werden. Aber das Wichtigste an unseren Festen waren für mich nie die Bedeutungen, die dahinterstanden, sondern dass wir sie mit der gesamten Familie gefeiert haben. Ich verbinde mit diesen Festen Liebe, Freundschaft und Wärme. Ich werde nicht mehr an Shiva, Vishnu oder Kali glauben, natürlich nicht. Aber ich werde weiterhin unsere Feste feiern. Nur so habe ich ein paar Tage im Jahr, die ich ganz sicher mit den Menschen verbringen werde, die mir am wichtigsten sind."

Darren wusste nicht, was er Lalita entgegnen sollte. Er wollte ihr vorwerfen, dass die Feste nicht ohne den Hintergrund der Verehrung nicht existenter Götter betrachtet werden konnten. Nur konnte er ihr diesen Vorwurf nicht machen. Denn es war nicht anders als Weihnachten. Auch er würde Weihnachten weiterfeiern, weil er es mochte. Nicht aber, um der Geburt von Jesus zu gedenken.

Als er keine Antwort fand und in Gedanken versunken dem Baseballspiel zusah, begann Lalita erneut zu sprechen: „Schau her, Darren. Das hier sind Fotos von einem unserer wichtigsten jährlichen Feste. Es nennt sich Diwali. Es gibt viel Musik, es gibt viel Essen, es wird getanzt und alles farbenfroh und mit vielen Lichtern dekoriert." Lalita zeigte Darren mehrere Fotos auf ihrem Smartphone. „Ich weiß, du findest das bestimmt alles albern, aber ich liebe es. Oft ist es das Gefühl von Nostalgie, das solche Feste so besonders macht. Wenn man mit ihnen aufwächst, erhalten sie diese unerklärliche magische Note. Ich kann dir nicht erklären, wieso ich dieses Fest so liebe. Zumindest nicht logisch. Meine Brüder und Schwestern aber können verstehen, wieso ich es liebe. Ich muss es ihnen nicht erklären. Und genau darum möchte ich meine eigene Kultur nicht aufgeben. Sie ist fest in mir verankert und verbindet mich mit meiner Familie und meinen Freunden."

Darren verstand auf Anhieb, was Lalita meinte. Weihnachten war zwar ein Fest, aber es war genauso ein Gefühl. Vermutlich würde er sich mit Ingrid über Weihnachten unterhalten können und sie würden in gegenseitigem Verständnis von Weihnachten schwärmen. Lalita hingegen würde er nur schwer erklären können, warum er Weihnachten so liebte. Sie würde berechtigterweise nachfragen, warum man nur an Weihnachten Zimtsterne und Lebkuchen aß oder das Haus dekorierte und eine Socke an den Kamin hängte.

Nachdem er Lalitas Aussagen erneut nur schweigend hingenommen hatte, um sie sich durch den Kopf gehen zu lassen, antwortete er ihr euphorisch: „Du hast Recht. Ich muss mich nicht von meiner Kultur lösen. Ich kann alles, was ich an ihr geliebt habe, weitertragen und weiterführen." Lalita lächelte ihn zufrieden an. „Das solltest du sogar", sagte dann Ingrid. „Kein Mensch sollte seine Wurzeln vergessen. Sie mögen dem Zufall entsprungen sein, aber das ist kein Grund, sie nicht zu lieben und stolz auf sie zu sein. Ich glaube, du machst es genau richtig, Darren. Liebe die Bestandteile deiner Kultur, zu denen du von ganzem Herzen stehst. Aber fahre auch damit fort, dich mit anderen Kulturen und Ländern auseinanderzusetzen. Sei stolz auf das, was du hast, aber auch immer offen für Neues." „Ja, das ist ein wunderbarer Plan", sagte Darren und zum ersten Mal sah er nicht mehr die jungen Körper der Inderin und der Schwedin vor sich. Er sah zwei Großmütter, die soeben einem jungen Grünschnabel ihre Weisheiten mit auf den Weg gegeben hatten. Weisheiten, die ihn beeindruckten und nach denen er ab sofort leben wollte.

8. Die versteckte Nummer

Der folgende Tag kam Darren erstmals wie die reine Routine vor. Während er an seinen ersten Tagen in der Lotterie fast schon stündlich mit Erkenntnissen und verrücktem Wissen bombardiert worden war, hatte er jetzt das Gefühl, sich an seine Situation gewöhnt zu haben. Immer seltener blickte er traurig zurück. Er schaffte es mehr und mehr, unbeschwert nach vorne zu blicken. Denn er war sich sicher, dass er seine Familie eines Tages wiedersehen würde. Dieser Gedanke ließ ihn die Trauer über seinen Tod immer wieder beiseiteschieben.

Die Arbeit fühlte sich am heutigen Tag erstmals ganz normal und gewöhnlich an. Als hätte er nie etwas anderes getan. Auch hatte das Gespräch mit Ingrid und Lalita ihn innerlich aufgelockert. Sie hatten ihm einen cleveren Mittelweg aufgezeigt, den er alleine nie erkannt hätte. Umso mehr wünschte er sich, ihnen helfen zu können. Aber auch heute fand er keine Spur von dem Detail, das Ingrid erwähnt hatte. Er entschied sich daher, den gesamten Nachmittag und Abend darauf zu verwenden, im Buch der Lotteriearbeiter zu lesen.

Entschlossen schlug er das Buch auf und arbeitete sich durch drei Einträge. Sie stammten von zwei Afrikanern und einer Peruanerin. Die Afrikaner hatten beide in Gebieten gelebt, die von Frankreich kolonialisiert worden waren. Sie schrieben über den Kampf mit den Kolonialisten und den Versuch der Franzosen, ihnen ihre eigene Kultur aufzuzwingen. Die Franzosen hatten Einfluss auf den Schulunterricht der afrikanischen Kinder genommen und versucht, ihnen so die französische Sprache und Kultur zu vermitteln. All das hatte sich im 19. Jahrhundert zugetragen und war in blutige Kriege zwischen Einheimischen und Kolonialisten gemündet.

Darren setzte sich in den Aufenthaltsraum und recherchierte, wie schon oft in letzter Zeit, was sich zu der Lebenszeit der Mitarbeiter noch alles zugetragen hatte. Die Berichte der Mitarbeiter zeigten ihm auf, wie grausam die Zeit vor dem ersten Weltkrieg gewesen war. Alle europäischen Mächte hatten aus der Ideologie heraus gehandelt, den Völkern in ihren Kolonien kulturell überlegen zu sein. Die Briten hatten ihr Handeln sogar durch die angebliche Pflicht, diesen Völkern ihre Kultur nahezubringen, legitimiert. Jetzt, wo Darren wusste, dass all die Europäer genauso in einer ihrer Kolonien hätten geboren sein können, erschien ihm ihr Handeln noch furchtbarer. Der damalige Rassismus, der Glaube an eine Überlegenheit eines Volkes über ein anderes, war ein Irrglaube gewesen. Ein Irrglaube, der Millionen Menschen das Leben gekostet hatte.

Es erschien ihm unverständlich, dass auch heute Rassismus noch in vielen Köpfen fest verankert war. Letztendlich waren alle Menschen Menschen. Sie sahen vielleicht verschieden aus, hatten verschiedene Pässe und verschiedene Vorfahren, aber es waren alles Menschen. Er fragte sich, ob er erst seit seiner Zeit in der Lotterie zu dieser Ansicht gekommen war. Eigentlich war es eine Erkenntnis, zu der jeder Mensch auf der Erde genauso gelangen konnte.

Das Problem waren wieder die äußeren Einflüsse, da war Darren sich sicher. Kein Mensch wurde als Rassist geboren.

Es war die Erziehung, die ihn zu einem machte. Wie sollte ein Mensch sich einer rassistischen Ideologie entziehen, wenn sie ihm in seiner Kindheit tagtäglich vorgelebt wurde? Wie sollte der Rassismus jemals aus den Gedanken der Menschen verschwinden, wenn er immer weitergereicht wurde?

In all seiner Trauer darüber, wie allgegenwärtig Rassismus und Diskriminierung auch heute noch auf der Erde waren, sah er auf einmal einen kleinen Lichtblick. Zwischen all der Unterdrückung von Minderheiten, den Völkermorden, den ungleichen Geschlechterrollen, den schwer bewachten Grenzen, den Vorurteilen, dem Hass, dem Terror, der Ausbeutung, dem Hunger und der Armut lag versteckt eine wunderschöne Chance. Eine weit entfernte Hoffnung.

Eine Hoffnung auf eine gerechte, freie Welt. Denn er erinnerte sich an die Worte der Engel und Ingrids. Keine der Strukturen, die ihn fast in den destruktiven Strudel der Schwarzmalerei und des Pessimismus hineingezogen hätten, musste erhalten bleiben. Die Macht der menschlichen Entscheidungen konnte diese Strukturen sprengen. „Ja", dachte er aufgeregt, „wenn die Menschen eines Tages die Macht ihrer Entscheidungen erkennen, dann kann sich die Welt wieder ändern."

Jetzt verstand er, wieso ihm der Einfluss, den das Umfeld eines Menschen hatte, immer so groß vorgekommen war. Die Menschen versteckten sich hinter ihren äußeren Einflüssen. Sie nutzten sie als Legitimation, sich bequem auf ihren Sofas zurückzulehnen und diese ungleiche Welt zu akzeptieren. Denn es war einfach, seine Untätigkeit auf seine Situation zu schieben. Es war einfach, sich in der Illusion zu verkriechen, man könne als Individuum nichts bewegen. Schwierig und unangenehm war es hingegen, die Macht der eigenen Entscheidungen auszunutzen, sich von seinem Sofa zu erheben und die Welt zu verbessern.

Darren fühlte sich auf einmal weise und clever wie noch nie zuvor in seinem Leben. Auch brachte seine neueste Erkenntnis eine Pflicht mit sich. Wenn Ingrid und Lalita ihm ihren Plan genau erklären würden, durfte er sich nicht hinter Ausreden verstecken. Er durfte nicht denken, dass der kleine, unwichtige Darren Jackson dieser Aufgabe nicht gewachsen sein könnte. Er musste selbstbewusst an die Macht seiner Entscheidungen glauben. Denn diese war letztendlich genauso groß wie die Macht der äußeren Einflüsse. So hatten Hannah und Anna es ihm gesagt.

Sollte Ingrid und Lalitas Plan also eine Möglichkeit sein, auf diese klitzekleine Chance, diese winzige Hoffnung hinzuarbeiten, von der er eben geträumt hatte, dann gab es für ihn nur eine einzige Möglichkeit. Ganz egal, wie schwierig und unangenehm das Unterfangen werden könnte, er würde alles dafür tun, um den Frauen zu helfen.

~

Von einer Euphoriewelle getragen, las Darren noch zwei weitere Einträge von Mitarbeitern aus dem 19. Jahrhundert. Zwar brachten diese kein neues Wissen mit sich, aber er hatte jetzt schon zwei Drittel des Buches gelesen. Nicht mehr lange und er würde auf die Kritik der Mitarbeiter an der Lotterie stoßen.

Zufrieden setzte er sich um neun Uhr abends mit einer Pizza in den Aufenthaltsraum und legte einen Film ein. Nachdem er seine Pizza gegessen hatte, holte er sich weitere Snacks und Root Beer aus der Küche. Als er an sich herabblickte, stellte er fest, dass die harten Muskeln an seinen Armen und Beinen wieder weicher und speckiger geworden waren, seitdem er in der Lotterie angekommen war. Vielleicht sollte er ab morgen damit beginnen zu trainieren. Der Aufenthaltsraum und die Küche konnten ihm zwar alles herbeizaubern, was er mochte, aber um seinen Körper würde er sich weiterhin selber kümmern müssen. Vermutlich war es besser so, dass es auch Dinge gab, für die man noch arbeiten musste, dachte er sich.

Er hatte schon oft beobachtet, wie Lalita oder Ingrid sich tatsächlich selber Essen gekocht hatten, obwohl sie es sich in derselben Qualität auch einfach hätten vorstellen können. Vielleicht durfte der Himmel gar nicht so paradiesisch sein, wie er ihn sich aufgrund des Aufenthaltsraumes vorstellte. Eigentlich, wenn er so darüber nachdachte, war es ein besseres Gefühl, sich Erfolge und schöne Momente zu erarbeiten, als sie ohne eine Gegenleistung zu erhalten.

Ja, er freute sich darauf, morgen mit ein wenig Krafttraining zu beginnen. Hoffentlich würde es im Himmel ein Footballteam geben, dem er sich anschließen konnte.

Als Darrens Film fast zu Ende war, setzte sich Lalita zu ihm. Sie wollte die Nacht über ein Cricketspiel schauen und fragte, ob er es mit ihr gucken wollte. Er lehnte ab, denn die Arbeit in der Lotterie und das Lesen der Einträge hatten ihn müde gemacht.

„Ich hoffe, es war okay, dass Ingrid und ich dir gestern so lang unsere Meinung erzählt haben", sagte Lalita, kurz vor Ende des Films. „Auf jeden Fall", antwortete Darren. „Zum Glück habt ihr es getan. Ich habe, seitdem ich hier bin, immer mehr versucht, mich von meiner Heimat und meiner Kultur zu lösen. Ich glaube, der Mittelweg, den ihr mir aufgezeigt habt, ist genau richtig." „Dann ist gut", sagte Lalita und warf ihm einen freundlichen Blick zu. Immer mehr sah er in ihr eine gütige, freundliche Großmutter und keine junge Frau.

„Ehrlich gesagt habe ich euch sogar aus diesem Grund zu dem Spiel eingeladen. Ich wollte dich fragen, wie du mit deiner Religion umgegangen bist, seitdem du hier bist." „Und warst du mit meiner Antwort zufrieden?" „Sehr sogar. Eigentlich hatte ich erwartet, du würdest genauso denken wie ich und versuchen, Abstand zu deiner Kultur und Religion zu gewinnen." „So ist es ja auch. Nur gibt es viele Traditionen, die ich nicht aufgeben will." „Genau das hat mich gewundert. Ich hatte eigentlich geglaubt, du würdest dich komplett von deinen Traditionen lösen. Letztendlich basieren die hinduistischen Feste doch alle auf Glaubensinhalten, die fernab von der Realität liegen." „So mag es sein. Allerdings habe ich viel über meine Kultur nachgedacht, seitdem ich hier bin. Dabei bin ich zu dem Schluss gekommen, dass alle Religionen auf einen gemeinsamen Nenner gebracht werden können. Und durch diese Gemeinsamkeit erscheint mir mein früherer Glauben nicht realitätsfremder als der eines Christen oder eines Juden."

„Und welche Gemeinsamkeit soll das sein?" „Ich bin zu dem Schluss gekommen, dass Religion die Methode der Menschheit ist, sich alles zu erklären, was nicht erklärbar ist. Monotheistische Religionen erklären sich die unerklärbaren Dinge dieser Welt durch die Idee eines einzigen Gottes. Und durch dieses Erklärungsangebot, das die Religion den Menschen gibt, wirkt sie sinnstiftend und identitätsbildend." „Aber die Idee des einen Gottes entspricht letztendlich doch der Wahrheit." „Richtig. Aber sie ist nicht weniger frei erfunden als die Idee vieler verschiedener Götter. Vielleicht war sie die logischere, intelligentere Idee, um das Unerklärbare zu erklären. Letzten Endes ist sie aber genauso wie der polytheistische Glaube eine Idee, für die es keine Belege gibt. Was also ändert es deiner Meinung nach, sich die Welt durch viele Götter vorzustellen? Der Gott, an den du geglaubt hast, war für absolut alles in der Welt verantwortlich. Der Hinduismus hat dies lediglich anders dargestellt und die Verantwortung auf mehrere Götter aufgeteilt." „Also bereust du es kein bisschen, als Hindu gelebt zu haben?"

Lalita lachte. „Nein, überhaupt nicht. Im Endeffekt geht es um die Gemeinsamkeit, die ich dir genannt habe. Jede Religion macht dasselbe: sich das Unerklärbare erklären. Du magst die Art und Weise, auf die ein Hindu sich die Welt erklärt, für vollkommen verrückt halten. Es ist aber nur eine andere Form deiner Religion. Sie drücken beide den Wunsch aus, eine Antwort auf die Fragen zu erhalten, für die kein Mensch eine Antwort hat. Ich bin sehr traurig, dass ich in einem Land mit geringen Frauenrechten großgeworden bin. Auch bin ich traurig, dass unsere Bevölkerung größtenteils sehr arm war und heute noch ist. Wenn ich mich mit Ingrid unterhalte, bin ich immer sehr eifersüchtig auf das Leben, das sie führen durfte und die Lebensqualität in Schweden. Aber meine Religion, die bedauere ich nicht."

Darren schaute Lalita interessiert an. Er war beeindruckt, dass sie nicht wütend darüber war, ihr Leben lang zu Shiva gebetet zu haben, ohne dass diese Gottheit existierte. Er war sich sicher, dass er selbst die Lotterie für dasselbe Los wie Lalita verflucht und verteufelt hätte. „Ich verstehe, was du mir sagen willst. Und ich habe großen Respekt davor, dass du so locker damit umgehst, dass deine Religion ein Irrtum war. Ich persönlich bin nur, seitdem ich hier bin, sehr traurig darüber, dass so viele Menschen religiös und so überzeugt von ihrem Glauben sind." „Du solltest nicht traurig sein", sagte Lalita und lächelte. „Religion gibt den Menschen Hoffnung und schenkt ihnen Kraft. Außerdem vergisst du, dass es ja wirklich einen Gott gibt. Vielleicht greift er nicht in die Welt ein und das Bild, das die Religionen von ihm haben, mag nicht ganz richtig sein – aber in einer Hinsicht hat jeder religiöse Mensch Recht. Der Glaube an eine übermenschliche Macht, die die Welt kreiert hat, entspricht der Wahrheit." „Ja, da hast du Recht", sagte Darren. „Ich habe nur heute weitere Berichte aus dem Tagebuch gelesen und sie haben mich nachdenklich gestimmt. Die europäischen Großmächte waren damals so überzeugt, dass ihre Religion die einzig wahre ist, dass sie andere Kulturen deswegen zerstören wollten. Vor lauter Stolz auf ihre eigene Kultur, ihre eigene Heimat und ihre eigene Religion haben sie grausame Dinge getan."

Lalita schaute ihn nun ernst an. Ihre sonst so lockere Ausstrahlung war verschwunden. „Genau das wollte Ingrid dir gestern sagen, Darren. An diesem Ort zu sein, mag viele Nachteile haben. Anstatt in den Himmel aufzufahren, müssen wir hier arbeiten und dürfen unsere verstorbenen Verwandten nicht sehen. Stell dir vor, wie viel einfacher es für dich gewesen wäre deinen Tod zu verarbeiten, wenn deine Großeltern dir dabei hätten helfen können. In der Lotterie zu arbeiten hat aber auch einen Vorteil. Man bekommt eine klare Sicht auf die Welt und alles, was sich dort abspielt und abgespielt hat. Du kannst jetzt den richtigen Mittelweg gehen, den wir gestern besprochen haben. Religion, Heimat und Kultur sind nichts Schlimmes oder gar Verwerfliches, Darren. Ganz im Gegenteil kannst du auch stolz auf all diese Dinge sein, solange du allen anderen Menschen das gleiche Recht einräumst. Ich bin sehr froh, dass du dich mit diesen Themen auseinandersetzt, Darren. Es ist Ingrid und mir sehr wichtig, dass du über die Lotterie und die Welt nachdenkst."

„Du hast Recht. So schwer es mir auch manchmal fällt, all das hier zu verarbeiten, so bin ich auch immer wieder davon begeistert, was ich in so kurzer Zeit dazugelernt habe. Ich bin allerdings beeindruckt, wie selbstverständlich alles hier für dich ist. Als würden die vielen Erkenntnisse, zu denen man hier gelangt, dich gar nicht überraschen. Ich fühle mich ständig überrumpelt von allem, was hier passiert." Lalita lächelte. „Als ich hier ankam, war natürlich alles anders und es war nicht einfach. Aber gleichzeitig besaß ich das erste Mal Freiheiten, die ich mein Leben lang nicht gehabt hatte. Angefangen bei der vielen freien Zeit, die ich hier auf einmal zur Verfügung hatte. Ich konnte auf einmal vielen Interessen nachgehen, die mein Ehemann mir in meinem Leben verboten hat. Und in Ingrid hatte ich jemanden gefunden, der diese Interessen sogar förderte und sich darüber freute, dass ich mich mit Geschichte und Kultur auseinandersetzte."

„Ich weiß gar nicht, wie es ist, wenn man etwas nicht machen kann", sagte Darren und schaute die Wand an. Er war nicht beschämt, schließlich konnte er nichts dafür, dass er im Leben mehr Freiheiten als Lalita besessen hatte. Aber dennoch fühlte es sich unfair und nicht richtig an. „Ich habe zwar nie viele verschiedene Dinge in meinem Leben getan oder habe mich auf verrückte Art und Weise ausgelebt – aber seitdem ich hier bin, realisiere ich langsam, wie wertvoll es war, die Möglichkeit dazu gehabt zu haben. Ich habe meine Freiheit nie besonders schätzen gelernt, glaube ich. Sie war einfach so selbstverständlich." Lalita blickte ihn interessiert an. „Du solltest dich aber nicht schlecht deswegen fühlen. Es gibt vieles, was uns Lotteriearbeitern rückblickend sofort auffällt. Vieles, das wir anders gemacht hätten oder nun in einem anderen Licht betrachten. Aber während des Lebens ist man viel zu sehr von der ganzen Dynamik und den Geschehnissen um einen herum abgelenkt. Es ist leicht, uns vom Sofa dieses Aufenthaltsraumes Vorwürfe zu machen, jetzt, wo wir so viel wissen. Dabei sollten wir aber nicht vergessen, dass die Lotterie uns erst all das gelehrt hat, was wir jetzt vielleicht an unserem Leben kritisieren." Beeindruckt blickte Darren die Inderin an. Er wusste nicht, was er entgegnen sollte, außer ihr lautstark zuzustimmen. Bevor er dazu ansetzen konnte, sprach Lalita aber weiter.

„Ich möchte dir etwas erzählen, was unsere Gesprächsthemen heute Abend sehr gut kombiniert. Du hast mich am Anfang unseres Gesprächs auf meine Religion angesprochen. Ich habe dir gesagt, dass ich es nicht bereue, hinduistisch gelebt zu haben. Und das entspricht der Wahrheit. Auch rückblickend bin ich kein bisschen unglücklich darüber. Aber trotzdem kam mir, seitdem ich hier bin, ständig ein Gedanke: Ich hätte schon während meinem Leben verstehen können, dass der Hinduismus nicht realitätsnah ist." „Aber das ist doch verständlich. Wenn du so erzogen wurdest, ist es doch klar, dass du auch an die hinduistischen Glaubensinhalte geglaubt hast." „In gewisser Weise hast du Recht, Darren. Ich bin so aufgewachsen und der Hinduismus war für mich selbstverständlich. Dennoch gibt es da etwas am Hinduismus, das mich rückblickend stört. Etwas, das dafür verantwortlich ist, dass mir dieser eine Gedanke so oft durch den Kopf geht. Was glaubst du, wie viele Götter es im Hinduismus gibt?" Darren überlegte. Er hatte bei seinen Recherchen nur ein paar wenige Namen gelesen. Aber wenn Lalita ihn so fragte, dann waren es bestimmt sehr viele Götter. Waren es vielleicht sogar über einhundert oder über eintausend? „Vielleicht mehrere hundert Stück?", antwortete er. „Noch nicht mal annähernd", sagte Lalita und lachte. „Es sind 33 Millionen." „33 Millionen?", rief Darren fassungslos. „Aber so viele Namen kann sich doch kein Mensch merken." „Richtig. Es gibt eben so viele verschieden Arten und Abspaltungen des Hinduismus, dass sich im Laufe der Zeit die Anzahl der Gottheiten immer weiter gesteigert hat. Es gibt nicht den einen Hinduismus." „Aber das ist doch absurd", platzte es aus Darren heraus. „Ja, Darren, es ist absolut absurd. Und auch während meines Lebens wusste ich schon von all diesen verschiedenen Gottheiten. Daran, dass es so viele Ausprägungen des Hinduismus gibt, kann man sehr gut erkennen, dass Religion etwas ist, das die Menschen zu ihrem eigenen Vorteil konstruieren. Zumindest sehe ich das rückblickend so. Während meines Lebens habe ich diese Vielfalt allerdings nie hinterfragt. Sie war für mich selbstverständlich. Dabei hätte ich mich doch auch damals schon fragen können, weshalb die Art und Weise, wie ich meine Religion ausgelebt habe, die richtige sein sollte. Ich bereue das nicht und ich schäme mich nicht dafür – auf gar keinen Fall. Trotzdem frage ich mich manchmal, ob ich all diese Erkenntnisse, zu denen ich hier gelangt bin, nicht auch schon während meines Lebens hätte erlangen können."

„So geht es mir auch", sagte Darren. „Ich bin mir sogar ziemlich sicher, dass ich so einiges schon während meines Lebens hätte realisieren können. Die Art und Weise, wie ich mit anderen Menschen umgegangen bin und sie beurteilt habe, wäre ganz anders, könnte ich in mein Leben zurückkehren. Aber stattdessen kommen diese Erkenntnisse für mich zu spät. Ich kann sie nicht mehr in etwas Gutes ummünzen, kann ihnen nichts abgewinnen. Das stört mich sehr. Da ist nur diese quälende Gewissheit, dass sie zu spät gekommen sind." Lalita antwortete ihm nicht und schaute den Fernseher an, auf dem inzwischen der Abspann des Films zu sehen war. Nachdem sie eine Minute lang geschwiegen und so getan hatte, als würde sie sich für die Namen des Special-Effects Teams interessieren, begann sie leise und ernst zu reden: „Glaub mir, Darren, wenn ich dir sage, dass unsere Erkenntnisse nicht zu spät kommen. Du vergisst, dass wir noch nicht im Himmel sind. Stell dir die Lotterie wie eine Haltestelle vor – eine Haltestelle zwischen dem Leben und dem Tod. Unsere Erkenntnisse kommen nicht zu spät, sie kommen genau rechtzeitig."

Darren wusste nicht, was er Lalita entgegnen sollte. Er wusste, dass sie auf Ingrids und ihren Plan anspielte, die Lotterie zu verändern. Und daher wusste er auch, dass sie ihm nicht mehr verraten würde, als sie soeben gesagt hatte. Er musste darauf vertrauen, dass es richtig war, selber auf einen guten Grund für eine neue Verteilung der Lotterie zu stoßen. Er musste einer Inderin und einer Schwedin, die beide seine Großmutter hätten sein können, vertrauen. Er musste lächeln. Trotz monatelanger Überlegungen, was ihm nach seinem Tod erwarten würde, hatte er nicht im Ansatz mit einer solchen Situation gerechnet.

Er überlegte Lalita auszufragen, entschied sich aber dagegen. Eine so gute und friedliche Seele wie sie würde ihm mehr erzählen, wenn sie der Meinung wäre, es würde ihm guttun. Spätestens seit dem gestrigen Abend konnte Darren sich nicht mehr vorstellen, dass er sein Vertrauen in die Frauen bedauern würde. Sie hatten von Anfang an nur das Beste für ihn gewollt.

Er bedankte sich bei Lalita für den gemeinsamen Abend, wünschte ihr viel Spaß bei ihrer Cricketnacht und legte sich in sein Bett. Sein Kopf schmerzte vom vielen Nachdenken. Müde und kaputt machte er das Licht aus und schloss die Augen. Darren schlief direkt ein; ohne dass sein Verstand ihn die bösen Gedanken der vergangenen Monate rezitieren ließ.

~

Schmerzen. Schlechte Laune. Verwirrung. „Oh, hallo Darren. Ich hatte dich später erwartet. Aber komm doch rein, Alison freut sich bestimmt. Sie ist in ihrem Zimmer, du kennst dich ja aus." „Ja, danke Mrs. Milford." Darren zog seine Schuhe aus und stellte sie in den kleinen Schrank neben der Eingangstür. Jede Bewegung schmerzte.

Es war zur Routine geworden, dass er nach dem Training bei Alison vorbeifuhr. Nur hatte er sich heute frühzeitig aus der Schule verabschiedet. Sein Teamkollege Fred hatte ihn zu Boden gerissen. Ganz normal und regelkonform. Und doch tat sein Rücken fürchterlich weh. Er hatte sich nach dem Tackling vor Schmerzen gekrümmt und sein Trainer hatte ihn nach Hause geschickt. Es war ihm peinlich und unangenehm, dass er wegen dieses normalen Zweikampfes gegangen war. Schon immer hatte er die Zähne zusammengebissen und durchgehalten. Immer für das Team.

Seitdem er mit dem Footballspielen angefangen hatte, war es immer eines gewesen, das ihn begeistert hatte: der unermüdliche Einsatz und Kampf, den jeder aufbrachte, um ein Spiel zu gewinnen. Sich von nichts unterkriegen zu lassen und alles zu geben. Diese Begeisterung versuchte er stets auf seine Teamkollegen zu übertragen. Er versuchte voranzugehen und die anderen mitzureißen. In der letzten Saison hatte das sein Team zur regionalen Meisterschaft geführt. Und jetzt? Ein lächerliches Tackling konnte ihn außer Gefecht setzen?

Darren stieg genervt die Treppe in den ersten Stock hinauf und öffnete die Tür zu Alisons Zimmer. Seine Freundin saß auf ihrem Bett, ein Buch in der Hand und schaute überrascht zu ihm herüber. „Hey, ich bin etwas früher dran." „Das sehe ich", entgegnete Alison, lächelte und legte ihr Buch beiseite. Ihr Anblick ließ Darren seine Schmerzen vergessen und seine schlechte Stimmung ebbte ab. „Ich wollte dich einfach sofort sehen, da musste das Training mal ausfallen", sagte er lachend. Auch Alison musste lachen und stand auf. Darren umarmte sie und sie setzten sich zusammen auf das Bett.

„Und wieso bist du wirklich früher hier?" „Ach, ich weiß nicht", sagte Darren und seine gute Laune war wieder verflogen. „Fred hat mich von hinten angerempelt und danach hat mein ganzer Rücken wehgetan." „Naja, ich glaube, ich würde auch das Training abbrechen, wenn Fred mich umrennt." Darren rollte mit den Augen. „Ich spiele

jeden Tag Football. Und werde dabei jeden Tag auch mal etwas härter angegangen. Das macht mir sonst nie etwas aus. Ich bin das gewohnt. Aber irgendwie war das heute anders, ich verstehe es einfach nicht." „Lass mich doch mal deinen Rücken ansehen." „Und was willst du da sehen? Eine klaffende Wunde?" „Ich versuche dir hier zu helfen. Komm schon, zieh mal dein Shirt aus", sagte Alison verärgert. „Okay, ist ja gut."

Darren stand auf und streifte sich das Shirt vom Körper. „Und, was siehst du? Blutige Striemen? Tiefe Schnitte?" Alison antwortete nicht. „Ach, komm schon, ich mach doch nur Spaß", sagte Darren und drehte sich wieder zu seiner Freundin um. Diese saß mit entsetzter Miene auf ihrem Bett. „Dein ganzer Rücken ist blau und lila", sagte sie leise. „Was? Aber wie kann das sein? Das war ein ganz normales Tackling."

„Darren, damit musst du zum Arzt. Das sieht wirklich nicht gut aus." „Aber ich gehe nie zum Arzt." Alison schaute ihn verärgert an. „Dein Rücken ist auch sonst nicht voller blauer Flecken. Komm, ich fahre dich." „Lass mich doch eine Nacht darüber schlafen, vielleicht ist es morgen ja wieder weg." „Darren, ich fahre dich, darüber diskutieren wir jetzt nicht. Stell dir vor, es ist etwas Schlimmeres und du musst es direkt behandeln lassen." „Na gut. Aber ich komme nur mit, wenn wir danach noch etwas essen gehen." „Machen wir", sagte Alison und ihre Gesichtszüge glätteten sich. „Dann lass uns gehen."

Noch immer widerwillig, aber ohne zu protestieren, stieg Darren in Alisons Auto. Er war sich sicher, dass die blauen Flecken nichts Schlimmes sein konnten. Er würde ein paar Schmerzmittel verschrieben bekommen und schon morgen wieder trainieren können. Als er sich zurücklehnte, traten allerdings die Schmerzen an seinem Rücken wieder hervor. Kleine Zweifel flammten auf. Hatte er sich vielleicht doch erstmals stärker verletzt? Würde er vielleicht ein paar Tage oder gar Wochen kein Football spielen können? Bei diesem Gedanken grauste es ihm. Seit Jahren verlief in seinem Leben alles nach Plan. Es hatte immer nur kleine Hindernisse gegeben, die er schnell aus dem Weg geräumt hatte. Er wusste gar nicht, wie sich ein richtiger Rückschlag anfühlte.

Nachdem die Schmerzen wieder langsam nachließen, war er sich sicher. Es würde nichts passieren, alles würde gut gehen. Er schaute zu Alison herüber, die das SUV ihrer Eltern sicher durch die Straßen von Cincidoncee lenkte. Mit ihr zusammen würde schon alles gut gehen. Darren schüttelte jede Angst und jedes Bedenken von sich und begann, mit Alison über die heutige Philosophiestunde zu reden.

~

Die folgenden zwei Arbeitstage verliefen für Darren erstmals ohne besondere Ereignisse, Erkenntnisse oder Gespräche. Die Arbeit in der Lotterie war monoton und ermüdete ihn. Auch waren die Seiten, die er im Buch weiterlas, voll von sich wiederholenden Einträgen. Zwar waren sie noch immer interessant und die historischen Gegebenheiten, die die Mitarbeiter beschrieben, faszinierten Darren. Doch er hatte inzwischen ein Muster der Einträge erkannt. Alle Einträge verliefen nach demselben Schema. Eine kurze Vorstellung der Person – die Faszination von der Lotterie – die Erkenntnisse. Vor allem die Erkenntnisse der Mitarbeiter hatte Darren satt. Immer wieder musste er sich durchlesen, wie beschämt manche Menschen von ihren Taten oder den historischen Ereignissen zu ihren Lebzeiten waren.

Auch sehr häufig beschrieben Mitarbeiter, wie benachteiligt sie sich von der Lotterie fühlten. Kam ein Mensch, der in guten Verhältnissen gelebt hatte, an diesen Ort, so hinterfragte er sein gesamtes Leben und distanzierte sich mal mehr, mal weniger von seiner Kultur und seiner Heimat. Kam ein Mensch zur Lotterie, der in Armut oder einem Kriegsgebiet aufgewachsen war, so füllte er seinen Eintrag damit, sich über sein unglückliches Los zu ärgern und die Lotterie zu verfluchen.

Nur wenige Einträge vermochten es dieses Schema zu verlassen. Für die meisten Mitarbeiter war es eine Therapie gewesen, ihre Eindrücke niederzuschreiben; nur die wenigsten versuchten, dem Leser tatsächlich eine interessante Geschichte zu erzählen.

An seinen freien Tagen reduzierte Darren seine Lesezeit und nahm sich Zeit für sich selbst. Er schaute Filme und trainierte mit verschiedenen Fitnessgeräten im Aufenthaltsraum. Er tat es sogar einmal Lalita und Ingrid gleich und kochte sich sein Essen selbst. Darren wusste, dass die Schwedin und die Inderin darauf warteten, dass er das Buch fertig las, aber er brauchte auch etwas entspannte Zeit. Es war immerhin erst zwei Wochen her, dass er gestorben war. Eigentlich, dachte er sich, verarbeitete er das Geschehene viel zu schnell. Es war, als hätte die Lotterie ihm einen Crash-Kurs in der Verarbeitung des eigenen Todes gegeben.

Es schien so irreal, dass er vor zwei Wochen elend krank in einem Bett gelegen hatte – ohne Hoffnung auf ein gutes

Ende – jetzt aber kerngesund in den Räumlichkeiten der Lotterie damit begann, seine Krankheit hinter sich zu lassen.

Am Vorabend seiner nächsten Schicht entschied sich Darren, wieder einmal das dicke Buch zur Hand zu nehmen und wenigstens ein paar Seiten voranzukommen. Wie so oft dauerte es nicht lange, bis er auf die immer gleichen Phrasen und Erkenntnisse stieß. Dieses Mal war es eine Frau aus dem heutigen Kasachstan, die auf mehreren Seiten beschrieb, wie fasziniert sie von der Welt war und wie wenig sie eigentlich von der Menschheit gewusst hatte. Es hatte für sie nur ihr Dorf und ihre Familie gegeben. Außerhalb dieses Mikrokosmos hatte sie nie etwas kennengelernt. Lediglich ein paar Händler, die ein paar Mal jährlich in ihrem Dorf vorbeigekommen waren, hatten für sie etwas Unbekanntes dargestellt.

Darren wusste nicht, was er mit all diesen Berichten anfangen sollte. Sie waren alle interessant und jeder Historiker auf Erden würde vermutlich ein Vermögen dafür bezahlen, sie einmal zu lesen. Und doch verstand er die Verbindung nicht, die er unbedingt zu einer möglichen Veränderung der Lotterie herstellen wollte.

Er wollte sich aber nicht unterkriegen lassen. Nicht schon wieder. Zu oft schon hatte er aus Frustration und Langeweile das Buch zur Seite gelegt. Irgendwann musste er die Verbindung zum Plan der zwei Frauen verstehen.

Um seinem Vorsatz für den Abend gerecht zu werden, stemmte er sich gegen seine Müdigkeit und las weiter. Als er schon überlegte, den Rest des Textes der Kasachin zu überspringen, machte ihn der Beginn ihres letzten Absatzes neugierig.

„Als ich an diesem Ort ankam, da dachte ich immer, dass mein Leben ein Ergebnis dieser einen Verlosung war, die meiner Geburt voranging. Ich hatte immer die vier Möglichkeiten vor Augen, die die Engel mir gezeigt hatten; die vier möglichen Quadrate, in die meine Seele hätte fallen können. Doch je länger ich hier bin, umso mehr komme ich zu der Erkenntnis, dass mein Leben das Ergebnis von hunderten, ja, wenn nicht gar tausenden solcher Zufälle war. Auch meine Eltern waren einst an diesem Ort. Auch ihre Seelen wurden einst verlost. Was wäre, wenn sie in anderen Quadraten gelandet wären. Hätte es mich je gegeben? Und das gleiche gilt für meine Großeltern und deren Eltern und Großeltern. Ich habe die möglichen Quadrate meiner Vorfahren zurückverfolgt. Sie alle hätten an anderen Stellen dieser Erde geboren werden können. Stattdessen sind andere Seelen an ihrer statt außerhalb meiner Heimat aufgewachsen.

Und nicht nur meine Verwandten tragen zu diesem Zufall bei, den ich mein Leben nenne. All die Leute, mit denen ich und meine Vorfahren in Kontakt standen, haben ihre Auswirkungen auf unser Leben gehabt. Und sie alle waren ebenfalls einst hier. Auch ihr Leben wurde durch die Verlosung vor ihrer Geburt maßgeblich bestimmt.

Seit ein paar Wochen stelle ich mir immer und immer wieder diese eine Frage: Wer bin ich überhaupt? Bin ich nur das Ergebnis von unzähligen, aneinandergereihten, zufälligen Ereignissen?"

Darren legte das Buch auf seinen Schreibtisch und schaute angestrengt die Wand an. Tatsächlich hatte die Kasachin etwas angesprochen, worüber er sich noch nie Gedanken gemacht hatte. Was wäre eigentlich passiert, wenn eine andere Seele als seine eigene in seinem Leben gelandet wäre? Wäre alles genauso verlaufen – oder doch ganz anders? Hätte das Leben des Darren Jackson sich so entwickelt, wie es bei ihm selbst verlaufen war?

Seitdem er die Lotterie kannte, hatte er sich ständig gefragt, wie sein Leben wohl gewesen wäre, wenn seine Seele in eines der anderen Quadrate gefallen wäre. Nie aber war ihm in den Sinn gekommen sich zu fragen, wie es dann der Seele ergangen wäre, die an seiner statt Darren Jackson geworden wäre.

Nachdem er ein paar Minuten darüber nachgedacht hatte, kamen ihm zwei Möglichkeiten in den Sinn: eine beunruhigender als die andere. Vielleicht hätte eine andere Seele in seinem Leben exakt dasselbe Leben gelebt wie er. Football gespielt, dieselben Freunde gefunden, eine Beziehung zu Alison geführt. Aber sollte dies die richtige Antwort auf diese Frage sein, so musste er sich dieselbe Frage stellen, wie die Kasachin: Wer war er? Lediglich das Ergebnis seiner äußeren Einflüsse? War er eine autonomielose Masse gewesen, die seine Familie, Freunde, Lehrer, Medien und das Internet zu der Person Darren Jackson geformt hatten?

„Nein, das kann so nicht sein", dachte er und schob diesen Gedanken beiseite. Er konnte nicht nur das Ergebnis von seiner Umwelt und einer Verlosung sein. Nur bedeutete dies, dass die zweite Variante zutraf, die ihm auch in den Sinn gekommen war. Wenn jedes Leben unterschiedlich verlief, je nachdem, welche Seele welchem Körper zugeteilt wurde, so hatte die Kasachin Recht. Vielleicht hätten seine Eltern sich niemals ineinander verliebt, wenn ihren Körpern andere Seelen zugelost worden wären. Dasselbe galt für alle seine anderen Vorfahren zurück bis zur Steinzeit. Und so wie die Kasachin richtig angemerkt hatte, waren da auch unzählige Menschen, die sein Leben und die Leben seiner Vorfahren beeinflusst hatten. Sein Leben war nicht nur das Ergebnis dieser einen Verlosung vor seiner Geburt. Sein Leben war das Resultat aus unzählbaren Verlosungen, Entscheidungen, Einflüssen und seiner Geburt vorangegangen Lebenswegen. Es mussten Millionen sein. Millionen verschiedener Lebenswege voll von Liebe, Freude und Glück, aber auch voll Trauer, Hoffnungslosigkeit und Tod. Und am Ende von all diesen Lebenswegen, die sich immer wieder gegenseitig beeinflusst hatten, da war er: Darren Jackson. Entsprungen aus einem dichten Geflecht von zufälligen Gegebenheiten.

Und wieder war sie da; diese Frage. Wer war er eigentlich?

Er blickte auf sein Leben zurück und suchte verzweifelt nach so etwas wie Identität. Darren klappte das Buch zu und stand von seinem Stuhl auf. Er schaute in den Spiegel an der Wand. Wer war dieser Junge, der für ihn sein ganzes Leben lang so selbstverständlich gewesen war? Vielleicht war er gerade erst dabei, ihn richtig kennenzulernen.

~

Mit einem großen Thermobecher voller Kaffee ging Darren in den Lotteriesaal, um zu seiner Schicht anzutreten. Der Bericht der Kasachin hatte ihn aufgewühlt und am Einschlafen gehindert. Ohne den Kaffee würde er die Schicht nicht überstehen, dachte er sich.

So wie an jedem seiner bisherigen Arbeitstage legte Anna den großen Hebel um und setzte die Lotterie in Gang. Das laute Poltern der Kugeln war der Startschuss für die ersten

45 Minuten. Die Eintönigkeit seiner Arbeit ermüdete Darren noch weiter und der Kaffee in seiner Hand schaffte es nicht, ihm den erwünschten Kick zu geben.

Mit größter Anstrengung quälte er sich durch den Beginn des Arbeitstages, bis Hannah endlich die erste Pause verkündete. Wie immer nutzte er die Pause, um sich die Namen auf den Bildschirmen anzuschauen. Die Diversität der Vierergruppen faszinierte ihn jedes Mal aufs Neue, vermochte es aber nicht, seine schlechte Stimmung irgendwie zu mindern.

Als Hannah ihm das Signal gab weiter zu arbeiten, empfand er die Schicht in der Lotterie erstmals als eine Qual. Es war noch lange kein Ende in Sicht und er würde immer wieder dasselbe tun müssen. Dabei wollte er sich doch nur zurück in sein Bett legen. Der Eintrag der Kasachin hatte ihm jegliche Motivation und Euphorie geraubt, die er zuvor verspürt hatte. Da war keine Vorfreude mehr, auf Ingrid und Lalitas Plan zu stoßen. Stattdessen plagte ihn die Frage, die auch die Kasachin sich gestellt hatte: Was macht einen Menschen einzigartig, was verleiht ihm Autonomie und Identität?

Die zweiten 45 Minuten begannen. Darren versuchte sich von der Arbeit abzulenken und wieder auf schönere Gedanken zu kommen. Immer aber, wenn er kurz davor war, sich von seinen negativen Gedanken zu befreien, schleiften sie ihn gewaltsam wieder zurück.

Auf einmal begann das Klackern der Kugeln aufzuhören. Ohne Zweifel hatte die Lotterie soeben aufgehört, die Seelen durch die Rohre rollen zu lassen. Dabei war die zweite Pause noch nicht in Sicht. Noch nie zuvor hatte

Darren dies erlebt. „Eine Kugel ist stecken geblieben", hörte er Annas Stimme durch eine Lautsprecheranlage schallen, von der er gar nicht gewusst hatte, dass sie existierte. „Lasst mich schnell nachsehen, wo sie sich befindet und derjenige, der ihr am nächsten ist, wird ihr den nötigen Anstoß geben."

„Also, die Kugel befindet sich in Hannahs Spalte. Da du aber so nah am Durchgang stehst, Darren, sei doch so lieb und erledige es. Die Erfahrung wird dir guttun." „Konnte dieser Arbeitstag eigentlich noch schlimmer werden?", fragte Darren sich.

Durch eine schmale Lücke zwischen den Plastikrohren betrat er Hannahs Reihe. Hannah wartete schon auf ihn und blickte ihn erwartungsfreudig an – als hätte sie sich schon seit Monaten auf dieses Ereignis gefreut. Sie zeigte ihm, wo die Seele stecken geblieben war und schaute ihm dann aufgeregt hinterher.

Darren sah nun, warum die Kugel es nicht in ihr Quadrat geschafft hatte. Der Automatismus der Klappe, der ihr Quadrat hatte versiegeln sollen, hatte zu früh reagiert und die Kugel zwischen der Röhrenwand und der Klappe eingeklemmt.

Darren suchte die Klappe an der anderen Seite des Rohres, um hineingreifen zu können. Als er sie geöffnet hatte und seine Finger die Seele berührten, spürte er, dass sie eine angenehme Wärme ausstrahlte. Von allen Seiten glitzerte sie silbern und ihre Oberfläche fühlte sich tatsächlich wie die eines Flummis an. Es war ein bizarrer Gedanke, die Seele eines anderen Menschen in der Hand zu halten.

Als er der Kugel den nötigen Anstoß geben wollte, spürte er noch etwas. Da waren Erhebungen auf der Kugel. Aufgeregt schaute er ganz genau auf die Seele zwischen seinen Fingern und was er sah, ließ ihn den Atem anhalten. Auf der Kugel stand eine lange Nummer geschrieben. Sie war transparent und daher kaum sichtbar. Erst als er die Erhebungen gespürt hatte, war sie ihm aufgefallen.

„Stimmt etwas nicht?", fragte Hannah ganz besorgt, als sie sah, dass Darren der Kugel nicht den nötigen Anstoß gab. „Oh doch. Ja. Alles bestens", antwortete er hastig und stieß die Kugel aus ihrer Position hinaus in Richtung des Quadrates, in das sie kurz darauf sanft hineinplumpste.

Euphorisch lief er zurück zu seiner eigenen Reihe. Endlich verstand er, was er die ganze Zeit übersehen hatte. Diese Zahl war das Detail, von dem Ingrid gesprochen hatte. Endlich ergab alles einen Sinn. Der Eintrag der Kasachin, der Plan von Ingrid und Lalita sowie seine Haltung gegenüber den äußeren Einflüssen – all das sah er nach diesem einzigen, kleinen Moment in einem anderen Licht.

Er hatte bei seinen Überlegungen immer nur an die äußeren Einflüsse eines Menschen und an seine Entscheidungen gedacht. Bei seiner Einführung in die Lotterie hatten die Engel ihm aber noch von einem dritten Faktor erzählt, der das Leben eines Menschen beeinflusste: Ein Persönlichkeitsbaustein, der in der Seele schon vor der Geburt verankert war. Die Nummer auf der Seele hatte sich zweifelsfrei auf den Baustein dieser Seele bezogen. Wenn er sich richtig erinnerte, hatten die Engel ihm gesagt, dass Gott eine Milliarde dieser Persönlichkeitsbausteine erschaffen hatte. Wie hatte er diese Bausteine nur so verdrängen können?

Nach seiner Entdeckung verlief die Arbeit endlich wieder in Normalgeschwindigkeit. Darrens Gedanken umkreisten die Persönlichkeitsbausteine und welchen Einfluss sie auf das Leben eines jeden Menschen hatten. Bei jeder Pause kniete er sich vor die Quadrate und erkannte nun bei jeder Seele eine Nummer. Er hatte immer nur auf die Bildschirme geschaut, nie aber genau auf die silbern schimmernden Kugeln.

Darren dachte an den gestrigen Abend zurück. In all den Überlegungen hatten er und die Kasachin denselben Fehler gemacht: Sie hatten die Persönlichkeitsbausteine außer Acht gelassen, die laut den Engeln zu einem Drittel das Leben eines jeden Menschen bestimmten. Und da war sie wieder – seine Autonomie, seine Identität. Die Menschen waren nicht alle gleich und das Ergebnis ihrer Umwelt und der abertausenden Zufälle, die zu ihrem Leben geführt hatten. Die Menschen waren mit einem identitätsstiftenden Baustein ausgestattet.

Er dachte zurück an seinen ersten Tag in der Lotterie und an all die trockenen Fakten, die Hannah und Anna ihm aufgetischt hatten. Einer dieser Fakten hatte von Gottes intelligentem Design der Welt gehandelt. Und in der Tat kam ihm die Funktionsweise der Welt nach seiner Entdeckung ganz unglaublich intelligent vor. Als würden ganz viele Rädchen sauber und fließend ineinandergreifen. Und die Lotterie war eines dieser Rädchen.

Jetzt, wo er das Detail entdeckt hatte, das er so lange gesucht hatte, dachte er ganz aufgeregt an den Plan von Ingrid und Lalita. Er wollte unbedingt wissen, was die beiden Frauen vorhatten und lief beschwingt durch die Reihen der Lotterie.

9. Die Entdeckungen von Susana Perez

Aufgeregt lief Darren in seinem Zimmer auf und ab. Die Zahl auf der Seele, die er angestoßen hatte, veränderte sein gesamtes Bild von der Lotterie. Endlich hatte er einen Ansatz, um ihre Verteilung in Frage zu stellen. Den ganzen Nachmittag schon hatte er über nichts anderes als die Persönlichkeitsbausteine nachgedacht.

Immer war es ihm richtig erschienen, dass die Verteilung der Lotterie zufällig war. Denn so hatte jede Seele die gleiche Chance, in gute Verhältnisse sowie schlechte Verhältnisse gelost zu werden. Er hatte bei dieser Überlegung aber einen Fehler gemacht. Eine zufällige Verteilung konnte nur dann fair sein, wenn auch alle Seelen gleich wären. Durch die von Gott geschaffenen Persönlichkeitsbausteine waren die Seelen aber unterschiedlich.

Er rief sich die Erklärungen der Engel in Erinnerung. Ein Mensch war das Ergebnis seiner äußeren Einflüsse, seiner Entscheidungen und seiner angeborenen Persönlichkeit. Zwar konnte jeder Mensch so werden, wie er wollte, aber er wurde mit gewissen Charaktereigenschaften geboren. Eine Tatsache, die er nie in seine Überlegungen miteinbezogen hatte.

Diese in der Seele verankerten Eigenschaften mussten aber der Grund für die Kritik an der zufälligen Verteilung sein. Wenn er über sein eigenes Leben nachdachte, so fiel ihm auf, dass seine äußeren Einflüsse und sein Persönlichkeitsbaustein zusammengepasst hatten. Denn er war ein sehr ehrgeiziger Mensch. Daher war es für ihn fantastisch gewesen, dass sein Vater ihn zu jedem Football Training gefahren hatte und ihn immer weiter angetrieben hatte besser zu werden. Es hätte aber auch ganz anders sein können. Er hätte in einer Familie aufwachsen können, die kein Verständnis für seinen Ehrgeiz gezeigt hätte. Ebenfalls hätte er in einer Familie aufwachsen können, die ihn immer wieder dazu angetrieben hätte, gute Noten zu schreiben und seine Träume sowie seine Liebe zum Football kleingeredet hätte.

Ja, die Lotterie war unfair. Es musste Seelen geben, in deren Persönlichkeitsbaustein große Träume und der Drang sich zu beweisen verankert waren. Diese konnten aber durch die zufällige Verteilung in Verhältnisse entlassen werden, die ihnen den Weg zu diesen Träumen versperren würden. Eine Seele mit großen Ambitionen konnte in eine Familie geboren werden, die seit Generationen einen landwirtschaftlichen Betrieb führte, den sie dann irgendwann übernehmen sollte. Diese Familie würde es der Seele erschweren, Träume außerhalb der Landwirtschaft wahr werden zu lassen.

Genauso musste es Seelen geben, die sich mit dem einfachen, gewöhnlichen Leben zufriedengaben. Seelen, die keine großen Abenteuer oder steilen Karrieren brauchten, um glücklich zu sein. Diese würden sich in Familien unwohl fühlen, die große Erwartungen an ihre Kinder stellten. Sie würden ein Leben lang gegen die Erwartungen ihrer Eltern kämpfen müssen, wenn die Lotterie sie in eine Familie entließ, die ihren Kindern viel abverlangte.

Wenn man die Verteilung der Lotterie bestimmen könnte, dachte Darren sich, so könnte man vielen Menschen helfen. Man könnte die Seelen mit großen Träumen und Ambitionen Familien zuteilen, die sie auf ihren Wegen fördern und unterstützen würden. Genauso könnte man die Seelen, die ein einfaches Leben bevorzugten, in ein ruhiges, entspanntes Umfeld entlassen, in dem sie keinen hohen Erwartungen gerecht werden mussten.

Dabei musste es noch unzählige weitere solcher Denkansätze geben. Zu jeder noch so kleinen charakterlichen Neigung konnte man bestimmt einen passenden Gegenspieler finden, der diese förderte.

Erstaunt setzte Darren sich auf seine Bettkante. Wenn man mehr über die Persönlichkeitsbausteine wissen würde, könnte man den Versuch wagen, jede Seele in ein passendes Umfeld zu entlassen. Ein faszinierender Gedanke. Kurz wurde ihm schwindelig dabei, welche Dimensionen eine Veränderung der Lotterie mit sich brachte. Die zufällige Verteilung aufzugeben, mochte viele Chancen bergen, ebenso aber viele Risiken. Man könnte eine neue Verteilung auch zu verwerflichen Zwecken ausnutzen. Eine Reformation der Lotterie würde eine ungeheure Macht freisetzen, dachte Darren sich. Sie würde es Lotteriearbeitern nämlich ermöglichen, das Leben auf der Erde nach ihren Vorstellungen zu beeinflussen. Ob zum Guten oder zum Schlechten.

Je länger er den Gedanken aber verfolgte, umso mehr Zweifel kamen ihm in den Sinn. Eine bewusste Verteilung der Seelen auf die Quadrate war nur schwer möglich – oder gar unmöglich? Man müsste genau über die einzelnen Familien Bescheid wissen, in die die Seelen hineingeboren wurden. Wie aber sollte man genug über die jeweiligen Verhältnisse erfahren?

Allerdings waren die Quadrate, in die die Seelen fielen, nicht das größte Problem, das er zu sehen glaubte. Zwar war es schwirig, sich über sie zu informieren, aber in der Theorie war es möglich.

Das Problem der Idee einer gerechten Verteilung waren die Persönlichkeitsbausteine. Woher sollte man wissen, welche individuellen Eigenschaften und Facetten in den Seelen verankert waren? Das Einzige, was man über den Persönlichkeitsbaustein einer Seele herausfinden konnte, war seine Nummer. War es überhaupt möglich, mehr über diese Bausteine zu erfahren?

Verwirrt und enttäuscht saß Darren auf seinem Bett. Er war sich so sicher gewesen, dass die Persönlichkeitsbausteine der Schlüssel zu Ingrids und Lalitas Plan waren. Definitiv mussten sie es sein, die die Verteilung der Lotterie ungerecht machten. Es konnte verhindert werden, dass Menschen ihre Ziele nie erreichen konnten oder ihnen ein Leben aufgezwungen wurde, dass sie nicht leben wollten. Durch eine gerechte Verteilung wäre es möglich, das Leben vieler Menschen zu verbessern.

Er überlegte, Ingrid nun endlich zu fragen, was genau ihr Plan war. Eine große Neugier breitete sich in ihm aus. Schnell erinnerte er sich aber an ihre Worte. Es wäre besser für ihn, von selbst auf den Plan zu stoßen, hatte sie gesagt. Er stand ruckartig wieder von seinem Bett auf und dachte nach. Wie konnte es nur sein, dass er immer noch im Dunkeln tappte? Wie konnte es nur sein, dass die Schwedin ihm nichts verriet, sondern nur rätselhafte Aussagen tätigte? Wie konnte es nur sein, dass er immer noch nicht die geringste Ahnung hatte, wie die Lotterie verändert werden könnte?

Ingrid hatte ihm Antworten versprochen. Sie hatte ihm gesagt, er solle ihr vertrauen, aber noch immer wusste er nicht, wovon sie gesprochen hatte.

Auf einmal fiel ihm das Buch ein. „Natürlich, das Buch!", dachte er sich. Hektisch holte er den Wälzer aus seiner Nachttischschublade heraus. Das Buch sollte ihm die Antworten liefern, so hatte Ingrid es gesagt. Er hatte das von ihr angesprochene Detail entdeckt und musste nun nur noch fertiglesen. Wenn die Schwedin die Wahrheit gesagt hatte, dann würde alles einen Sinn ergeben, sobald er das Ende des Buches erreicht hatte.

Aufgeregt schlug er das Buch auf. Die Einträge stammten inzwischen schon aus dem 20. Jahrhundert. Er überflog alle Einträge und suchte nach einem Kommentar zu den Persönlichkeitsbausteinen. Immer weiter blätterte er und überflog Bericht um Bericht. Irgendwann würde er sie alle lesen müssen, dachte er sich.

Er blätterte immer weiter, bis er nur noch fünfzig Seiten vor sich hatte. Die Berichte waren nun schon sehr modern, sie stammten von der Jahrtausendwende und frühen Jahren des 21. Jahrhunderts. Plötzlich fand er das Wort, das er gesucht hatte: Persönlichkeitsbaustein.

Das Wort stand im ersten Absatz einer Frau namens Susana Perez aus Argentinien. Sie hatte 2007 in der Lotterie gearbeitet. Direkt stürzte er sich auf ihren Bericht.

„Mein Name ist Susana Perez und ich habe in den vergangenen Monaten viele interessante Entdeckungen hier in der Lotterie gemacht. Zwei Monate lang arbeitete ich hier ganz selbstverständlich vor mich hin, bis mich eine Neugierde packte. Beim Durchsuchen des Statistikcomputers im Kontrollraum fiel mir auf, dass jede Seele einen Persönlichkeitsbaustein besaß, der mit einer Nummer versehen war. Welcher Persönlichkeitsbaustein in welcher Seele enthalten war, hatten die Engel schon immer dokumentiert. So konnte ich mir am Computer eine Statistik ansehen, die mir anzeigte, welche Seelen im Verlauf der Geschichte welchen Baustein in sich enthalten hatten. Ich stöberte mehrere Stunden in diesen Daten herum, aber wurde nicht aus ihnen schlau. Ich konnte nun sehen, welche Nummer der Persönlichkeitsbaustein einer Person hatte, mehr nicht. Ich suchte ständig nach den Namen berühmter Personen, die ähnliche Persönlichkeiten gehabt hatten und schaute, ob ich irgendwann zwei Menschen mit derselben Nummer finden würde. Enttäuscht gab ich nach drei Stunden meine Suche auf und kehrte in mein Zimmer zurück.

Als ich am nächsten Morgen im Aufenthaltsraum saß und über meine unergiebige Suche nachdachte, kam mir eine Idee. Ich stellte mir ein Programm auf einem USB-Stick vor, welches die Daten für mich sortieren konnte. Ich überlegte mir mehrere Arten der Sortierung, die es enthalten sollte und ging damit anschließend zum Statistikcomputer. Das Programm ermöglichte es mir nun, die Persönlichkeitsbausteine nach verschiedenen Eigenschaften zu ordnen. So sortierte ich sie zuerst nach der Lebensdauer. Ich hatte sofort eine Liste mit den Namen der Menschen des Persönlichkeitsbausteins 1891911 vor mir. Dieser Baustein hatte die kürzeste durchschnittliche Lebensdauer vorzuweisen.

Ich fragte mich sofort, ob die geringe Lebensdauer etwas mit der Persönlichkeit eines Menschen zu tun haben könnte. Denn eigentlich war ich mir sehr sicher, dass die Gesundheit darüber entscheidet, wie lange ein Mensch lebt und die Persönlichkeit keine große Rolle spielt.

Ich suchte mir daher ein paar aktuelle Namen auf der Liste heraus und durchsuchte ihre Facebook-Accounts. Was ich dort fand, ließ mich sprachlos zurück. Alle drei Personen, die ich gesucht hatte, gingen in ihrem Leben gesundheitliche Risiken ein. Eine der Personen betrieb Extremsport und hatte Videos vom Mountainbiken, Fallschirmspringen und Bungeejump in seinem Profil. Eine andere Person stammte aus den USA und zeigte sich auf seinem Profilfoto mit einem großen Gewehr. Die dritte Person schien Raucher und Trinker zu sein. Er hatte Fotos von diversen Partys hochgeladen und seine Freunde bezeichneten ihn in den Kommentaren als den „Bierkönig" und den „Bruder von Charlie Sheen".

Ich suchte weitere Namen und fand fast immer ähnliche Ergebnisse. Ich konnte daher mit Sicherheit feststellen, dass diese Menschen nicht die kürzeste durchschnittliche Lebensdauer hatten, weil sie Pech mit ihrer Gesundheit gehabt hatten. Ich konnte sicher sagen, dass in diesem Persönlichkeitsbaustein der Hang zum Risiko groß ist und die Menschen auf dieser Liste nur selten gut mit ihrem Körper umgegangen sind.

Erstaunt schaltete ich den Computer aus, weil ich meine Schicht im Lotteriesaal antreten musste. Ich hatte soeben ein Muster in den Statistiken entdeckt. Ich hatte entdeckt, dass manche Menschen mit einer Persönlichkeit geboren werden, die dazu tendiert Risiken einzugehen und diese daher oftmals einen frühen Tod gestorben waren. Ich brannte darauf, noch weitere solcher Muster zu entdecken und setzte mich nach meiner Schicht sofort wieder an den Computer.

Für den Persönlichkeitsbaustein mit der längsten durchschnittlichen Lebenserwartung bestätigte sich meine Vermutung. Auch hier pickte ich ein paar Namen heraus und konnte bei vielen Belege für eine gesunde Ernährung und ein Leben ohne große Risiken finden.

Weiterhin war ich erstaunt über meine Entdeckungen. Ich war der erste Mensch, der die Persönlichkeitsbausteine der Menschheit erforschte. Mein einziges Problem war die Ungenauigkeit meiner Nachforschungen. Es war schwierig, etwas über unbekannte Leute im Internet herauszufinden, was viel über ihre Persönlichkeit aussagte. Ich brauchte also eine Methode, um an Menschen zu forschen, die berühmt gewesen waren, damit ich viel über sie recherchieren konnte.

Nach ein paar Tagen hatte ich endlich die dazu passende Idee. Ich stellte mir ein neues Programm im Aufenthaltsraum vor, welches mir die Namen auf den Listen nach ihrer Anzahl an Suchergebnissen bei Google sortieren konnte. So bestätigten sich meine Vermutungen über die Bausteine. Als ich nämlich die Liste der Personen mit der niedrigsten Lebenserwartung nach ihrer Anzahl an Google-Treffern sortierte, stellte sich heraus, dass auch drei berühmte Menschen diesen Baustein gehabt hatten. George Best führte die Liste an. Er war ein berühmter Fußballspieler, der an Krebs gestorben war, weil er einen so ungesunden Lebensstil gehabt hatte. Auf ihn folgten Reinhold Messner und Steve-O von Jackass. Beides Menschen, die viele Risiken eingingen, bisher aber von einem frühen Tod verschont geblieben waren. Ich hatte es also tatsächlich geschafft. Durch das neue Programm konnte ich ohne Probleme Zusammenhänge zwischen dem Persönlichkeitsbaustein einer Person und ihrem Leben feststellen.

Neugierig ließ ich mir den Persönlichkeitsbaustein mit den meisten berühmten Personen anzeigen. Hierfür ließ ich es die Suche nach den höchsten durchschnittlichen Treffern bei Google filtern. Tatsächlich fand ich drei Bausteine, die sehr viele berühmte Menschen beinhalteten. Auch hier konnte ich daher mit Sicherheit sagen, dass der Wunsch nach Popularität und Glanz in den Seelen dieser Menschen verankert gewesen sein musste.

Daten sprechen eine klare Sprache. Bei jeder Statistik, die ich überprüfte, hatte ich Zweifel. Ich hatte nie gedacht, dass der Einfluss der Persönlichkeitsbausteine so groß sein konnte. Dennoch wurde ich bei jeder meiner Vermutungen bestätigt. Denn die drei Statistiken, über die ich bereits geschrieben habe, waren noch lange nicht das Ende meiner Forschung.

Ich ließ den Aufenthaltsraum das Programm erneut aufbessern und nahm alle staatlichen Datenbanken darin auf. So konnte ich Berufe und Wohnorte der Menschen, seitdem man diese Daten erfasst hatte, in meine Recherche miteinbeziehen. Die Ergebnisse meiner Forschung waren erstaunlich.

Ich suchte im Programm den Persönlichkeitsbaustein mit den Menschen, die in ihrem Leben am häufigsten ihren Wohnort gewechselt hatten. Die zwei prominentesten Personen in dieser Liste waren niemand Geringeres als die berühmten Magellan und Marco Polo. Sie waren zwar bei weitem nicht so oft umgezogen, wie die meisten Menschen in der Liste es getan hatten, aber ich erkannte anhand dieser zwei Berühmtheiten, dass in diesem Baustein die Entdecker- und Abenteuerlust verborgen ist.

Zu diesem Extrem suchte ich das Gegenbeispiel: Den Baustein mit den wenigsten Umzügen. Diese Liste ließ ich mir wieder nach der Bekanntheit der Personen sortieren und fand wenig überraschend mehrere heimatverliebte Prominente vor. An der Spitze der Liste standen mehrere Sportler, die ihre gesamte Karriere bei einem einzigen Verein verbracht hatten. Nur wenige kannte ich, aber sobald ich sie im Internet suchte, stieß ich immer auf Webseiten von Fans, die sie für ihre Treue verehrten. Darauf folgten zwei deutsche Politiker, die ich nicht kannte, namens Horst Seehofer und Markus Söder. Als ich über sie recherchierte, fand ich heraus, dass sie sehr konservativ sind, da sie beide an altmodischen Idealen festhalten. In diesem Baustein muss also der extreme Wunsch nach Beständigkeit, Kontinuität und Heimat enthalten sein.

Mehrere Wochen lang führte ich meine Recherche fort und ich habe so viele Muster in den Daten erkannt, dass es zu aufwändig wäre, sie allesamt hier festzuhalten. Ich habe sie daher im Statistikcomputer abgespeichert, sodass sie für jeden zukünftigen Mitarbeiter zugänglich sein werden.

Eine besonders interessante Entdeckung habe ich vor einer Woche aber noch gemacht und möchte sie unbedingt in diesem Buch dokumentieren. Zuerst hat sie mir viele Rätsel aufgegeben, aber letztendlich konnte ich sehr viel von ihr lernen. Ich glaube, sie wird euch zukünftigen Mitarbeitern ebenfalls dabei helfen, euer Wissen über die Lotterie noch besser einordnen zu können.

Als ich anfing, die Zusammenhänge zwischen Persönlichkeitsbausteinen und Lebenswegen zu entdecken, orientierte ich mich immer an berühmten Personen, da sie mir am besten dabei halfen, die Muster zu verstehen. Aus reiner Neugierde begann ich oft einfach zufällig eine berühmte Person zu suchen, mir die Nummer ihres Bausteins anzusehen und abzugleichen, was sie mit den anderen Menschen mit demselben Baustein gemein hatte. So konnte ich viele interessante Zusammenhänge feststellen.

Bei der Liste des Persönlichkeitsbausteins von Napoleon machte ich dann einen unglaublichen Fund. Denn meine Entdeckung unterschied sich von den Mustern, die ich bisher gefunden hatte. Zwei weitere Namen in der Liste verwunderten mich nicht. Es waren die Namen Josef Stalin und Benito Mussolini. Ich dachte also zuerst, ich wäre auf ein ganz normales Muster der Bausteine gestoßen. Alle drei waren Herrscher gewesen, die für ihre Gier nach Macht und Kontrolle bekannt waren. Ich ging also davon aus, ich hätte einen Baustein gefunden, der extreme Ambitionen enthielt. Extreme Ambitionen, die Menschen zu Despoten machen konnten.

Auf der Liste fand ich allerdings drei weitere Namen. Salvador Dalí, Brian Hugh Warner alias Marylin Manson und Jim Carrey. Ich konnte nicht glauben, was ich da sah. Diese drei Berühmtheiten waren zwar allesamt sehr verrückt, aber hatten doch gleichzeitig auch nie einem Menschen etwas zu Leide getan. Sie waren das Gegenteil von Napoleon, Stalin und Mussolini, dachte ich mir. Dieser Persönlichkeitsbaustein ließ mich daher erneut an die Worte der Engel bei meiner Einführung denken. Der Baustein bestimmt nur zu einem Drittel das Leben eines Menschen.

Alle sechs Personen auf der Liste hatten also zu einem Drittel etwas gemeinsam. Sie waren sehr extrovertiert, ambitioniert und wollten berühmt werden. Allerdings wurden sie in unterschiedliche Zeiten und Verhältnisse geboren. Während Stalin und Mussolini zur Zeit der Weltkriege gelebt hatten, waren mit Carrey und Manson zwei der drei friedlichen Künstler in ruhigeren Zeiten aufgewachsen. Das Umfeld dieser Menschen hatte sie also entscheidend geprägt. Allerdings war es nicht nur so, dass Carrey und Manson Glück hatten. Auch ihre Entscheidungen haben sie zu den Menschen gemacht, die sie geworden sind. Dies zeigte mir die Anwesenheit Dalís in der Liste auf. Dalís politische Ansichten und seine Kunst waren sehr umstritten. Es heißt, er sei ein Sympathisant des spanischen Diktators Franco gewesen. Ebenfalls malte er Bilder über Hitler, auch wenn er Nazi-Anschuldigungen von sich wies. Dennoch schaffte er es, all diese verrückten und gefährlichen Ideen in seinem Kopf auf eine unschuldige Weise aus sich herauszulassen – durch seine extravaganten Kunstwerke.

Der Persönlichkeitsbaustein der drei Künstler hatte zwar das Risiko geborgen, dass sie zu jemandem wie Napoleon oder Stalin werden konnten; sie haben ihre Extraversion und ihren Ehrgeiz aber durch das richtige Ventil herausgelassen. Sie haben durch Kunst eine Möglichkeit gefunden sich auszuleben.

Die Liste dieses Bausteins zeigte mir also erstmals perfekt auf, wie die drei Faktoren, von denen die Engel mir erzählt hatten, ineinandergreifen und funktionieren. Kein Mensch wird böse oder gut geboren. Es ist das Umfeld eines Menschen, das ihn zu einem Despoten oder aber einem Maler, der zerfließende Uhren zeichnet, werden lässt. Gleichzeitig kann das Individuum durch seine Entscheidungen sein Schicksal verändern und bestimmen, in welche Richtung es sich entwickeln will.

Seit meiner Entdeckung habe ich daher den größten Respekt vor Jim Carrey, Marylin Manson und Dalí. Sie haben erkannt, wie viel Macht ihre Entscheidungen haben. Sie haben die gewaltige Energie und den Tatendrang, die ihnen beide von Geburt an vermacht wurden, in die richtigen Bahnen gelenkt.

Ich habe nach der Liste von Napoleons Baustein noch über hunderte weitere Listen dieser Art entdeckt, die zwei Extreme beinhalten. Die Menschen mit diesen Bausteinen neigen dazu, sich in einer verrückten, mitreißenden Art und Weise auszuleben. Ich nenne sie daher die Persönlichkeitsbausteine zwischen Genie und Wahnsinn."

Fassungslos legte Darren das Buch beiseite und atmete tief durch. Susana Perez hatte geschafft, was er vor einer halben Stunde noch für unmöglich gehalten hatte. Sie hatte es geschafft zu verstehen, welche Tendenzen in den Persönlichkeitsbausteinen enthalten waren. Sie hatte eine Entdeckung gemacht, die die Zufallsverteilung der Lotterie in ein anderes Licht rückte.

Seine Vermutung hatte sich bestätigt. Ingrid und Lalita würden die Lotterie manipulieren wollen. Er war sich noch nicht sicher, wie genau sie es anstellen wollten, aber eines war nun glasklar: Durch die Entdeckungen von Perez konnte man die Verteilung der Lotterie gerechter gestalten. Wenn man jeder Seele im Voraus ein Quadrat zuordnen würde, das zu ihrem Baustein passte, so konnte man jeden Tag vielen Menschen Leid ersparen – und vielleicht, die Welt zu einem besseren Ort machen.

10. Die ausgerissenen Seiten

Die folgenden drei Tage konnte Darren an nichts anderes mehr denken, als die Persönlichkeitsbausteine. Wenn er arbeitete und die Seelen in die Quadrate fallen sah, fragte er sich immer wieder, wie gut der Persönlichkeitsbaustein dieser Seele zu ihrer Situation passen würde. Besonders interessant fand er die hundert Bausteine, die Perez als die Bausteine zwischen Genie und Wahnsinn bezeichnet hatte. Womöglich wurde jeden Tag eine Seele mit einem solchen Baustein in Verhältnisse entlassen, die den Wahnsinn in ihnen hervorrufen würde. Wenn man die Lotterie manipulieren würde, konnte man sichergehen, dass diese Seelen in ein gutes Umfeld gelost werden würden. Lieber ein paar verrückte Künstler mehr, als zu riskieren, dass ein neuer Mao Zedong oder Saddam Hussein im Weltgeschehen auftauchte.

Darren erzählte Lalita und Ingrid nichts davon, dass er Perez Beitrag gelesen hatte. Jetzt, da er ihrem Plan so nahe war, wollte er eigenständig herausfinden, wie er genau aussehen könnte.

An den Nachmittagen der nächsten drei Arbeitstage las Darren weiter im Buch. Seit den Entdeckungen von Perez war jeder einzelne Bericht interessant und lesenswert. Eine offene Diskussion war entstanden. Manche Mitarbeiter fanden es furchtbar, dass die Lotterie die Seelen mit einem Baustein zwischen Genie und Wahnsinn zufällig verloste. Daher tauchte erstmals die Idee auf, die Verteilungsweise der Lotterie zu verändern. Ein Algerier äußerte den Vorschlag, die Bausteine zwischen Genie und Wahnsinn Familien zuzuteilen, die den Seelen eine gute Erziehung ermöglichen würden. Andere Mitarbeiter hielten nichts von dieser Idee und waren der Meinung, man dürfe die Verteilung nicht verändern. Ihre Argumentation machte Darren stutzig. Ein Mann aus der Mongolei schrieb, dass es unfair wäre, die Seelen mit einem Baustein zwischen Genie und Wahnsinn zu bevorzugen. Denn durch diese Bevorzugung verringere sich für alle anderen Seelen die Wahrscheinlichkeit, in gute Verhältnisse geboren zu werden. Nur bei einer zufälligen Verteilung hätte jede Seele die gleiche Chance auf ein schönes Leben.

Das Argument des Mongolen stimmte Darren nachdenklich. Würde er es mit sich vereinbaren können, manche Seelen absichtlich einem guten Umfeld zuzuteilen, wenn er somit andere benachteiligte? Er war sich unsicher.

Auch brachte eine Frau von den Philippinen weitere Argumente gegen eine neue Verteilungsweise der Lotterie hervor. Sie warf die Frage auf, ob es überhaupt von Menschenhand bestimmt werden dürfe, welche Seele in welches Leben entlassen wird. Sie hatte Zweifel daran, dass die Menschen überhaupt sinnvoll darüber entscheiden könnten, wie man die Seelen verteilen sollte. Zu spekulativ und ungenau waren ihr die Entdeckungen von Perez. Auch stellte sie in Frage, ob es moralisch richtig wäre, von außen zu versuchen, in das Weltgeschehen einzugreifen. Sie war der Meinung, man müsse die Welt sich entwickeln lassen. Denn die Macht von außen in sie einzugreifen könne auch missbraucht werden. Menschen könnten diese Macht auch dazu verwenden die Seelen so aufzuteilen, dass sie ihrem eigenen Land am meisten nützen würde. Der Egoismus mancher Menschen barg eine große Gefahr, würde man die Verteilung ändern, mahnte die Frau.

Darren fragte sich, ob Lalita und Ingrid diese Argumente berücksichtig hatten.

Für seine zwei freien Tage nahm er sich vor, das Buch fertig zu lesen und sich erst ausgiebig Gedanken über alles zu machen, bevor er zu Ingrid und Lalita gehen würde. Doch je weniger Seiten ihm bis zum Ende des Buches blieben, umso stärker wuchs in ihm ein ungewollter Widerstand an. Irgendetwas in ihm sträubte sich dagegen zu erfahren, was am Ende dieses Buches auf ihn warten würde. Darren wusste nicht, was es war. Schließlich war er sich seit Susana Perez' Beitrag sehr sicher, dass er den Plan unterstützen wollte. Auch hatten die zwei Frauen ihm freigestellt, ob er ihnen half. Wenn ihm ihr Vorhaben also nicht gefallen sollte, hätte er doch immer noch die Möglichkeit sie nicht zu unterstützen. Wieso also sagte ihm sein Instinkt, er solle nicht weiterlesen?

Er wusste es nicht, aber sein innerer Widerstand hielt ihn zunächst davon ab die übrigen Seiten zu lesen. Darren machte sich einen entspannten Abend mit einer Pizza und einem Film. Er würde das Buch morgen fertiglesen.

∼

Am folgenden Tag schlief Darren aus und stand erst spät auf. Er machte sich einen Kaffee und aß ein paar Schüsseln Müsli. Er konnte jetzt eigentlich damit beginnen, das Buch zu Ende zu lesen, dachte er sich. Es würde nur zwei Stunden dauern. Aber bei zwei Stunden konnte er doch eigentlich auch noch warten. Ja, er konnte noch ein bisschen trainieren, ein Bad nehmen und dann konnte er lesen. Er hatte schließlich den gesamten Tag Zeit.

Darren machte verschiedene Fitnessübungen mit einem Video-Tutorial. Normalerweise lenkte Sport ihn ab. Er schaffte es, seinen Fokus ausschließlich auf das zu richten, was er gerade tat. Das war seine große Stärke beim Football gewesen. Er hatte all die Menschen auf der Tribüne, die dummen Sprüche der Gegner und Hitze oder Regen immer ausgeblendet und sich vollständig auf sein Ziel konzentriert: den Sieg. Doch heute war es anders. Sein Fokus lag nicht wie sonst auf der perfekten Umsetzung seiner Übungen. Seine Gedanken kreisten ausschließlich um das Buch. Sein innerer Widerstand hatte ihn erneut dazu verleitet, das Lesen aufzuschieben – doch wieso? Ihm fiel kein triftiger Grund ein, weshalb er wartete. Im Gegenteil fielen ihm viele Gründe dafür ein, weshalb er nicht warten sollte.

Nach der Hälfte seines Workouts brach Darren das Tutorial ab und ging duschen. Er konnte diese innere Auflehnung nicht verstehen. Er wusste aber, dass sie nur noch größer werden würde, wenn er ihr noch mehr Zeit gab, sich zu entfalten. Also eilte Darren in die Dusche, wusch sich so schnell wie möglich und öffnete – zurück in seinem Zimmer – sofort das Buch, um weiterzulesen.

Er las zwei Beiträge, die erneut starke Meinungen zu Susana Perez Entdeckungen hatten. Doch wirklich neue Aspekte konnte er ihnen nicht abgewinnen. Während er las, schlich sich immer wieder der unerklärbare innere Widerstand ein. Darren fiel es schwerer und schwerer, weiterzulesen, aber er wusste, dass er es tun musste. Was er nicht wusste war, weshalb es ihm so schwerfiel, das Buch fertig zu lesen. War es Angst? Waren es Zweifel? Ihm wollte keine plausible Antwort einfallen.

Seine Gedanken wanderten von seinem inneren Widerstand zurück zur neuen Verteilung. Denn der folgende Eintrag zog seine gesamte Aufmerksamkeit auf sich. Er stammte von einer Frau aus Saudi-Arabien und es waren nur noch sehr wenige Seiten übrig – war ihr Bericht womöglich der letzte?

Als Darren nachschauen wollte, wie viel die Frau geschrieben hatte, stellte er fest, dass jemand Seiten herausgerissen hatte. Seine Vermutung hatte sich bestätigt – es war der letzte Eintrag. Aber er endete abrupt. Er erinnerte sich wieder, dass er die herausgerissenen Seiten beim Erhalt des Buches entdeckt hatte. Schnell hatte er sie aber wieder vergessen und sich nie weitere Gedanken über sie gemacht.

Er begann den Eintrag der Frau zu lesen. Sie hieß Sadia und war eine Aktivistin gewesen, die sich in Saudi-Arabien für Frauenrechte eingesetzt hatte. Sie hatte wegen ihrem Engagement zweimal im Gefängnis gesessen und harte Repression erdulden müssen. Sie schrieb darüber, wie unglücklich sie über ihre Geschlechterrolle gewesen war und, dass sie keine andere Option gesehen hatte, als sich gegen die bestehenden Zustände in Saudi-Arabien zu wehren.

Nach ihrem Bericht über ihr Leben ging sie auf die Entdeckungen von Perez ein: „Ich habe mich in den letzten drei Monaten sehr intensiv mit Susana Perez' Funden auseinandergesetzt. Ich war fasziniert von den Persönlichkeitsbausteinen und wie sehr sie unser Leben beeinflussen. Schnell stellte sich mir die Frage nach dem Ursprung dieser

Bausteine. Die Antwort lag für mich auf der Hand: Gott hatte diverse Bausteine geschaffen, da eine Gesellschaft nicht nur aus Menschen mit derselben Grundausrichtung bestehen konnte.

Er musste die Bausteine so verschieden kreieren, damit nicht alle Menschen Führungspositionen anstreben würden, aber auch nicht alle keine Ambition haben würden, Verantwortung zu übernehmen. Eine Gesellschaft funktioniert nur aus der Kombination verschiedener Typen, die alle auf unterschiedliche Art und Weise ihren Beitrag zum Miteinander leisten. So schuf er Bausteine, die verrückte, innovative Ideen entwickeln würden. Ebenso schuf er aber auch den passenden Gegenspieler: Bausteine, die sich in bestehende Strukturen eingliedern würden, ohne sich an Fortschritt zu versuchen. Die Welt brauchte diese Mischung. Wären alle Menschen verrückt nach Fortschritt gewesen, wäre die Menschheit an der rasenden Geschwindigkeit des Fortschrittes zugrunde gegangen. Wären alle Menschen konservative Konformisten gewesen, so hätte die Menschheit sich niemals aus ihrem primitiven Dasein zum heutigen Homo Sapiens entwickelt.

Gott schuf also die Persönlichkeitsbausteine, um der Menschheit eine gesunde Vielfalt an die Hand zu geben. Zu jedem Extrem erschuf er einen Gegenspieler, damit sich diese Extreme ausgleichen konnten.

Das Problem bei der Vielfalt der Persönlichkeitsbausteine ist die Entwicklung, die die Menschheit seit ihren Anfängen genommen hat. Für Gott war es bei seiner Schöpfung vermutlich die logischste Vermutung, dass die Menschen als eine Gemeinschaft zusammen die Erde bewohnen würden. Denn er entließ sie in eine freie Welt, die ihnen alles zum

Leben gab. Dass die Menschheit sich in so viele verschiedene Nationen, Kulturen und Völker aufspalten würde, konnte Gott bei seiner Schöpfung nicht vorausahnen. Dennoch schuf er die nötigen Vorsichtsmaßnahmen, um sich für diese Entwicklung zu wappnen.

Die Bausteine waren also ursprünglich auf eine Gesellschaft ausgelegt, die in Einigkeit zusammenarbeiten würde, nicht aber auf eine diverse, gespaltene Welt. Bei seiner Schöpfung ging Gott davon aus, dass jede Seele in eine freie Welt entlassen werden würde. Daher installierte er die Lotterie und wies die Engel dazu an, sie zu betreiben. Da jedes menschliche Leben in der gleichen freien Welt geboren werden würde, sollte die Verteilung der Seelen zufällig sein.

Im Verlauf der Geschichte veränderte sich aber die Welt immer weiter. Die Größe der Menschheit stieg stetig an und die Strukturen und Systeme, die die Menschen erschufen, hatten zur Folge, dass manche Menschen mehr von Gottes Schöpfung profitieren durften als andere. Mit der Einführung dieser Systeme wurde die zufällige Verteilung daher erstmals zum Problem. Denn nun war Gottes Welt von Ungleichheit geprägt.

Seit einer sehr langen Zeit gibt es auf der Erde eine Minderheit, der es gut geht und eine Mehrheit, die es schwer hat. Selbst in einem demokratischen Land, wie den Vereinigten Staaten, gibt es so große soziale Diskrepanzen, dass die Verteilung der Seelen ungerechter nicht sein könnte. Mal ganz davon abgesehen, dass gesamte Länder in Afrika und dem Nahen Osten zusätzlich zu ihrer niedrigen Lebensqualität mit Problemen wie Krieg, Völkermord und Terrorismus zu kämpfen haben.

Das Zufallsprinzip der Lotterie kann daher nicht mehr von uns Mitarbeitern toleriert werden. Die zufällige Verteilung war schließlich darauf ausgelegt, die verschiedenen Typen von Menschen durchzumischen und aus dieser Mischung eine funktionierende Gesellschaft zu kreieren. Ein Plan, den man ganz klar als fehlgeschlagen bezeichnen kann. Die einzige Möglichkeit, die ich sehe, ist daher, die Verteilung von nun an selbst zu bestimmen. Ich habe einen ganz genauen Plan ausgearbeitet, der eine neue Verteilung vorsieht. Eine Verteilung, die sich der neuen Situation der Menschheit anpasst.

In vielen der vorherigen Einträge habe ich Zweifel herausgelesen. Zweifel daran, ob wir uns überhaupt das Recht herausnehmen dürfen, die Lotterie zu verändern. Durch eine Entdeckung, die ich letztens gemacht habe, weiß ich nun, dass es nicht nur unser Recht ist, sie zu verändern. Gott hatte es sogar so vorausgeplant.

Als ich das Buch im Kontrollraum las, fragten die Engel mich, was ich denn in den Händen halten würde. Ich verstand zuerst ihre Frage nicht, denn das Buch war nicht zu übersehen. Sie hakten aber nach und fragten erneut, wieso ich meine Hände so komisch in die Luft halten würde. Das Buch hat also eine zweite besondere Eigenschaft an sich, neben der Fähigkeit, alle Texte zu übersetzen, die wir in es hineinschreiben. Das Buch ist für die Engel nicht sichtbar. Sie sollen nichts davon wissen. Es ist ein Teil von Gottes intelligentem Design unserer Welt und soll den Mitarbeitern ermöglichen, die Lotterie zu revolutionieren.

Mein Plan funktionierte daher wie folgt ..."

Darren hörte auf zu lesen. Nicht aber, weil er es so wollte, sondern, weil die folgende Seite die erste von vielen ausgerissenen Seiten war. Jemand hatte Sadias Plan entfernt. Aber wer hatte es getan?

Die Engel konnten es nicht gewesen sein, sie wussten noch nicht einmal von der Existenz des Buches. Auch Ingrid und Lalita konnten es nicht getan haben. Sie hatten doch gewollt, dass er das Ende des Buches lesen würde. Verwirrt blickte er auf die am Einband hängengebliebenen Papierfetzen. Irgendein Mitarbeiter musste die Idee der Frau aus Saudi-Arabien für so furchtbar gehalten haben, dass er sie aus dem Buch entfernt hatte, dachte Darren sich.

Wie schon so oft in den letzten Wochen blickte er verwirrt auf das Buch der Lotteriemitarbeiter, in dem er bewegende und inspirierende Geschichten gelesen hatte. Immer aber, wenn er über die Inhalte des Buches verwundert gewesen war, hatte er davon abgelassen, seine zwei Mitarbeiterinnen zu fragen. Er hatte darauf vertraut, dass das Ende des Buches ihn mit Antworten versorgen würden. Jetzt musste er die Schwedin und die Inderin fragen. Sie mussten ihm etwas verschwiegen haben. Das Buch ließ die wichtigste Information aus – die Beschreibung des Planes, den sie mit ihm durchführen wollten.

Er klopfte bei Ingrid und Lalita an und bat sie beide, mit ihm in den Aufenthaltsraum zu kommen. Er erzählte ihnen von seiner Entdeckung im Lotteriesaal, als er die Seele angestoßen hatte und all seine Gedanken zu den Funden von Susana Perez. Er schloss seine Erzählung mit seinen Gedanken zu Sadias bisherigem Bericht und ihren Ideen ab. Ohne einen einzigen Kommentar hörten die zwei Frauen sich seine Worte an. Ihre sonstige Lockerheit war verschwunden. Mit ernsten Mienen schauten sie ihn an. Darren war verwirrt. Er hatte immer gedacht, dass die zwei Frauen sich freuen würden, wenn er das Buch fertiggelesen hätte.

„Wisst ihr, wer die Seiten ausgerissen hat? Ich kann das einfach nicht verstehen. Ich dachte, ihr beide hättet einen Plan, den ich im Buch vorfinden würde." Ingrid und Lalita schauten sich in die Augen. Mit schwerer Stimme antwortete Ingrid ihm: „Wir haben die Seiten ausgerissen, Darren." „Was? Aber warum habt ihr das getan? Ich dachte, ich sollte über euren Plan Bescheid wissen", sagte Darren noch verwirrter als zuvor. „Ja, das stimmt. Und wir möchten dir die Seiten auch gleich geben." „Wieso habt ihr sie mir dann nicht von Anfang an gegeben?" „Du hättest auf diesen Seiten etwas gelesen, das du von uns persönlich erfahren solltest", sagte Lalita.

Die zwei Frauen schauten beide betreten auf den Boden. „Und was soll das sein? Kommt schon, sagt es mir. Ich bin mir sicher, ich werde den Plan unterstützen. Die Argumentation von Sadia erschien mir bis zu der ersten ausgerissenen Seite wirklich schlüssig."

„Darren… wir haben die Seiten herausgerissen, weil es ein Teil des Plans ist, einen dritten Mitarbeiter in die Lotterie zu holen. Lalita und ich haben dafür gesorgt, dass du hier arbeiten musstest. Es war kein Fehler des Computers, wir haben ihn manipuliert. Ohne uns wärst du niemals in die Räumlichkeiten der Lotterie gelangt", sagte Ingrid.

Fassungslos starrte Darren die Frauen an. Er hatte schon lange die Tatsache verdrängt, dass die Engel ihn eigentlich nie für die Arbeit bei der Lotterie eingeplant hatten. Er hatte ganz vergessen, dass seine Hilfe nicht zwingend gebraucht wurde.

Seine Fassungslosigkeit wandelte sich schnell in Wut, als er realisierte, was die zwei Frauen ihm angetan hatten.

„Ihr wart es? Wegen euch musste ich an diesen Ort kommen? Was habt ihr euch nur dabei gedacht?" Er wollte noch mehr sagen. Noch mehr aus sich herausschreien, aber er fand keine Worte für diesen Vertrauensbruch. Ständig hatte er einen Schuldigen gesucht, den er für sein Schicksal verantwortlich machen konnte. Nur war die Lotterie niemand gewesen, auf den er hatte wütend sein können. Lalita und Ingrid schon. Nachdem er kurz vor den zwei Frauen stand und sie lediglich zornig anstarrte, fand er wieder Worte, mit denen er sie anbrüllen konnte.

„Die ganze Zeit über habe ich euch vertraut. Ich habe die ganze Zeit dieses dämliche Buch gelesen und darauf gehofft, dass ich am Ende Antworten auf alle meine Fragen finde. Aber was finde ich stattdessen heraus? Ich finde heraus, dass ihr mich betrogen habt."

„Darren", antwortete Lalita sachte, „du hast allen Grund dazu, wütend auf uns zu sein. Aber lass uns dir wenigstens noch die ausgerissenen Seiten des Buches mitgeben. Du solltest sie lesen und dir überlegen, ob du Sadias Plan mit uns durchführen willst. Glaub uns, wenn wir dir sagen, dass es uns sehr leidtut, was du in den letzten Wochen durchmachen musstest. Aber denk daran, wie vielen Menschen du mit Sadias Idee helfen kannst. Du kannst wütend auf uns sein, das ist dein gutes Recht. Aber bitte, Darren, lass dies nicht dein Urteil über eine neue Verteilungsweise beeinflussen."

„Eure Seiten könnt ihr behalten. Ich möchte mit euren Plänen nichts mehr zu tun haben. Ich habe euch vertraut und ihr habt mich die ganze Zeit über angelogen", sagte Darren. Mit diesen Worten verließ er den Aufenthaltsraum und ging zurück in sein Zimmer.

~

Schmerzen. Müdigkeit. Leere. Darren Jackson wachte langsam auf und versuchte, seine Gedanken zu ordnen. Er schaute aus dem Fenster, er setzte sich in seinem Bett auf und blickte auf die Uhr. Er stand auf, zog sich an, setzte sich wieder auf das Bett. Er holte sein Handy heraus, öffnete eine App, spielte ein paar Spiele. Doch hinter allem steckte Panik. Panik, die sich, seitdem er aufgewacht war, immer weiter vergrößerte. Zuerst hatte er einen Kloß im Hals gehabt, dann hatte er begonnen zu zittern. Irgendwann schaffte er es nicht mehr weiterzumachen. Denn es war kein normaler Morgen. Darren warf das Handy aus seiner Hand und atmete laut ein und aus, keuchte nahezu. Nachdem er die Panik zuerst unschuldig hinter dem Damm der Routine und der Beschäftigung angestaut hatte, brach sie nun los. Sie rauschte durch ihn hindurch, bis sie in jeder Faser seines Körpers angelangt war. Auf ihrem Vormarsch brachte sie Angst, Chaos und Verzweiflung mit sich. Darren schaute mit leerem Blick in die Luft vor sich. Er zitterte, er keuchte und Tränen begannen ihm über die Wangen zu laufen. Denn es war kein normaler Morgen.

Drei Monate war es her, dass er mit Alison zum Arzt gegangen war. Nach einer besorgten Reaktion des Arztes und einem Bluttest war sein Leben binnen eines Tages auf den Kopf gestellt worden. Man hatte Leukämie diagnostiziert und ihm keine schnelle Regenerierung in Aussicht gestellt.

Trotzdem hatte er immer daran geglaubt, wieder gesund zu werden. Tödliche Krankheiten, schreckliche Unfälle oder psychische Probleme waren immer etwas gewesen, das die anderen Menschen hatten. Die Menschen im Fernsehen und in der Zeitung. Die Menschen, von denen mal ein Schulkamerad eine Geschichte erzählte. Die Ausnahmen, von denen man zwar mal gehört hatte, aber deren Schicksale niemals auch nur ansatzweise greifbar waren.

Niemals hatte er sich vorstellen können, was diese Menschen eigentlich durchmachten. Und dann hatte es ihn erwischt. Auf einmal war er die Ausnahme. Er war derjenige, von dem die ganze Schule erzählte. Derjenige, dessen Schmerz niemand verstehen konnte.

Aber trotzdem hatte er nie seinen Optimismus und seine Hoffnung verloren. Es war immer alles gut gegangen in seinem Leben. Alles hatte sich immer irgendwie geregelt. Doch er war naiv gewesen. Seit gestern wusste er das. Er würde sterben, sterben mit 18 Jahren.

Darren nahm eins seiner Kissen in die Hand und drückte es zusammen. Er versuchte, tief ein- und auszuatmen und der Panik nicht noch mehr Macht über seine Gedanken zu verleihen. Er schloss seine Augen. Mehrere Minuten saß er so da, versuchte, sich zu beruhigen und zu entspannen. In seinem Kopf ging es hin und her. Immer wieder brach die Panik durch die Dämme, die er gegen sie aufbaute. Immer wieder konfrontierte sie ihn mit neuen Fragen; eine beängstigender als die andere. Was wirst du tun, bis du stirbst? Warum, glaubst du, musst du sterben? Was wird nach deinem Tod passieren? Mit wem, glaubst du, wird Alison nach deinem Tod zusammenkommen? Wie wird es sein zu sterben? Wie schmerzhaft könnten die nächsten

Monate noch werden? Wie lange wirst du eigentlich noch leben?

Darren öffnete wieder seine Augen. Er schaffte das nicht, er konnte das nicht. Gefühle wie Hoffnung, Zuversicht und Freude waren nur kleine, hilflose Ameisen, die gnadenlos vom Panikelefanten niedergetrampelt wurden. Hilflos schaute er sich in seinem Zimmer um, starrte die Wände an, starrte aus dem Fenster. Und all die Angst und Panik brachten ihn dazu, sich eine der vielen Fragen in seinem Kopf am intensivsten zu stellen: Die Frage nach einem Grund. War es das Universum, das Schicksal, Gott? Es gab keine befriedigende Antwort. Es gab nur die schiere Verzweiflung, weil er etwas ausgeliefert war, das er nicht beeinflussen konnte.

Darrens Zimmertür öffnete sich und seine Mutter kam herein. Sie hatte dicke Ringe unter den Augen und sah ihm in die Augen. Er konnte sehen, dass sie geweint hatte. Dennoch rang sie sich ein Lächeln ab. „Wie geht es dir, Darren?" Er schwieg und schaute seine Mutter an. Er wusste nicht, was er sagen sollte. Wie es ihm ging? Wenn er das nur wüsste. In seinem Kopf flogen die Gedanken ungeordnet hin und her. Es gab eigentlich nur eines, das er sagen konnte: „Mom, ich glaub, ich schaff das nicht."

11. Per Fließband in die Ewigkeit

Rasend vor Wut drosch Darren ein paar Stunden später auf einen Boxsack im Aufenthaltsraum ein. Die ganze Zeit über hatte er Ingrid und Lalita vertraut. Er hatte eingewilligt, ihnen zu helfen, und sie hatten ihn die gesamte Zeit über angelogen. Eine ganze Stunde lang ließ er seine Wut an dem Boxsack aus. Er konnte sich nur an wenige Momente in seinem Leben erinnern, in denen er so wütend gewesen war.

Als er krank geworden war, war er so traurig und fassungslos gewesen, dass er keinen Zorn gespürt hatte. Das Entsetzen und der Schock hatten alle anderen Gefühle betäubt.

Jetzt aber schäumte in ihm eine unbändige Wut. Immer, wenn sie kurz davor war abzuklingen, dachte er wieder an Lalita und Ingrid und sie kochte wieder hoch. Ihretwegen würde er an diesem abscheulichen Ort die nächsten fünf Monate verbringen müssen.

Verschwitzt und müde setzte Darren sich auf das Sofa des Aufenthaltsraumes. All seine Bemühungen Ingrids und Lalitas Plan zu verstehen, waren umsonst gewesen. Er hätte sofort damit beginnen können, sich eine schöne Zeit zu machen und seinen Tod zu verarbeiten. Er hätte jeden Tag faulenzen und sich von seiner Krankheit erholen können. Stattdessen hatte er seine Nachmittage damit verbracht, in diesem dämlichen Buch zu lesen, das ihn immer wieder mit Erkenntnissen konfrontiert hatte, von denen er lieber nichts gewusst hätte.

Ab jetzt war damit Schluss, dachte er sich. Morgen würde er damit beginnen, die endlosen Möglichkeiten des Aufenthaltsraumes auszukosten und das Leben nach dem Tod zu genießen. Er würde Ingrid und Lalita ignorieren. Ihr Plan war ihm auf einmal egal. „Sollen sie doch einfach nochmal den Generator manipulieren und sich einen vierten Mitarbeiter suchen", dachte er sich. Er selbst schuldete der Inderin und der Schwedin gar nichts.

~

Am folgenden Morgen wachte Darren übermüdet und schlapp auf. Er hatte sich bis spät abends im Aufenthaltsraum verausgabt. Und dann war da noch dieses bedrückende Gefühl, dass die zwei Frauen, denen er so lange vertraut hatte, ihn angelogen hatten.

Seitdem Ingrid ihm das Buch übergeben hatte, waren all seine Gedanken immer nur darauf fokussiert gewesen, ihren Plan und ihre Denkweise zu verstehen. Er hatte wirklich versucht, sich auf die Idee einer Veränderung der Lotterie einzulassen. Er hatte wirklich verstehen wollen, wieso eine Veränderung sinnvoll war.

Anstatt sich weiter in diese Überlegung hineinzusteigern, hielt Darren inne. Eigentlich wusste er noch gar nicht, was Sadias Idee war. In Gedanken schwelgend stand Darren auf und streifte sich Jeans und Pulli über. „Ja", dachte er, „noch immer weiß ich nicht, was Ingrid und Lalita eigentlich vorhaben." Kurz überlegte er, schnurstracks zu Ingrids

Zimmer zu gehen, anzuklopfen und sie zu fragen. Ja – er war neugierig. Sogar sehr neugierig.

Schnell verurteilte er sich jedoch dafür, dass er fast dieser Neugierde gehorcht hätte. Nein, die Frauen hatten ihn wochenlang angelogen, hatten ihn gegen seinen Willen an diesen Ort gebracht. Er wollte ihnen nicht helfen und sie nicht mehr sehen.

Darrens Tag zog sich in die Länge. Seine Wut und Müdigkeit verwandelten seine Schicht in eine der schlimmsten, die er je absolviert hatte. Hannah und Anna blieb seine schlechte Laune nicht verborgen und sie empfohlen ihm verschiedene Meditations- und Yogaübungen. Genervt lehnte er ihre vielen Vorschläge ab und zog sich nach seiner Schicht schnellstmöglich in sein Zimmer zurück.

Als er die Tür hinter sich schloss, sah er eine kleine Kiste auf seinem Bett liegen. In ihr lagen ein Brief, ein paar zusammengerollte Seiten und ein USB-Stick. Daneben klebte eine kleine Notiz: „Darren, nimm dir ein bisschen Zeit und Ruhe und lies doch dann bitte unseren Brief an dich und die verbliebenen Seiten des Buches. Ingrid und Lalita."

Darren hob die zusammengerollten Seiten hoch. Er musste nur den Gummi entfernen, der sie zusammenhielt und schon konnte er die Antwort auf die Frage lesen, die er sich seit mehreren Wochen stellte. Seine Finger begannen instinktiv, den Gummibund leicht herunterzuziehen, doch er hielt inne. Mehrere Sekunden lang saß er so da, kurz davor ein Geheimnis zu lüften, das er so unbedingt hatte wissen wollen. Aber irgendetwas hielt ihn zurück. Dieser unerklärliche innere Widerstand war wieder aufgetaucht. Er hatte schon die ganze Zeit dieses unangenehme Gefühl im Bauch gehabt, wenn er an diesen Plan gedacht hatte. Und jetzt, wo er so kurz davor war ihn zu lesen, begann sein Herz ganz schnell zu klopfen.

Er legte die Rolle wieder in die Kiste zurück. Er wollte das nicht. Diese Verantwortung, diese Aufgabe, das war alles viel zu groß für ihn. Er hatte ein unschuldiges Leben in seinem eigenen kleinen Mikrokosmos geführt. Er konnte jetzt nicht Gott spielen und Entscheidungen treffen, die die gesamte Menschheit betrafen. Nein, er schüttelte mehrmals den Kopf, nahm die Kiste und packte sie unter sein Bett.

Er ließ seinen Tag im Aufenthaltsraum ausklingen, wo er sich durch Sport abzulenken versuchte. Doch immer wieder bohrte sich die Kiste durch die Wand, die er immer wieder versuchte, um seinen Verstand herum aufzubauen. Er rannte so lange auf dem Laufband, bis ihm endgültig alle Glieder wehtaten. Selbst seine wirren Gedanken konnten ihn anschließend nicht davon abhalten, in einen tiefen Schlaf zu fallen.

~

Darren lief am folgenden Tag nach dem Ende seiner Schicht in zügigem Tempo auf den Mitarbeiterbereich zu. Weder war er erpicht auf ein Gespräch mit Lalita noch wollte er mehr Zeit verstreichen lassen, denn er hatte sich einen kleinen Fitnessplan für den heutigen Nachmittag zusammengestellt. Doch eine Stimme ließ ihn genervt stehenbleiben und sich umdrehen. „Hiergeblieben, Darren!", sagte Anna. „Du bist heute seit einem Monat hier, daher ist es Zeit für dein zweites Kontrollgespräch." „Wirklich? Schon wieder?" „Ja, Darren, das ist wichtig. Wir müssen im Auge behalten, ob du deinen Tod richtig verarbeitest. Außerdem sind wir immer offen für konstruktive Kritik, von der du nun vielleicht mehr für uns bereithältst."

„Komm, wir setzen uns", sagte Hannah. Sie liefen auf das Zimmer der Engel zu und Darren hoffte kurz darauf, es das erste Mal von innen zu sehen. Hannah holte aber lediglich ein paar Stühle heraus und sie setzten sich an den kleinen Tisch, an dem er bereits ein paar Mal gegessen hatte.

„Also, Darren", sagte Anna und blickte dabei auf einen Notizblock in ihrer Hand, „fühlst du dich wohl in unseren Räumlichkeiten?" „Ja, ich schätze schon. Mir fehlt nur ein wenig die Natur und das Gefühl, draußen an der frischen Luft zu sein. Es ist merkwürdig, eine so lange Zeit nur an einem Ort zu verbringen." „Sehr interessant", sagte Anna nachdenklich und tippte mit einem Bleistift auf den Block. „Vielleicht wäre es endlich mal an der Zeit, die Idee eines Naturraumes mit vielen Pflanzen zu realisieren, Anna", sagte Hannah und zückte ebenfalls einen Notizblock. „Das sollten wir uns auf jeden Fall mal notieren." Die zwei Engel kritzelten synchron eine Notiz auf ihre Blöcke und schauten gleichzeitig wieder auf und Darren in die Augen.

„Okay, Darren. Aber mal abgesehen von den Angeboten, die wir hier in unseren Räumlichkeiten anbieten: Wie geht es dir? Wie gut, meinst du, hast du die Ereignisse der vergangenen Wochen verarbeitet?" „Es geht mir immer besser. Ich habe zwar noch nicht vollends mit allem abgeschlossen, aber ich schaffe es immer mehr, das alles hinter mir zu lassen." „Prima, Darren." „Fantastisch, Darren. Solltest du trotzdem in deiner restlichen Zeit hier mal Schwierigkeiten auf deinem Weg haben, kannst du uns immer ansprechen. Du wirst bestimmt noch Zeit brauchen, bis du all die Ereignisse der letzten Wochen richtig verarbeitet und eingeordnet hast."

„Wie verbringst du deine Freizeit? Hast du irgendwelche Verbesserungsvorschläge für den Mitarbeiterbereich? Fällt dir etwas ein, das es dir leichter gemacht hätte, dich an unsere Räumlichkeiten zu gewöhnen?" Darren erzählte ihnen von seinem Training und seiner sonstigen Freizeitgestaltung, während Hannah und Anna jedes Wort mitschrieben. Er äußerte ein paar Ideen, wie er sich besser hätte einleben können und die Engel fragten ihn ganz genau aus, wie diese Ideen realisiert werden könnten.

Nach ein paar Minuten hatten die Engel die obersten Blätter ihrer Blöcke vollgeschrieben. „Also, Darren. Wir sind uns sicher, dass es dir gut geht. Du bist in den vergangenen Wochen stetig selbstbewusster und ein sehr zuverlässiger Mitarbeiter geworden. Außerdem möchten wir dir für deine Anregungen danken. Konstruktive Kritik war uns schon immer wichtig." „Gern geschehen. Sind wir dann fertig?" fragte Darren, der endlich seinen verdienten freien Nachmittag antreten wollte.

„Eine Frage hätten wir da noch", sagte Anna. „Es ist nicht an uns vorbeigegangen, dass du dich mit Ingrid und Lalita zerstritten hast. Ihr seid euch bei den Schichten gestern und heute aus dem Weg gegangen, habt nicht einmal ein Wort miteinander gewechselt. Eine gute Teamchemie ist uns sehr wichtig, Darren. Liegen wir mit der Annahme richtig, dass ihr euch gestritten habt?"

Kurz überlegte Darren, was er sagen sollte. Er könnte lügen, könnte ihnen erzählen, dass zwischen ihm und den zwei Frauen alles gut war. Aber würden Hannah und Anna es merken, wenn er log?

„Ja, es stimmt. Wir haben uns gestritten", sagte er schließlich. Die Engel vermerkten es auf ihren Blöcken und schauten ihn anschließend wieder an. „Und woran hat es gelegen, dass euer Verhältnis sich so stark verschlechtert hat?"

Darren blickte Hannah und Anna gedankenversunken an. Jetzt war seine Chance. Jetzt konnte er es den zwei Frauen heimzahlen. Er könnte den Engeln erzählen, dass sie es gewesen waren, die ihn an diesen Ort geholt hatten. Er könnte den Engeln von Sadias Plan erzählen und dem geheimen Buch. All das könnte er tun.

Oder sollte er gegenteilig handeln und die Engel anlügen? Eigentlich waren sie es, die immer ehrlich und offen ihm gegenüber gewesen waren. Ingrid und Lalita waren es, die ihn betrogen und angelogen hatten. Wieso sollte er nun die zwei Frauen mit einer Lüge beschützen und Hannah und Anna verschweigen, was hinter ihrem Rücken geschah?

Aber noch immer wusste er nicht, was eigentlich genau der Plan war, den die zwei Frauen umsetzen wollten. Was also sollte er den Engeln sagen?

„Darren?", fragte Anna, nachdem er noch immer nicht geantwortet hatte. Fast panisch schwirrten in seinem Kopf die Gedanken hin und her. Er musste ihnen jetzt etwas sagen.

„Wir haben uns einfach nicht gut verstanden", sagte er schließlich. „Immerhin sind sie so viel älter als ich, da ist es doch selbstverständlich, dass wir nicht so viel miteinander machen. Es gab keinen großen Streit oder ein spezifisches Problem."

Die Engel musterten ihn ausgiebig und warfen ihm skeptische Blicke zu. Darren hatte das Gefühl, als würden sie in ihn hineinsehen und seine Lüge entlarven. Als würden ihre Blicke chirurgisch gekonnt die Wahrheit aus seiner Mimik herausoperieren. Fast eine ganze Minute lang schauten sie ihn an und Darren versuchte seine Nervosität zu verstecken.

Dann erhoben sie sich von ihren Stühlen und lächelten ihn an. „Vielen Dank, Darren. Du hast dich hier wirklich gut eingelebt und wir freuen uns auf die weitere Zusammenarbeit. Einen schönen Nachmittag noch", sagte Anna.

„Moment!", platzte es aus Darren heraus. „Ja, Darren?", fragte Hannah. „Ich glaube, ich möchte euch ebenfalls etwas fragen", sagte er zaghaft. „Wir haben jederzeit ein offenes Ohr für dich, Darren, das weißt du. Immer raus damit!" „An meinem allerersten Tag hier, da habt ihr mir sehr viel erzählt. Und nicht alles hat für mich direkt einen Sinn ergeben. Ehrlich gesagt bin ich immer noch damit beschäftigt, diese Informationen zusammenzufügen. Aber eine Sache beschäftigt mich besonders." „Und was wäre das, Darren?", fragte Hannah.

Darren meinte, schon dieses Leuchten in ihren Augen zu erkennen, das er immer sah, wenn sie ihm etwas erklärte. „Ihr habt mir erzählt, dass die Welt nach einem intelligenten Design aufgebaut ist. Einem intelligenten Design von Gott. Aber meint ihr nicht, dass die Erde in ganz vielen Hinsichten kein perfekter und intelligenter Ort ist? Und würde dies nicht bedeuten, dass vielleicht nicht alles in diesem Design intelligent ist? Würde das nicht bedeuten, dass wir vielleicht Teile dieses Designs ändern sollten, wie zum Beispiel…" „Die Lotterie?", fragte Anna, zog eine Augenbraue hoch und schaute ihn skeptisch an. „Ja, zum Beispiel", erwiderte Darren kleinlaut.

Hannah und Anna setzten sich wieder auf ihre Stühle und tauschten ein paar Blicke aus. „Es ist so, Darren: Perfekt und intelligent sind zwei sehr verschiedene Begriffe, die du da verwendet hast. Stell dir eine Welt vor, in der es den Menschen an absolut gar nichts mangeln würde. Eine Welt in der die Menschen rein gar nichts tun müssten, um ihr Überleben zu sichern. Diese Welt könnte man als perfekt oder makellos bezeichnen. Aber wäre sie auch intelligent? Was glaubst du, würde diese Welt mit der Psyche der Menschen machen? Was wäre die Essenz des Lebens, wenn es keinen Antrieb und keine Bedürfnisse gäbe, die die Menschen zu befriedigen hätten?" Darren zuckte mit den Achseln.

„Denk nach, Darren! Seitdem du gestorben bist, hast du einen neuen Körper bekommen. Aber hast du dir je Gedanken darüber gemacht, was diese Tatsache überhaupt für eine Reichweite hat? Es ist möglich, einen neuen Körper einfach so zu erschaffen. Das ist doch etwas, das man als perfekt bezeichnen kann. Aber jetzt pass auf: Perfekt wäre dieser neue Körper, wenn du niemals essen, Sport treiben oder auf deine Ernährung achten müsstest, um gesund zu bleiben. Aber so ist dein Körper nicht. Er ist stattdessen intelligent konzipiert. Du musst essen und du musst Sport machen. Dies gibt dir einen Antrieb, eine Beschäftigung und einen Lebenssinn. Nämlich, dich selbst am Leben zu erhalten." „Und eigentlich macht es mir sogar sehr viel Spaß Sport zu treiben." „Exakt, Darren. Wäre dein Körper perfekt, so wüsstest du gar nicht, wieso du überhaupt jeden Morgen aufstehst. Dir würden Anreiz und Ansporn fehlen."

„Und von dieser Mikroebene können wir deine Frage auch auf die Makroebene übertragen, die du angesprochen hast: die Welt als Gesamtkonstrukt", klinkte Hannah sich ein. „Auch hier müssen wir intelligent und perfekt strikt trennen. Die Welt ist für den Menschen nur ein geeignetes Habitat, weil es immer Möglichkeiten zur Verbesserung gibt. Und genauso existiert für jeden Menschen, dem es gut geht, die Möglichkeit, auch wieder schlechte Zeiten zu erleben und sein Glück einzubüßen." „Es ist immer eine Vision oder ein Traum, der einen Menschen glücklich macht; immer die Chance, die Möglichkeit, dass ein Ziel erreicht werden könnte, die Lebensfeuer entfacht. Und die Ziele, die dieses Lebensfeuer entfachen, können ganz klein oder ganz groß sein. Aber sie sind immer vorhanden. Manche Menschen träumen davon, berühmt zu werden und diese Vision erfüllt sie. Andere Menschen geben sich mit einem simplen Leben zufrieden und wünschen sich nichts mehr, als dass alles so bleibt, wie es ist. Aber sie haben beide etwas gemeinsam. Sie haben beide ein Ziel, ganz egal, wie unterschiedlich dieses ist, welches Lebensfreude und Lebenssinn stiftet." „Wenn du also etwas in der Welt ändern möchtest, Darren, dann musst du dir folgende Frage stellen: Möchtest du eine Veränderung bewirken, die zu den intelligenten Wechselwirkungen beiträgt, von denen wir dir berichtet haben oder möchtest du eine Veränderung herbeiführen, die Perfektion als Ziel hat."

Erstaunt starrte Darren die Engel an. „Konnten wir deine Frage beantworten, Darren?" „Ja, ich denke schon", sagte er.

„Vielen Dank", fügte er an und stand beeindruckt auf. Hannah und Anna gingen ohne ein weiteres Wort zu ihren Bildschirmen zurück. Kurz stand Darren noch verwundert neben dem kleinen Tisch und schaute die Engel an. Dann lief er in den Mitarbeiterbereich und begann seinen Trainingsplan abzuarbeiten.

~

Die kommenden Tage verliefen für Darren ganz anders, als er es befürchtet hatte. Das Gespräch mit den Engeln hatte ihm jegliche Schuldgefühle genommen, sich von dem Vorhaben seiner Mitarbeiterinnen zu distanzieren. Zwar dachte er noch ständig an die Kiste unter seinem Bett, aber er hatte nun eine viel selbstbewusstere Haltung, die ihn davon abhielt, sie sich anzuschauen. Alles, was die Engel ihm gesagt hatten, war so logisch gewesen. Intelligent eben. Und wenn sie es nicht für richtig erachteten, die Lotterie zu ändern, dann musste dies doch auch seine Richtigkeit haben. Sie mochten ihre komischen Witze machen und ihm Antworten geben, die sich anhörten, als wären sie aus einem Philosophielexikon abgelesen – aber sie hatten immer nur das Beste für ihn gewollt.

So begann für Darren ein neuer Abschnitt seiner Zeit in den Lotterieräumlichkeiten. Immer mehr Abstand gewann er zu den vergangenen Wochen. Zu Ingrid und Lalita, zu dem dicken Buch der vorherigen Lotteriearbeiter und dem Plan, von dem er geglaubt hatte, er würde ihn eines Tages umsetzen.

Er fand großen Gefallen daran, seinen Trainingsplan immer weiter zu verbessern und seine körperlichen Grenzen immer weiter auszureizen. Er hatte seinen Plan um die Komponente der Ernährung erweitert und bereitete sich sogar regelmäßig sein Essen selber zu. Die Worte der Engel waren sein ständiger Begleiter. Es musste nicht alles perfekt sein. Ganz im Gegenteil brauchte er Ziele und Visionen, um glücklich zu sein.

Darren begann damit, sich intensiv darüber Gedanken zu machen, wie es nach seiner Zeit in der Lotterie weitergehen würde. Er wusste nicht, was ihn erwarten würde, aber er malte sich viele verschiedene Szenarien aus. Für jedes Szenario überlegte er sich, was er tun könnte, um Erfüllung zu finden. Seine Zeit bei der Lotterie hatte ihm aufgezeigt, dass er viel mehr über die Menschheit und die Erde wissen wollte – wissen musste.

Daher versuchte Darren sich weiterzubilden. Vielleicht war es ja möglich, eine Art College im Himmel zu finden. Vielleicht konnte er ja sogar den Weg, den er für seine Zukunft geplant hatte, nun tatsächlich gehen. Er hoffte darauf. Jeden Tag versuchte er, seinen Körper fit zu halten, aber auch sich in verschiedene politische und geschichtliche Themen einzulesen.

~

Als Darren genau fünf Wochen in den Lotterieräumlichkeiten gearbeitet hatte, lief er am Vormittag frisch geduscht mit einem Smoothie und einem Guacamole Sandwich in der Hand in den Lotteriesaal. Seine heutige Schicht verlief ganz gewöhnlich. Es war in der vergangenen Woche wieder einmal vorgekommen, dass eine Seele steckengeblieben war. Ansonsten blieb die Arbeit in der Lotterie aber so monoton und beständig wie eh und je.

Voller Vorfreude verließ Darren nach Ablauf seiner Schicht den Lotteriesaal. Er hatte noch viel vor am heutigen Tag. Er würde trainieren, sich ein leckeres und gesundes Abendessen kochen und sich ein paar Dokumentationen über verschiedene geschichtliche Themen ansehen, die ihn interessierten.

Als er gerade den Kontrollraum verlassen wollte, sprach Anna ihn an, sodass er sich überrascht umdrehte. „So, Darren. Wie versprochen, möchten wir dir heute den letzten, für dich unbekannten, Raum der Lotterieräumlichkeiten zeigen, an dem du vor ein paar Wochen so ein großes Interesse gezeigt hast." Aufgeregt zückte Anna einen kleinen Schlüssel und zeigte ihm an ihr zu folgen.

Vor Überraschung überrollt, schaute Darren die Engel an. Er hatte die verschlossene Tür im Kontrollraum vollkommen vergessen. Seitdem er sich mit Ingrid und Lalita zerstritten hatte, war nicht mal mehr ein einziges Mal die Frage in seinen Kopf aufgetaucht, was sich hinter der Tür verbarg. Wie versteinert blieb er stehen. „Möchtest du etwa nicht mehr wissen, was sich in dem Raum befindet?", fragte Hannah, als sie sah, dass er ihnen nicht folgte.

„Doch, doch. Ich hatte diese Tür nur vollkommen aus den Augen verloren", stammelte er. Tatsächlich durchströmte ihn eine Nervosität, die er in den letzten zwei Wochen abgelegt hatte. Egal, wie schwerwiegend und bizarr die Erkenntnisse und Entdeckungen seiner Zeit in der Lotterie gewesen waren, er hatte sie irgendwie alle verarbeitet. Er hatte sie hinter sich gelassen und war im Begriff, sich nun ein neues Leben aufzubauen.

Auch wenn er es den Engeln gegenüber nicht zugeben wollte, hatte er Angst vor einem neuen Geheimnis der Lotterie. Einem neuen Geheimnis, das seine Welt wieder auf den Kopf stellen würde. Nur kam Umdrehen nicht in Frage. Und was gäbe es für eine bessere Situation, um sein neues Selbstbewusstsein mal so richtig unter Beweis zu stellen, dachte er sich.

Ohne weitere Worte lief er zu den Engeln und sie machten sich auf den Weg zur verschlossenen Tür. Mit leuchtenden Augen steckte Anna den Schlüssel in das Schloss und drehte ihn um. Die Tür ächzte laut und offenbarte einen langen dunklen Korridor. Von dessen Ende warf eine, für Darren nicht erkennbare, Lichtquelle einen schwachen Schein auf die Konturen des Ganges.

„Komm, Darren. Das wird dich aus den Socken hauen", sagte Anna. Er folgte ihr in den Korridor, gefolgt von Hannah und sie begannen in Richtung der Lichtquelle zu laufen. Während Hannah und Anna sich darüber lustig machten, dass die Menschen den Ausdruck „Aus den Socken hauen" verwendeten, schaute Darren sich um und versuchte seine Umgebung zu erkennen. Der Gang, den sie betreten hatten, war genauso konstruiert, wie der Flur des Mitarbeiterbereiches. Die Wände waren aus einem dunkelgrauen, glatten Metall gefertigt. Nur gab es in diesem Gang kaum Licht und er konnte nur ein paar Meter weit sehen.

„Wieso gibt es hier keine Lampen?", fragte Darren die Engel. „Das wirst du gleich sehen, Darren", antwortete

Hannah. „In spätestens fünf Minuten erreichen wir das Ende dieses Ganges und der Ausblick, der sich dir bieten wird, ist spektakulärer, wenn wir keine externe Beleuchtung verwenden. Es ist ein faszinierender Anblick."

Schweigend lief er den Engeln weiter hinterher. Der Gang war so schmal, dass sie alle hintereinander laufen mussten. Mit jedem Schritt kam die Lichtquelle näher und er versuchte zu erkennen, was am Ende des Korridors auf ihn wartete. Es war ein buntes Licht, das von den Wänden und der Decke reflektiert wurde. Es sah aus, wie wenn Licht durch ein vielfarbiges Kirchenfenster schien und die Farben des Glases auf den Boden oder die Wände projiziert wurden.

Darren konnte nun erkennen, dass am Ende des Ganges eine Plattform wartete, von der aus sie auf die Lichtquelle würden hinabschauen können. Dieser Plattform kamen sie immer näher und sein Herz begann schneller zu schlagen.

Kurz vor Erreichen der Plattform blieben Anna und Hannah stehen. „Bist du bereit, Darren? Lass dir so viel Zeit, wie du brauchst, um den Ausblick zu genießen und anschließend beantworten wir deine Fragen." „Ich bin soweit", sagte Darren, obwohl eine innere Stimme ihm zuflüsterte, er solle zurückgehen und dieses Geheimnis ein Geheimnis bleiben lassen.

Kurz blieb er stehen und hörte dem Flüstern zu. Es wollte ihn überzeugen, dass es besser wäre, wenn er mit der für heute Abend geplanten Suppe im Aufenthaltsraum sitzen und einen Film schauen würde. Dann löste er sich von den Bedenken, die das Flüstern ihm einzureden versuchte und ging auf die Plattform zu. Er hatte unbedingt wissen wollen, was sich in diesem Raum verbarg. Er konnte nun keinen Rückzieher machen.

Zaghaft betrat er das kleine Plateau, von dem er auf einen riesigen Saal hinabschaute. Der gesamte Saal leuchtete in bunten, schillernden Farben. Er blickte auf den Boden des Raumes und konnte die Quelle des bunten Lichtes erkennen. Durch den Saal hindurch verlief ein breites Fließband, das etwas transportierte, was er in den letzten Wochen allzu oft gesehen hatte. Auf dem Fließband lagen hunderte Seelen, die in Richtung einer Öffnung in der Wand transportiert wurden.

Jede Seele leuchtete in einem anderen Farbton, sodass das Fließband wie ein großer Regenbogen aussah. Die Seelen bildeten Farben des gesamten Farbspektrums ab und unterschieden sich zudem durch ihre Strahlkraft. Manche leuchteten ganz hell, während andere einen eher matten, dunkleren Schein besaßen. Fasziniert starrte Darren auf die bunten Seelen hinab. Ununterbrochen strömten neue bunte Seelen in den Raum hinein und verließen ihn kurz darauf wieder. Das Fließband war sehr voll. Er erkannte nur wenige Lücken zwischen den vielen bunten Kugeln. Nachdem er dem ständigen Fluss der Seelen ein paar Minuten zugeschaut hatte, meinte er zu verstehen, was er da am Boden des großen Saales sehen konnte.

Vor der Geburt war jede Seele unbefleckt und hatte keine Erfahrungen gemacht. Diese Seelen aber mussten von kürzlich verstorbenen Menschen stammen. Ihre jeweiligen Lebenswege hatten die Seelen ganz unterschiedlich geprägt und so schillerten sie in den verschiedensten Farben und Helligkeiten. Diese Seelen waren im Begriff, die Welt, die sie kannten, zu verlassen und in den Himmel aufzufahren. Sie mussten sich soeben von ihren Hüllen gelöst haben und waren in ihre Ursprungsform zurückgekehrt.

„Beeindruckend, nicht wahr?", fragte Hannah. „Ich habe selten etwas so Schönes gesehen", sagte Darren und konnte sich tatsächlich an keine Aussicht erinnern, die ihn jemals so in ihren Bann gezogen hatte. „Du selber warst schon auf diesem Fließband, Darren", sagte Anna. „Siehst du das kleine Rohr da unten links, das von dem Band abzweigt?" Darren schaute in die Richtung, die Anna ihm angedeutet hatte. Tatsächlich ging vom großen, breiten Fließband ein ganz dünnes Rohr ab und verschwand in der Wand links neben dem Fließband. „Ja, ich sehe es."

„Durch dieses Rohr ist deine Seele zu uns in die Lotterie gelangt, Darren. Der Generator im Lotteriesaal ist mit dem Fließband verbunden. Immer, wenn er aktiviert wird, öffnet sich die Klappe des Rohres, eine Seele rollt hinein und die Klappe verschließt sich sofort wieder." Verblüfft schaute Darren das Rohr an. Wenn seine Seele auf der anderen Seite des Fließbandes in Richtung des Himmels transportiert worden wäre, stünde er nicht hier.

Er schaute weiter dem Fluss der vielen verschiedenen Seelen zu und die Engel standen geduldig neben ihm. Als er zu der Öffnung blickte, durch die die Seelen verschwanden, erblickte er eine Tür, die direkt daneben angebracht worden war. „Wohin führt die Tür dort unten", fragte er augenblicklich.

„Durch diese Tür wirst du in fünf Monaten gehen, Darren. Im Gegensatz zu den Seelen dort unten auf dem Fließband wirst du den Himmel in deinem neuen Körper betreten." „Also wartet auf der anderen Seite dieser Tür der Himmel?" "Ja und nein. Würdest du diese Tür jetzt aufreißen, würdest du nur eine kleine Abstellkammer vorfinden. Hinter dieser Tür wartet eine Art Portal, das dich von hier fortbringen wird. Es wird allerdings nur alle sechs Monate nach Dienstantritt eines Mitarbeiters aktiv. Daher war es uns auch nicht möglich, dich zu entlassen. Wir hätten deine Mitarbeit in der Lotterie nicht zwingend benötigt, aber du hättest so oder so sechs Monate hier verbringen müssen. Wir entschuldigen uns abermals für diesen Fauxpas." „Ich verstehe", sagte Darren und schaute gedankenversunken auf das Fließband. Wären Ingrid und Lalita nicht gewesen, wäre er ohne Kenntnis von der Lotterie in das Leben nach dem Tod geglitten. Seine Seele wäre bunt leuchtend durch diesen Saal gerollt und vermutlich hätten seine Großeltern ihn am anderen Ende des Fließbandes erwartet.

Mehrere Minuten lang stand er da und dachte darüber nach, wie es wohl gewesen wäre, wenn er nicht durch das kleine Rohr in den Lotteriesaal gerollt wäre.

„Wisst ihr, welche Farbe meine Seele hatte, als sie durch das Rohr hindurchgerollt ist?", fragte er, nachdem er es geschafft hatte, seinen Blick wieder von den schillernden Seelen abzuwenden. „Sie war dunkelgrün", sagte Hannah. „Meistens leuchten die Seelen sehr glücklicher Menschen, die dem Tod offen entgegentreten, besonders bunt. Da du sehr jung warst, als du gestorben bist, war sie recht dunkel gefärbt, hatte ihre Farbe aber noch nicht ganz verloren. Das spricht für dich, Darren. Viele Seelen, die eine solche Krankheit und das auch noch in dem jungen Alter durchmachen, verlieren ihre Farbe und ihren Schein. Sie leuchten nicht mehr und sind mattschwarz gefärbt." „Aber alle

Seelen dort unten leuchten doch in bunten Farben, mir ist noch keine aufgefallen, die schwarz ist." „Dann solltest du nochmal genauer hinschauen", sagte Anna.

Darren lehnte sich über das Geländer und schaute auf das Fließband hinunter. Beim genaueren Betrachten der Seelen klappte seine Kinnlade nach unten. Er hatte schon vorher die Lücken zwischen den bunten Seelen gesehen. Nur hatte er sie für das Fließband gehalten, auf dem die Seelen den Raum durchquerten. Das Fließband selbst konnte man aber nicht sehen. Es war von vorne bis hinten mit Seelen bedeckt. All die Stellen, die er für Lücken gehalten hatten, waren tatsächlich die schwarzen Seelen, die Hannah ihm beschrieben hatte.

Fassungslos starrte er auf die vielen Kugeln auf dem Fließband herab. Das Verhältnis von schwarzen zu bunten Seelen jagte ihm einen kalten Schauer den Rücken hinunter. Nur wenige Meter unter ihm befanden sich die Seelen von Menschen, die etwas Schlimmes durchgemacht haben mussten. „Kann sich die Farbe einer Seele wieder ändern?", fragte er.

„Aber natürlich, Darren. Eine menschliche Seele kann stark misshandelt, beschädigt und verletzt werden. Nie aber kann man ihr einen Schaden anfügen, der ewig hält. Jede Seele kann unter den richtigen Bedingungen wieder aus der Dunkelheit herausfinden." „Was wird sie denn auf der anderen Seite der Öffnung dort unten erwarten?" „Na, na, Darren. Wir dürfen dir nicht erzählen, was dort auf dich warten wird." „Aber diese Seelen dort unten – wird man sich auf der anderen Seite um sie kümmern?" „Sobald sie diesen Raum durchquert haben, werden sie wieder in neue Körper transferiert werden. Die Dunkelheit ihrer Seelen

wird für keinen sichtbar sein. Ob ihnen geholfen wird, liegt daran, welche Wege sie auf der anderen Seite einschlagen werden und wie ihre Mitmenschen sie behandeln. Mehr dürfen wir dir nicht verraten, Darren. Tut uns sehr leid."
„Ist schon okay, diese Antwort genügt mir", sagte Darren.

Er hatte genug gehört. Das Problem, bei dem er ansetzen musste, war nicht die Welt, in die die Seelen gerade transportiert wurden. Das Problem war die Welt, aus der sie soeben kamen. Die Welt, die ihnen ihr Leuchten und ihre Farbe genommen hatte. Die Welt, auf die er noch Einfluss nehmen konnte, wenn er sich bereit erklären würde, Lalita und Ingrid bei ihrem Plan zu helfen.

12. Die irrationale Individualitätsquote

Zurück in seinem Zimmer holte Darren die Kiste unter seinem Bett hervor. Er nahm das Buch, den Brief und den USB Stick heraus. Ein Hass auf sich selbst kochte in ihm hoch. Wie hatte er nur so egoistisch sein können? Ingrid und Lalita ging es darum, Tausenden, vielleicht Millionen Menschen zu helfen. Und er hatte ihren Plan nicht unterstützt, weil sie ihm, ihm allein, eine schwierige Zeit eingebrockt hatten?

Er musste seinen Stolz herunterschlucken, den Plan verstehen und den Frauen helfen. Nicht, weil er ihnen etwas schuldig war und er ihnen verziehen hatte – aber für die viel zu große Anzahl schwarzer Seelen, die tagtäglich die Erde verließen. Es ging nicht um ihn. Er war nie der Mittelpunkt all der Überlegungen für eine neue Verteilung gewesen. Es waren die Menschen auf der Erde, um die es ging. Diesen konnte er helfen und es war ganz egal, ob er davor Angst und Respekt hatte.

Er, Darren Jackson, konnte den schwarzen Seelen, die er auf dem Fließband gesehen hatte, helfen. Er konnte verhindern, dass das Licht in ihnen erlosch. Ganz egal, was es kostete, er musste es versuchen. Wie hatte er sich nur so von Hannah und Annas Worten beeinflussen lassen können? Er hatte doch gewusst, dass die beiden Gegner einer neuen Verteilung waren.

Darren verfluchte sich selbst mehrmals, öffnete dann den Brief und begann zu lesen.

„Lieber Darren,

es fällt uns schwer, uns in dich hineinzuversetzen und zu verstehen, wie schwer der letzte Monat für dich gewesen sein muss. Wir hatten beide das Privileg, ein langes und schönes Leben zu führen. Vermutlich waren wir daher auch so naiv und dachten, es würde eine dritte alte Person zu uns kommen, die ihren Tod nicht so stark würde verarbeiten müssen wie du. Glaub uns, wenn wir dir versichern, dass es uns sehr nachdenklich und traurig gemacht hat, dich in diese ungünstige Situation gebracht zu haben. Hab bitte auch Verständnis dafür, dass wir dir erst nach ein paar Wochen davon erzählen konnten, dass wir dich hergeholt haben. Hätten wir es dir sofort erzählt, hättest du womöglich Hannah und Anna davon berichtet und der Plan wäre erneut nicht realisierbar gewesen. Es war wichtig, dass du schon viel von unseren Motiven, die Lotterie zu verändern, verstanden hattest. Vermutlich war es erneut unsere falsche Einschätzung deiner Situation, die uns dazu veranlasst hat, dich so früh in unsere Pläne einzuweihen. Du musst aber verstehen, dass uns nicht mehr viel Zeit bleibt. In ein paar Wochen wird Ingrid schon die Lotterie verlassen müssen. Um den Plan von Sadia zu realisieren, müssen wir aber zu dritt sein. Halte von uns, was du willst. Du hast jedes Recht, wütend auf uns zu sein. Bitte lies dir aber die verbleibenden Buchseiten durch und überlege, ob du uns helfen möchtest. So schwierig es für dich auch sein mag, an diesem Ort arbeiten zu müssen, du kannst unsere Tat nicht mehr rückgängig machen. Du kannst uns aber dabei helfen, die Erde zu einem besseren Ort zu machen.

Ingrid und Lalita"

Darren legte den Brief beiseite und griff sich die Buchseiten. Wenn er richtig gerechnet hatte, blieben ihnen nur noch drei Wochen Zeit. Viel zu lange hatte er sich hinter seiner Wut versteckt. Er entrollte die Seiten, strich sie glatt und sah die Stelle vor sich, an der er vor zwei Wochen das Lesen hatte beenden müssen.

„Da die Seelen in der großen Röhre an der Decke alle nacheinander in die Quadrate fallen, ist es möglich, ihre Verteilung zu beeinflussen. Ich habe mir im Aufenthaltsraum zwei Scanner vorgestellt, die die Zahlen auf den Seelenkugeln erfassen können. Mit diesen müssen zwei Leute auf den Plattformen neben dem großen Rohr die Nummern der Persönlichkeitsbausteine einholen. Die Scanner übermitteln die Daten drahtlos an den Computer im Lotteriesaal, für den ich mir im Aufenthaltsraum ein Programm vorgestellt habe. Dieses Programm sortiert die Seelen nach dem gewünschten Schema um. So wird jeder Seele ein Quadrat zugeordnet, das zu ihr passt.

Um diesen Plan umzusetzen, werde ich versuchen, einen dritten Mitarbeiter in die Lotterie zu holen, der das Programm am Computer startet und überwacht. Ohne eine dritte Person bliebe nicht genug Zeit, um alle Persönlichkeitsbausteine rechtzeitig zu erfassen. Denn die Engel schlafen exakt drei Stunden.

In diesen drei Stunden wird aber keine Bedrohung von ihnen ausgehen. Ich habe getestet, wie tief sie schlafen; habe mich mit großen Lautsprechern vor ihre Zimmertür gestellt und sie laut aufgedreht, aber sie sind nicht aufgewacht. Sie scheinen eine Art Tiefschlafphase zu haben, aus der sie nichts herausholen kann und die ihnen die Kraft gibt, so lange wach zu bleiben.

Warum dieser Plan heimlich ausgeführt werden muss? Ich habe die Engel auf meine Ideen angesprochen, aber sie haben mir bei allem widersprochen und die Verteilung der Lotterie als unantastbar erklärt. Niemals werden sie von ihren Prinzipien abrücken. Mir kommt es so vor, als wären sie wie perfekt programmierte Roboter, die keine Gefühle haben und deren einziges Bedürfnis es ist, die täglichen Verlosungen durchzuführen.

Darum werden wir Mitarbeiter die Verteilung heimlich ändern müssen. Ich habe mir viele Gedanken gemacht, wie man dies anstellen kann und bin zu einem zufriedenstellenden Ergebnis gekommen, das ich euch nun hier präsentieren möchte.

Die neue Verteilung soll nach Ländern und deren Einhaltung von Menschenrechten funktionieren. So möchte ich all die Persönlichkeitsbausteine, die ich als „die Konformisten" bezeichne, in Länder entlassen, in denen möglichst viele Menschenrechte eingehalten werden. Auf diese Gruppe von Bausteinen stieß ich, als ich die Forschung von Perez fortführte.

Ich suchte nach Menschen, die sich ihr Leben lang in die Möglichkeiten des Lebens lediglich eingliederten. Nach Menschen, die keine Risiken, sondern fortwährende Sicherheit gesucht hatten. Es war schwierig, diese Gruppe einzukreisen. Ich verwendete Sucheigenschaften, wie antisoziales Verhalten und Straftaten, die in staatlichen Datenbanken gespeichert worden waren. Dabei suchte ich mir die Bausteine heraus, die am seltensten Straftaten begangen hatten. Bei diesen konnte ich nämlich sicher sein, dass sie sich nahezu nie gegen ein bestehendes System aufgelehnt hatten. Zwar mögen viele Straftaten unreflektiert sein, aber sehr viele Freiheitskämpfer können es nicht vermeiden, mit dem Gesetz in Konflikt zu geraten. So erging es schließlich auch mir selbst.

Bei all diesen braven Seelen wählte ich jene aus, die am seltensten umgezogen waren. So erhielt ich eine große Gruppe Persönlichkeitsbausteine, die Veränderungen und Risiken mit einer hohen Wahrscheinlichkeit vermeiden. Eine Gruppe, die mit hoher Wahrscheinlichkeit nichts an bestehenden Zuständen ändert – und genau eine solche Gruppe hatte ich gesucht.

Mein Plan sieht es vor, diese Konformisten in Länder zu entlassen, in denen weltweit die meisten Menschenrechte eingehalten werden. Er soll vermeiden, dass sie Ländern wie meinem Heimatland Saudi-Arabien zugelost werden.

Zu genau dieser Gruppe suchte ich folglich einen Gegenspieler. Ich suchte nach Menschen, die rebellisch sind und sich gegen repressive Systeme aufgelehnt haben. Auch hier suchte ich nach der Häufigkeit von antisozialem Verhalten pro Persönlichkeitsbaustein. Allerdings versuchte ich nachzuprüfen, um was für Straftaten es sich bei den Bausteinen handelte. Denn es gab natürlich sehr viele Bausteine, die antisoziales Verhalten aufwiesen, das nichts mit einem aufgeklärten Protest gegen das System zu tun hatte. Ich musste also in aufwändiger Feinarbeit Rebellen heraussuchen, deren Straftaten hinterfragt und auf cleveren Protest ausgelegt waren.

Nach wochenlanger Recherche habe ich stolze 2000 Bausteine zusammengestellt, die ich die „Guevaras" nenne. Der Name stammt von Che Guevara, der selbst dieser Gruppe angehört. Sein Denken und seine Taten beschreiben die Mentalität und das Handeln dieser Persönlichkeiten sehr gut. Guevara war an der kubanischen Revolutionen beteiligt. Doch sein gesamtes Leben ordnete er dem Unternehmen unter, ungerechte Systeme zu bekämpfen und umzustürzen. Er versuchte ebenfalls im Kongo und in Bolivien, die bestehende Ordnung zu verändern. Guevara sagte einst: „Wissen macht uns verantwortlich." Ich bin mir sicher, dass die Gruppe, die ich nach ihm benannt habe, dies genauso sehen wird. Sobald sie von den Missständen um sie herum erfahren, werden sie sich auch dafür verantwortlich fühlen, etwas zu ändern.

Ich habe die Guevaras genau untersucht. Die meisten von ihnen entwickeln sich zu Rebellen und leben oft ein alternatives Leben in Subkulturen. Viele leben aber auch ihren Protest politisch aus und sind Mitglieder in Protestparteien. All diese Seelen möchte ich Ländern zuweisen, in denen nur wenige Menschenrechte eingehalten werden. Denn diese Länder brauchen sie viel mehr als weit entwickelte Staaten. Die Guevaras werden mit hoher Wahrscheinlichkeit viele Rebellen hervorbringen, die sich am notwendigen Protest an den Systemen versuchen werden.

Ich plane daher, sie in Länder zu entlassen, in denen Widerstandskämpfer gebraucht werden – beispielsweise Nordkorea, Russland oder einige afrikanische Staaten. Die Konformisten hingegen sollen auf demokratische und liberale Länder wie die skandinavischen Staaten verteilt werden."

Darren hielt inne und dachte über den Plan nach. Es war extrem und radikal, was Sadia sich da ausgedacht hatte. Wenn er aber über die Konsequenzen des Planes nachdachte, so konnte er ihn nachvollziehen. Lieber ein paar patriotische Skandinavier mehr und dafür weniger Menschen, die einem autokratischen oder diktatorischen Staat die Treue schworen. Genauso wusste er nicht, was verkehrt daran sein sollte, die Guevaras in Nationen zu entlassen, denen eine Revolution guttun würde. Sie würden in anderen Ländern fehlen, ja. Aber dies würden dann Länder sein, die sie nicht wirklich benötigten. Er wusste nicht, wieso ein Guevara nach Kanada gelost werden sollte, wenn dieses Land keine großen Revolutionen brauchte. Sinnvoller für die Entwicklung der Menschheit wäre er in einem Land, das Veränderung dringend benötigte.

Je länger er über den Plan nachdachte, umso mehr konnte er sich mit ihm identifizieren. Aufgeregt nahm er die ausgerissenen Seiten wieder zur Hand.

„Die Seelen, die Susana Perez entdeckt hat, die Bausteine zwischen Genie und Wahnsinn, möchte ich auch der zufälligen Verteilung entziehen. Zu gefährlich wäre es, wenn sie beispielsweise in eine Königsfamilie entlassen werden. Niemals darf ein solcher Baustein in eine hohe Machtposition gelangen. Ich habe daher eine Liste mit Familien erstellt, denen die Bausteine zwischen Genie und Wahnsinn nicht zugelost werden können. Sie ist klein, aber sie kann die Existenz eines mächtigen Despoten verhindern.

Auch habe ich mir die Frage gestellt, ob es sinnvoll wäre, sie in wohlhabende Staaten zu losen, da sie dort bessere Möglichkeiten hätten, um sich auszuleben. Bei genaueren Nachforschungen habe ich allerdings festgestellt, dass keine großen Risiken entstehen, wenn diese Seelen in ärmlichen Verhältnissen aufwachsen. Im Gegenteil haben die hohen Ambitionen dieser Persönlichkeitsbausteine schon oft dafür gesorgt, dass sie sich und ihre Familien aus der Armut befreien konnten.

Nun werdet ihr euch vermutlich fragen, ob es moralisch zu verantworten ist, das Weltgeschehen zu beeinflussen. Mit dieser Frage habe ich mich natürlich ebenfalls intensiv auseinandergesetzt. Bei meiner Forschung an den Persönlichkeitsbausteinen ist mir dabei eine Entdeckung gelungen, mit der ich meinen Plan legitimieren kann.

Die Forschungen von Perez erschienen mir zu einfach und eindimensional. Ich konnte mir nicht vorstellen, dass Jim Carrey aufgrund seines Persönlichkeitsbausteins lediglich die Wahl hatte, ein Despot oder ein extrovertierter Künstler zu werden. Niemals konnte dies Teil von Gottes intelligentem Design sein. Denn so hätte kein Mensch die Möglichkeit, sich vollkommen frei zu entfalten.

Obwohl man also zweifellos Muster und Gemeinsamkeiten in den Daten der Bausteine erkennen konnte, war ich mir sicher, dass es da etwas geben muss, das jede Seele individuell macht. Etwas, das jeden Menschen einzigartig macht. Also suchte ich nach Beweisen für meine Theorie, dass jeder Mensch so sein kann, wie er sein möchte. Anders hätte Gott die Welt nicht geplant, da war ich mir sicher.

Ich verbrachte erneut ganze Nächte damit, die einzelnen Bausteine zu durchsuchen. Dabei fand ich heraus, dass es bei jedem Baustein eine Abweichungsquote von mindestens 5% gibt. Ich nenne sie die irrationale Individualitätsquote. Egal, welchen Baustein ich erforschte und wie stark die Seelen sich ähnelten – immer fand ich Menschen mit demselben Baustein, die einen gänzlich anderen Lebensweg eingeschlagen haben. So fand ich bei den Konformisten einen radikalen Antifaschisten aus Dänemark und einen Weltenbummler, der schon in zehn verschiedenen Ländern gelebt hatte. Genauso gibt es bei den Guevaras

Menschen, die ihr Leben ohne die geringste Spur von Rebellion und Protest gelebt haben. Ich fand sogar Seelen, die einen Baustein zwischen Genie und Wahnsinn besitzen und ein ganz gewöhnliches Leben führten.

Irgendetwas ist in jeder Seele enthalten, das sie individuell macht. Irgendetwas, das wir nicht verstehen oder begreifen können. Irgendetwas, das sich der Rechnung von Hannah und Anna entzieht, die die Entwicklung eines Menschen auf drei gleichgroße Faktoren beschränkt.

Ganz egal also, wie sehr wir versuchen, die Geschehnisse auf der Erde durch eine neue Verteilung zu beeinflussen – man kann menschliches Leben nicht planen oder voraussehen. Absolut alles kann passieren. Die Entwicklung der Welt wird von den Entscheidungen der Menschen abhängen.

Mein Plan ist lediglich der Versuch, der Menschheit einen kleinen Schub in die, meiner Meinung nach, richtige Richtung zu geben. Genauso können neue Mitarbeiter die Verteilung wieder auf eine andere Art und Weise verändern. Genauso, wie die Menschen auf der Erde durch ihre Entscheidungen etwas verändern können, können wir Mitarbeiter es auch.

Nun könnte man darum besorgt sein, dass diese Macht über die Lotterie ausgenutzt werden könnte. Durchaus ist dies ein Risiko, welches ich nicht leugnen kann. Dennoch bin ich zuversichtlich, dass dies nicht passieren wird. Denn die Lotterie lehrt uns viele Lektionen über Gerechtigkeit und soziale Verantwortung. Sie öffnet uns die Augen für vieles, was uns in unserem Leben verborgen geblieben ist.

Das Wichtigste ist jedoch, dass Gott uns die Möglichkeit gegeben hat die Lotterie zu verändern. Er wollte, dass dies möglich ist, um den Ereignissen auf der Erde entgegenwirken zu können. Es ist höchste Zeit, von dieser Möglichkeit Gebrauch zu machen und die Macht unserer Entscheidungen auszunutzen.

Letzten Endes sind es nicht wir, die etwas tun müssen. Es liegt an den Menschen auf der Erde, die Verhältnisse umzukrempeln. Sie müssen Gottes intelligentes Design endlich so ausnutzen, dass jeder Mensch etwas davon hat. Alles, was wir tun können, ist zu versuchen, der Menschheit den richtigen Weg zu ebnen – ihn gehen muss sie selbst. Daher habe ich keine Gewissensbisse, in naher Zukunft einen dritten Mitarbeiter in die Lotterie zu holen und meinen Plan in die Tat umzusetzen."

So endete Sadias Bericht. Allerdings verblieb noch eine letzte Seite. Auch darauf erkannte Darren die Handschrift der Frau aus Saudi-Arabien.

„Ich muss leider bekanntgeben, dass ich den Plan nicht umsetzen konnte. Mein neuer Mitarbeiter wurde ein Mann aus Sierra-Leone, der ein Leben voller Ausbeutung hinter sich hatte. Er war so wütend auf die Engel, dass er sogar mehrmals seine Schicht hat ausfallen lassen. Die Engel und ich mussten Überstunden einlegen, damit alle Seelen kontrolliert werden konnten. Er hat keinerlei Interesse an meinem Plan. Er spricht kein Englisch und verlässt sein Zimmer nur selten. Selbst wenn ich also den Generator im Lotteriesaal manipulieren würde und eine dritte Person in die Lotterie käme, wären wir nur zu zweit und der Plan nicht realisierbar. Ich hoffe daher, dass kommende Arbeiter Interesse daran haben werden ihn umzusetzen. Ich habe die Scanner, Walkie-Talkies und das Programm für den Computer in der großen Kiste in meinem Zimmer hinterlassen, wo ich auch dieses Buch ablegen werde. Ich hoffe sehr, dass jemand eines Tages die Verteilung der Lotterie ändern wird. Es könnte Millionen von Menschen auf der Erde helfen."

Darren legte den Brief und die ausgerissenen Seiten neben sich. Ingrid und Lalita hatten ihm noch einen dritten Gegenstand gegeben. Es war ein USB-Stick und Darren vermutete, dass er die Forschungen von Susana Perez und Sadia enthielt. Diese Ergebnisse konnten aber vorerst warten. Er musste sofort mit Ingrid und Lalita sprechen. Er fühlte sich wie an den Abenden vor einem wichtigen Footballspiel. Es kribbelte eine wohltuende Anspannung und Nervosität in ihm, die von einer großen Lust und Vorfreude begleitet wurde. Darren steckte den USB-Stick in seine Jackentasche und verließ eilig sein Zimmer.

13. Die Rebellion der Lotteriearbeiter

Darren fand Ingrid und Lalita bei ihrem gemeinsamen Abendessen in der Küche. Es duftete herrlich nach einem indischen Gericht, das Lalita schon öfters gekocht hatte. Als er die Küche betrat, verstummte das Gespräch der beiden Frauen und sie schauten Darren ernst und fürsorglich an. „Ich muss mit euch reden", sagte er. „Setz dich", sagte Ingrid und ihr besorgter Blick wich einem freundlichen Lächeln. Lalita holte einen Teller und schaufelte ihm eine große Portion Reis und Soße darauf.

„Ich habe euren Brief und die verbliebenen Seiten gelesen." Die Frauen schauten ihn weiterhin an, antworteten aber nicht. „Ich bin euch noch immer böse, aber ich möchte euch helfen. Ich möchte den Menschen auf der Erde helfen. Und ich verstehe, dass genau das ebenfalls euer Anliegen war, als ihr mich hierhergeholt habt." Darren meinte Erleichterung auf den Gesichtern der Frauen zu erkennen. „Das freut uns", sagte Lalita sanft. „Hast du denn noch irgendwelche Fragen oder Bedenken?"

„Wollt ihr den Plan von Sadia denn genauso durchführen, wie sie ihn dokumentiert hat?" „Ja, das wollen wir", sagte Ingrid. „Wir halten ihn für ein gut durchdachtes Konzept einer neuen Verteilung. Durchaus könnte man noch viel mehr an den Bausteinen forschen, aber wir haben keine so guten Ideen mehr gefunden wie die ihren. Bist du dir sicher, dass du mit der Idee des Plans übereinstimmst, Darren? Wenn du Zweifel oder Bedenken hast, dann sollten wir sie ausräumen. Du musst dich wohl dabei fühlen, uns bei unserem Vorhaben zu helfen. Darum haben wir dich auch niemals bedrängt. Wir möchten, dass du uns mit voller Überzeugung hilfst."

Darren schaute auf seinen Teller, aß ein paar Löffel und dachte nach. „Es gibt da etwas, das mir ein bisschen zu schaffen macht, wenn ich ehrlich bin", sagte er schließlich. „Nur zu, Darren. Erzähl uns davon", sagte Ingrid augenblicklich. Mehr als je zuvor hatte er den Eindruck, bei seinen Großeltern zu Gast zu sein, die jede Unannehmlichkeit immer sofort hatten beseitigen wollten.

„Ich bin mir unsicher, ob es in Ordnung ist, die Verteilung zu ändern, weil wir nicht jeder Seele die Möglichkeit geben, in jedes Leben gelost zu werden. Beispielsweise rauben wir den Guevaras die Möglichkeit, in einem entwickelten Land zu leben. Ist es nicht unfair diesen Seelen gegenüber? Meint ihr, unsere Absichten legitimieren es, ihre Chance auf ein schönes Leben zu verringern?"

Ingrid lächelte und begann enthusiastisch zu reden: „Genau diese Frage haben wir uns auch gestellt, Darren. Du musst es so sehen: Jeden Tag entscheiden Menschen über die Zukunft anderer Menschen. Und das sogar meist ohne, dass alle Betroffenen ein Mitspracherecht haben. Wird ein Kind in eine Gesellschaft hineingeboren, so muss es sich an eine ganze Menge Regeln halten, die von anderen Menschen zuvor festgelegt wurden. Wir drei werden nichts anderes tun. Wir werden ebenfalls über die Zukunft anderer Menschen entscheiden. Es kommt dir vermutlich nur so fragwürdig vor, weil wir es von außerhalb der Erde tun."
„Außerdem", klinkte Lalita sich ein, „ist es nicht unbedingt besser, in einem entwickelten Land geboren zu werden.

Natürlich mag der Lebensstandard höher sein, aber auch arme Menschen finden ihr Glück. Manchmal vielleicht sogar leichter als reiche Menschen, da sie lernen, sich mit wenig zufriedenzugeben."

Darren nahm die Antworten der Frauen zur Kenntnis und schwieg. Eine Hälfte von ihm wollte weitere Fragen stellen, weitere Zweifel anmerken und hoffte, die Frauen vor eine Frage zu stellen, die sie nicht beantworten konnten. Die andere Hälfte wollte sich überzeugen lassen. Sie war davon genervt, ständig Rückfragen zu stellen und alles zu überdenken. Sie wollte sofort mit Ingrid und Lalita in den Lotteriesaal stürmen und die Verteilung verändern. Die zweifelnde Hälfte versuchte ständig, sich gegen die abenteuersuchende Hälfte aufzubäumen und Ingrid ein weiteres Bedenken zu schildern. Dieses Gerangel ging ein paar Minuten lang so, in denen die drei Mitarbeiter alle schweigsam aßen. Dann schaffte die Hälfte der Abenteuerlust es schließlich, die Überhand zu gewinnen. Brutal drosch sie nach ihrem Sieg auf die zweifelnde Hälfte ein, schalt sie für ihre Passivität und beleidigte sie als Feigling. So lange bis Darren vor Entschlossenheit und Energie innerlich brannte und alle Bedenken auf eine winzige, unsichtbare Größe geschrumpft waren.

„Ich helfe euch!", rief er mit einem Mal laut aus. Ingrid und Lalita schauten sich verwundert an und lächelten ihm dann beide zu. „Sehr gut", sagte Lalita und strahlte. „Bist du bereit, es morgen Nacht direkt das erste Mal zu probieren, Darren? Ingrid bleibt schließlich nicht mehr viel Zeit hier." „Ja", sagte er euphorisch, „lasst uns das angehen!"

~

Mit tiefen Augenringen und einem extragroßen Thermobecher Kaffee in der Hand trat Darren am folgenden Vormittag seine Schicht im Lotteriesaal an. Bis spät abends hatte er mit Ingrid und Lalita die Details ihres Planes für die kommende Nacht besprochen. Sie hatten genauestens geklärt, wer welche Aufgabe übernehmen würde und hatten einen präzisen Zeitplan aufgestellt.

Als er sich anschließend in sein Bett gelegt hatte, hatten sich seine Gedanken dann dazu entschlossen, keine Ruhe zu geben und panisch schreiend in seinem Kopf hin und her zu springen. Bis vier Uhr nachts hatten sie ihn wachgehalten. Ingrid und Lalita hatten ihn vollkommen überzeugt, dass ihr Plan moralisch vertretbar und eine gute Idee war. Er hatte keine Zweifel mehr daran, dass eine neue Verteilung besser war. Aber dass er derjenige sein sollte, der sie erstmals verändern würde, verursachte ihm Bauchschmerzen. Er hatte ein unschuldiges, gewöhnliches Leben geführt, fernab von Risiken und Gefahren. Jetzt zu versuchen, das Weltgeschehen zu verändern, war ein zu großer Schritt, um sich erstmals aktiv gegen bestehende Zustände aufzulehnen. Er hatte Angst vor Fehlern und Konsequenzen. Was würde passieren, wenn sie die Funktionsweise der Lotterie durch ihr Vorhaben behindern würden? Was würde passieren, wenn Hannah und Anna von ihrem Plan erfuhren? „Ich würde mich wohler fühlen, wenn sich unser Plan nicht um die Maschine drehen würde, die jeden Tag hunderttausende Seelen beinhaltet und nicht beschädigt werden oder kaputt gehen darf", hatte Darren die Nacht über wieder und wieder gedacht.

Seine heutige Schicht ging nur langsam vorüber. Bei jeder Seele, die er kontrollierte, fragte er sich, ob sie vielleicht eine der Konformisten oder der Guevaras war. Oder vielleicht sogar einen der Bausteine zwischen Genie und Wahnsinn beinhaltete. All diese würden ab morgen nicht mehr zufällig in die Quadrate plumpsen.

Nach Abschluss der Verlosung verabschiedeten Hannah und Anna ihn freundlich und wünschten ihm einen schönen Nachmittag. Er wusste nicht mehr, ob er die Engel eigentlich hasste oder mochte. Vermutlich weder das eine noch das andere. Zu Anfang hatte ihre direkte, perfektionistische Art ihn abgestoßen, aber sie hatten immer lediglich ihre Arbeit gemacht. Ingrid und Lalita waren es gewesen, die ihn hergeholt hatten. All die Wut, die er Hannah und Anna gegenüber verspürt hatte, war eine Wut auf seine Situation gewesen. Und diese Wut hatte er nur auf die zwei Engel projizieren können. Wenn er so zurückdachte, hatten die Engel ihm eigentlich nie etwas angetan oder ihm etwas Böses gewollt. Es tat ihm ein klein wenig leid, sie zu hintergehen und den Plan heimlich durchzuführen.

Gleichzeitig musste er sich beim Gang zurück in den Mitarbeiterbereich eingestehen, dass Hannah und Anna keine Menschen waren und er immer noch nicht wusste, wie der Verstand der zwei Wesen aufgebaut war. Jeder Mensch würde durchdrehen, wenn er Millionen Jahre denselben Job hätte und am selben Ort leben müsste. Hannah und Anna waren wie perfekt programmiert, um diese Aufgabe zu übernehmen. Sie mussten ein Teil von Gottes intelligentem Design sein. Kein Mensch hätte diese Aufgabe übernehmen können. Sadia hatte wohl Recht gehabt mit ihrer Einschätzung. Die Engel waren wie Roboter; geschaffen für einen einzigen Zweck – die Betreibung der Lotterie.

In seinem Zimmer angekommen, kreisten seine Gedanken noch immer um Hannah und Anna. Denn seine Erklärung für ihr Auftreten warf eine Lücke auf. Wenn die zwei Engel tatsächlich ein Teil des intelligenten Designs waren, wieso behinderten sie dann eine neue Verteilung der Lotterie? Wenn Gott wirklich wollte, dass die Menschen die Lotterie umgestalten konnten, durchkreuzten die Engel diesen Plan. „Wieso hat Gott uns ein so großes Hindernis in den Weg gelegt?", fragte Darren sich.

∼

Nach einem Mittagsschlaf setzte Darren sich in den Aufenthaltsraum und versuchte sich abzulenken. Er machte Sport, schaute sich eine Folge von den Simpsons an und ließ sich in einem großen Wellnesssessel massieren. Bei keiner Tätigkeit schafften es seine Gedanken aber, sich von der bevorstehenden Nacht zu lösen. Immer und immer wieder rezitierte sein Gehirn dieselben Zweifel und Ängste, nur um sich immer wieder durch dieselben Antworten zu beruhigen. Die Vorstellung, sich in den nächsten Wochen jede Nacht in den Lotteriesaal zu schleichen, beängstigte ihn. Er fühlte sich klein und der Aufgabe nicht gewachsen. Er wollte in seinen Mikrokosmos zurück, in dem Football, Alison und seine Familie alles gewesen waren, das zählte.

Er fühlte sich wie der glatzköpfige Bösewicht im Film „Matrix". *Unwissenheit ist ein Segen* hatte dieser gesagt und sich in eine Scheinwelt zurückbefördern lassen. Er hatte die Rebellion der Menschen gegen die Maschinen verraten, um wieder in friedlicher Unwissenheit zu leben. Er hatte die Wirklichkeit vergessen und stattdessen in der erfundenen, nicht existenten Scheinrealität wohnen wollen. Anstatt einen harten und echten Kampf zu führen, hatte er sich für die angenehme Lüge entschieden.

Seit seiner Ankunft in der Lotterie wünschte Darren sich nichts anderes. Er wollte einfach nur zurück in sein altes Leben. Nichts von der Lotterie wissen und schon gar nichts von Gottes großen Plänen und den Möglichkeiten, die er nutzen sollte. Er konnte verstehen, wieso der Glatzkopf sich so entschieden hatte.

Wie am gestrigen Abend tobte aber ein Kampf in ihm. Da war der bequeme Komfort-Darren, der sofort in sein altes Leben zurückwollte und sich nach der Unwissenheit sehnte. Aber wie gestern auch, war da ein neuer Darren. Ein Darren Jackson, der sich stark fühlte, weil er an diesem Ort so viel gelernt hatte. Ein Darren Jackson, der den Komfort-Darren verabscheute, weil dieser lieber wegsehen und sich zurücklehnen wollte, anstatt für eine bessere Welt zu kämpfen.

Mal gewann Komfort-Darren die Oberhand, mal der neue, mutige Darren. Tief in seinem Inneren spürte er aber, dass er niemals in die Passivität zurückkehren durfte. Er durfte nicht wegsehen und all die Probleme auf der Erde ignorieren.

Würde er all die Probleme ausblenden, würde ihm selbst vielleicht nichts Schlimmes widerfahren. Aber es ging nicht immer nur um ihn. Er musste damit aufhören, die Probleme um ihn herum zu ignorieren, nur weil sie ihn selber nicht betrafen. Sich gemütlich zurückzulehnen und die Verteilung der Lotterie nicht zu ändern, wäre feige und egoistisch. Er hatte sein ganzes Leben lang in seiner eigenen kleinen Blase gelebt und nie etwas unternommen, um anderen Menschen zu helfen. Es war an der Zeit aktiv zu werden.

In seinem Herzen spürte Darren eine Freude darüber, aus der Unwissenheit ausgetreten zu sein. Es hatte viel Kraft gekostet, hatte ihm schlaflose Nächte bereitet und alles, was er erfahren hatte, hätte er lieber nicht gewusst. Aber all diese neuen Erkenntnisse und das Wissen hatten ihm gutgetan. Er hatte sein Leben lang so viel übersehen, sich nie über die Welt Gedanken gemacht und sein eigenes Dasein und den Wohlstand seiner Familie für selbstverständlich und normal gehalten.

Seitdem er in den Räumlichkeiten der Lotterie angekommen war, hatte er erstmals eine tiefgreifende Wertschätzung entwickelt. Erstmals hatte er sein eigenes Leben in das große Gesamtbild einordnen können. Etwas, das ihm nun als unerlässlich erschien, um sein Leben zu führen.

All diese Gedanken spürte er unterbewusst und sie schenkten ihm Kraft für die bevorstehende Nacht. Wäre Komfort-Darren nicht gewesen, der Sorge um seine gewohnte Dauer Schlaf hatte und Angst davor, erwischt zu werden, so hätte er sich vermutlich in voller Vorfreude auf die Nacht vorbereitet und die geplante Aktion brennend erwartet.

Darren fragte sich, weshalb er so stark zweifelte. Er fragte sich, weshalb er so viel Angst und Bedenken hatte, etwas zu tun, womit er sich vollständig identifizierte. Je länger er über diesen Kampf, der in ihm tobte, nachdachte, desto mehr meinte er zu verstehen, wie er zustande kam. Und er meinte auch zu verstehen, wieso die Welt so weit davon entfernt war, ein gerechter Ort zu sein. All die Menschen auf der Erde, denen es gut ging, führten denselben Kampf.

Nur gewann bei fast allen der Komfort die Überhand und machte die Menschen träge. In der ersten Welt hatte man sich angewöhnt, es sich auf seinem Sofa und Sessel gemütlich zu machen. Nur eine kleine Minderheit schaffte es, sich von der drückenden Kraft der Bequemlichkeit zu lösen.

Genauso hatte der Aufenthaltsraum ihn beinahe dazu gebracht, den Plan von Sadia zu ignorieren. Er hätte sich beinahe von all dem Luxus, dem Entertainment und dem köstlichen Essen so stark betäuben lassen, dass er immun gegen das Erkennen jeglicher Missstände geworden wäre. Nun wusste er, weshalb er sich so schwer damit getan hatte, das Buch fertig zu lesen. Es war die Angst vor einer unbequemen Zukunft gewesen. Angst davor, etwas an seinem persönlichen Status und Glück einzubüßen – bei dem Versuch dieses Glück zu teilen.

Aber es war anders gekommen und eine aufregende Nacht kam näher und näher. Obwohl Komfort-Darren weiterhin versuchte, ihn von seinem Vorhaben mit Ingrid und Lalita abzuhalten, freute er sich immer mehr auf die Nacht. Immer mehr fand er Gefallen an all dem Wissen, das die Lotterie ihm gegeben hatte. Er begann sich darüber zu freuen, dass er dieses Wissen zusammen mit den zwei Frauen nun in eine gute Tat umwandeln würde. An diesem Nachmittag meinte er, das Gefühl von Stolz zu spüren. Einen Stolz darauf, das Richtige zu tun. Einen Stolz darauf, die Macht seiner Entscheidungen heute Nacht auszunutzen.

Als er an den Glatzkopf aus dem Film dachte, empfand er nichts anderes mehr als Abscheu gegenüber der Figur. Er war ein egoistischer und feiger Drecksack. Fast aber wäre er selbst genauso geworden wie er. Fast wäre auch er zum

Verräter geworden, als er überlegt hatte, den Engeln von Ingrid und Lalitas Plan zu erzählen.

Während auf dem Fernseher des Aufenthaltsraumes die nächste Folge der Simpsons lief, hingen Darrens Gedanken weiterhin bei dem Vorhaben der heutigen Nacht. Er grübelte über die Lotterie, seinen eigenen Mut und über Sadias Plan. All diese Überlegungen konnte er nicht abstellen. Sie fluteten sein Gehirn und ließen ihn nicht zur Ruhe kommen.

Früher war es für ihn nie ein Problem gewesen, sich mit etwas Banalem zu beschäftigen. Er hatte bei den simpelsten Dingen abschalten können. Manchmal hatte er ganze Nachmittage damit verbracht, einfach nur Musik zu hören und sich zu entspannen. Doch seitdem er gestorben war, funktionierte es nicht mehr. Immer schweiften seine Gedanken ab und sein Gehirn philosophierte über die verschiedensten Themen, von denen er gar nicht wusste, dass er eine Meinung dazu hatte. Und heute – heute war es noch viel schlimmer als sonst. Egal, was er heute schon getan hatte, er musste ständig an die bevorstehende Nacht denken. Und auch wenn er keine Zweifel mehr daran hatte, dass er den Plan durchziehen wollte, so half ihm das auch nicht dabei, seine Angst zu reduzieren.

Darren entschied sich von den Simpsons zu einem Videospiel zu wechseln, welches ihn vielleicht mehr ablenken würde. Als er aufstand fiel jedoch etwas Kleines aus seiner Jackentasche auf den Boden. Es war der USB-Stick, den Ingrid und Lalita ihm gegeben hatten. Nachdem er die verbleibenden Buchseiten gelesen hatte, war er sich sicher gewesen, dass er die Forschungen von Perez und Sadia enthalten würde. Eigentlich, fiel ihm auf, wusste er aber nicht, was er auf dem Stick finden würde.

Von der Neugierde gepackt, ließ Darren im Aufenthaltsraum alles stehen und liegen. Im Kontrollraum angekommen, grüßten Hannah und Anna ihn freundlich, schienen sich aber nicht dafür zu interessieren, wieso er zum Statistikcomputer lief. Er öffnete die Daten des USB-Sticks und konnte augenblicklich eine große Auswahl verschiedener Statistiken auf dem Display sehen.

Sofort sah er die großen Gruppen, die Sadia eingeteilt hatte: Die Konformisten und die Guevaras. Ebenfalls entdeckte er eine kleine Schaltfläche, die zu den Daten über die Bausteine zwischen Genie und Wahnsinn führte.

Darren ignorierte diese Möglichkeiten aber. Denn er hatte eine Funktion entdeckt, die ihn brennend interessierte. Er schüttelte ungläubig den Kopf. Wieso hatte er sich zuvor nie diese Frage gestellt?

Oberhalb all der Schaltflächen, die zu den Forschungen von Perez und Sadia führten, befand sich eine große Suchleiste. Eine kleine Blase neben ihr erklärte, dass man hier einen Namen oder die Nummer eines Bausteines suchen konnte.

Darren konnte es nicht fassen, dass er sich fast nie mit der Frage nach seinem eigenen Persönlichkeitsbaustein auseinandergesetzt hatte. Er hatte immer mal an den Einfluss gedacht, den dieser auf ihn gehabt haben könnte. Aber was er spezifisch bewirkt hatte, daran hatte er nie gedacht. Vielleicht war sein ganzes Leben maßgeblich von ihm bestimmt worden. Vielleicht hatte er aber auch gar keinen

Einfluss gehabt. Er könnte sogar ein Konformist oder ein Guevara sein.

Er suchte nach seinem Namen, wählte sich selbst unter den verschiedenen Darren Jacksons aus und sah, wie schon vor ein paar Wochen die Zahl seines Persönlichkeitsbausteins. Als er sie das letzte Mal gesehen hatte, war ihm nicht einmal bewusst gewesen, was sie bedeutete. Heute Nacht wollte er, aufgrund der Beschaffenheit der Bausteine, die Verteilung der Lotterie erstmals verändern.

Da er das Programm von Perez verwendete, konnte er die Nummer seines Bausteins anklicken. Er wurde zu einer Seite voll mit neuen Informationen weitergeleitet. Das Programm hatte ihn keiner der Kategorien zuordnen können, die von Mitarbeitern zusammengestellt worden waren. Nun konnte er sich weitere Statistiken zu seinem Baustein anzeigen lassen. Als erstes sortierte er die Liste aller Personen mit demselben Baustein nach der Anzahl ihrer Google-Treffer.

Es gab nur eine berühmte Persönlichkeit, mit demselben Persönlichkeitsbaustein wie er. Es war ein alter schwedischer König aus dem 19. Jahrhundert, von dem er noch nie zuvor gehört hatte. Vermutlich gaben sich Menschen seines Bausteins mit einem sehr simplen Leben zufrieden. Denn der schwedische König hatte keine andere Wahl gehabt, als König zu werden.

Wäre seine Persönlichkeit mit Ambitionen und Ehrgeiz verbunden gewesen, hätte es wohl mehr berühmte Personen in der Liste gegeben. Die Leidenschaft für Football und die Entschlossenheit, mit der er trainiert hatte, mussten durch den Einfluss seines Vaters entstanden sein. Er hatte ihn schon als kleinen Jungen in das Spiel eingeführt und ihn immer zu noch besseren Leistungen angetrieben.

Er war seinem Vater nicht böse. Eher war er ihm dankbar, denn der Sport hatte ihn sehr glücklich gemacht. Jedoch fragte Darren sich in diesem Moment, ob er nicht eigentlich lieber mit etwas anderem seine Freizeit verbracht hätte. Wie wäre seine Jugend wohl verlaufen, wenn er freier bei der Entscheidung seiner Hobbies gewesen wäre?

Darren überlegte kurz, die Recherche an seinem Baustein fortzuführen. Er konnte sich noch eine Quote für antisoziales Verhalten und Straftaten sowie die durchschnittliche Häufigkeit von Umzügen anzeigen lassen. Auch gab es eine Auswanderer- und eine Heiratsquote.

Doch Darren schloss das Programm und beendete seine kurze Recherche. Es war ihm egal, welchen Einflüssen er einst ausgesetzt worden war. Es war ihm egal, welche Nummer auf der kleinen Kugel gestanden hatte, die in das Leben des Darren Jackson gerollt war. Er würde in Zukunft so sein, wie er sein wollte. Und er wusste nicht, wer ihn dabei aufhalten sollte. Denn jetzt wusste er, dass es egal war, woher er kam – wichtig war nur, wohin er gehen wollte. Durch die Macht seiner Entscheidungen würde er dies von nun an selbstbewusst und autonom bestimmen.

~

Um 11 Uhr abends fanden Ingrid, Lalita und Darren sich im Aufenthaltsraum ein. In einer kleinen Tasche brachte Ingrid alle notwendigen Utensilien mit, die Sadia für den Plan vorgesehen hatte. Darren und Lalita würden mit den Scannern das große Rohr voller Seelen ablaufen und die Nummern der Kugeln einscannen, während Ingrid das Programm am Computer installierte. Über Walkie-Talkies würden sie miteinander kommunizieren, um nicht durch den Lotteriesaal brüllen zu müssen. Die Scanner waren mit einem kleinen Bildschirm ausgestattet, der ihnen anzeigen würde, welchen Baustein eine Kugel hatte und als wievielte Seele sie durch die Lotterie hindurchrollen würde. Darren und Lalita würden jeweils an einem Ende des großen Rohres beginnen und sich entgegenarbeiten. Wenn sie eine Seele einscannten, die den Konformisten, Guevaras oder Bausteinen zwischen Genie und Wahnsinn angehörte, würden sie deren Standort im Rohr an Ingrid weiterleiten. Diese konnte dann im Programm eine passende Vierergruppe für diese Seele zusammenstellen.

Würden Darren oder Lalita einen Guevara einscannen, so konnte Ingrid ihm vier Länder zuteilen, die einen Rebellen gut gebrauchen konnten. Genauso funktionierte es mit den anderen Gruppen von Persönlichkeitsbausteinen, die Sadia für ihren Plan zusammengestellt hatte.

Die drei Mitarbeiter besprachen ein letztes Mal genau, wie ihr Plan ablaufen sollte und Ingrid kam auf die Idee, jedem eine Uhr mitzugeben. Diese würde um 2:50 Uhr das Signal geben wieder zu gehen. Sie hatten nur das schmale Zeitfenster zur Verfügung, in dem die Engel schliefen. Sie durften keine Sekunde früher beginnen oder später aufhören, ansonsten würden Hannah und Anna es mitbekommen.

Schon am gestrigen Abend hatten die Mitarbeiter sich gefragt, was wohl passieren würde, wenn die Engel sie erwischten. Sie konnten sie schließlich nicht feuern oder entlassen. Auch war es nahezu unmöglich für sie, die drei von ihrem Plan abzuhalten. „Ich glaube, sie würden Maßnahmen ergreifen, um uns daran zu hindern, die Verteilung umzustrukturieren", hatte Darren gesagt. „Sie könnten beispielsweise den Lotteriesaal abschließen." „Wenn sie das tun würden, könnten wir uns im Aufenthaltsraum alles vorstellen, um die Tür irgendwie zu öffnen, Darren", hatte Ingrid geantwortet. „Rein theoretisch wäre es möglich, dass wir unseren Willen gegenüber Hannah und Anna durchsetzen können. Sie besitzen nichts, womit sie uns sanktionieren können. Zumindest fällt mir nichts ein. Sie müssen immerhin garantieren, dass wir ihnen weiterhin bei den Verlosungen helfen. Ich habe viel darüber nachgedacht. Vielleicht müssten wir das alles gar nicht so versteckt durchziehen. Ich glaube nur nicht, dass wir das riskieren sollten." „Aber Sadia hat die Engel als perfekt programmierte Roboter beschrieben. Müssten sie dann nicht auch das mögliche Szenario eines Mitarbeiteraufstandes in ihrem System gespeichert haben? Vielleicht haben sie einen Plan für genau diese Situation." „Möglich wäre es", hatte Ingrid geantwortet und nachdenklich angefügt: „Nur wäre das doch sehr paradox. Denn wenn wir bei dem Bild der Roboter und der Programmierung bleiben, so wäre der Programmierer Gott. Und dieser hat uns doch das Buch hinterlassen, um uns der totalen Kontrolle der Engel zu entziehen." Lalita und Darren hatten ahnungslos mit den Schultern gezuckt und die drei Mitarbeiter das Gesprächsthema gewechselt.

Nun saßen sie wieder im Aufenthaltsraum und warteten auf den Beginn ihres Vorhabens. Sie wiederholten noch einmal genau, wie sie vorgehen würden, bis es nur noch eine halbe Stunde zu warten galt. Dann würden die Engel in ihre Tiefschlafphase eintreten. In 30 Minuten würden sie so schnell wie möglich aus dem Mitarbeiterbereich in den Lotteriesaal laufen und den Plan in die Tat umsetzen.

Darren kam sich vor wie ein Superheld in einem Film, der sich auf einen großen Kampf vorbereitete. Es war die Ruhe vor dem Sturm. Er meinte, erstmals auch bei Lalita und Ingrid so etwas wie Nervosität und Anspannung zu erkennen. Die Frauen mochten schlaue, nachdenkliche Menschen sein, die felsenfest von der Idee einer neuen Verteilung überzeugt waren; auch für sie war es aber die erste richtige Rebellion – und es war keine unbedeutende.

Ingrid versuchte die Zeit bis zum Start ihres Vorhabens zu überbrücken, indem sie erneut eine Unterhaltung anstieß. Darren und Lalita antworteten ihr aber immer nur knapp und keiner der beiden wollte an ihrem alibimäßigen Gespräch teilhaben. So saßen die drei Mitarbeiter zusammen im Aufenthaltsraum und schwiegen sich an, schauten auf den Boden und warteten auf den Beginn ihres Planes.

Darren schloss die Augen, um sich zu fokussieren. Er versuchte, die immer näher heranrauschende nächtliche Aktion als ein Footballspiel zu betrachten. Wie beim Football auch, würde er sich ein paar Stunden lang konzentrieren und alles andere ausblenden müssen. Es würde monoton und kräftezehrend werden, drei Stunden lang mit dem Scanner auf der Plattform entlang zu laufen, aber er würde es durchziehen. Er atmete tief ein und aus und versuchte sich zu entspannen. Seine Aufgabe war leicht, kinderleicht. Es war die Größenordnung der Rebellion, die ihn beunruhigte. So sehr er sich auch bemühte, konnte er Komfort-Darren nicht ausblenden. Dieser versuchte noch immer verzweifelt, ihn davon abzuhalten, mit den Frauen in den Lotteriesaal zu gehen.

„Es ist so weit", sagte Ingrid auf einmal. „Auf geht's! Lasst uns das machen. Ihr wisst, was ihr zu tun habt." Mit einem selbstbewussten Lächeln stand die Schwedin auf und ging schnellen Schrittes durch den Flur auf den Kontrollraum zu. Darren und Lalita folgten ihr ohne weitere Worte.

Das Dreigespann betrat den leeren Saal. Das Licht brannte noch, aber die Computer waren inzwischen ausgeschaltet. Während sie durch den Kontrollraum eilten, blickte Darren auf die Tür, die sie von den Engeln trennte. Würde sie sich öffnen und Hannah oder Anna würde herauskommen – was würde passieren? Konnten sie die Mitarbeiter sanktionieren? Konnten sie ihren Plan vielleicht doch aufhalten? Darren begann heftig zu zittern, wendete den Blick von der Tür ab und lief seinen Mitarbeiterinnen hinterher in den Lotteriesaal.

Nun war es soweit. Vor ihm stand die große Maschine, die ihn in den letzten Wochen so viel zum Nachdenken veranlasst hatte. Die Maschine, die sie nun zum ersten Mal seit Menschengedenken manipulieren wollten. Im Lotteriesaal angekommen, blieben die drei Lotteriearbeiter kurz stehen, gebannt von der Situation. Auch Ingrid und Lalita schauten die Lotterie an. Die Schwedin war die erste, die es vermochte, aus ihrer Starre auszutreten. Sie lief schnellen Schrittes zum Computer und begann, das Programm auf dem Rechner zu installieren. Ihr Vorangehen ließ auch Darren und Lalita aus ihrer kurzen Starre erwachen. Sie rannten zu der Leiter, die sie auf die Plattform neben dem großen Rohr bringen würde.

Auf der Plattform angekommen, teilten sie sich auf. Lalita lief zur letzten Seele, die am folgenden Tag durch die Rohre rollen würde. Darren blieb beim Ende des Rohres stehen, welches mit der Klappe verschlossen war, die jeden Tag durch das Umlegen des Hebels geöffnet wurde. Auf seinem Scanner stellte er ein, dass er bei der ersten Seele beginnen würde. Kurz darauf kam die erwartete Nachricht von Ingrid an Lalita: „Morgen werden 210056 Seelen zugeteilt." Lalita stellte ihren Scanner auf die von der Schwedin genannte Zahl. Es konnte losgehen.

So schnell sie konnten liefen Darren und die Inderin auf der Plattform entlang und scannten die Zahlen auf den Seelen ein. Der Scanner zählte mit, bei welcher Seele sie gerade standen und piepste, wenn sie einen Baustein erwischten, der der zufälligen Verteilung entzogen werden sollte. Immer, wenn der Scanner piepste, gaben sie die Nummer des Persönlichkeitsbausteins und die Zahl auf dem Scanner per Walkie-Talkie an Ingrid weiter. Diese tippte beide Zahlen in das Programm ein und augenblicklich wurde die Vierergruppe, in die die Seele fallen würde, an ihren Baustein angepasst.

Darren und Lalita kamen nur schleppend voran. Nicht alle Zahlen auf den Seelen ließen sich sofort einscannen und oft mussten sie durch die Klappen in das Rohr hineingreifen und die Kugeln zurechtdrehen. Auch kostete es sie viel Zeit, ständig die Zahlen an Ingrid weiterzuleiten. Oftmals mussten sie sich wiederholen, da die Schwedin Schwierigkeiten hatte, sie durch das Walkie-Talkie zu verstehen und sie keine Fehler riskieren wollten.

Darrens Angst war nicht verschwunden, aber die Beschäftigung lenkte ihn ab. Das Herzrasen wurde von Minute zu Minute weniger und er schaffte es, sich ausschließlich darauf zu fokussieren, so viele Zahlen wie möglich einzuscannen. Er verlor das Gefühl für die Zeit, die er schon auf der Plattform entlanglief. Irgendwann war er sich nicht mehr sicher, ob er 20 Minuten oder schon zwei Stunden im Lotteriesaal war. Seine Gedanken schweiften ein paar Mal zu Hannah und Anna und möglichen Konsequenzen ab, die ihre Tat haben konnte. Ansonsten lief er mit Tunnelblick auf der Plattform entlang und dachte nur an die silbernen Kugeln neben ihm. Dann piepste die kleine Uhr, die Ingrid ihm mitgegeben hatte. „Wir müssen für heute Schluss machen", hörte er Ingrids Stimme im Walkie-Talkie. „Schnell, wir haben zehn Minuten Zeit, um hier zu verschwinden."

Plötzlich war seine Angst wieder da und fror ihn kurz ein. Wie beim Betreten des Lotteriesaales blieb er stocksteif stehen. Darren versuchte, seinen Kopf von dem endlos gleichen Rhythmus zu lösen, den er soeben fast drei Stunden lang wiederholt hatte. „Komm, Darren. Wir müssen los." Lalita hatte ihn eingeholt und aus seiner Starre befreit. Er begann der Inderin nachzueilen und so schnell sie konnten, stiegen sie wieder die Leiter herab und verließen den Lotteriesaal.

Ingrid wartete im Kontrollraum auf sie und bedeutete ihnen sich zu beeilen. Sie zeigte auf die große Uhr, die zwei Minuten vor drei anzeigte und betrat anschließend den Mitarbeiterbereich. Darren blickte, wie schon auf dem Hinweg, die Tür zum Zimmer der Engel an. Erneut überkam ihn Panik und Angst. In zwei Minuten würden Hannah und Anna herauskommen. So schnell er konnte, rannte er mit Lalita in den Mitarbeiterbereich und sie setzten sich zu Ingrid in den Aufenthaltsraum.

Als die Tür des Raumes ins Schloss fiel, herrschte kurzes Schweigen und Darren meinte, sein Herz laut klopfen zu hören. Auch Lalita und Ingrid keuchten und hielten erschöpft inne. Die Gedanken rasten ungeordnet in seinem Kopf hin und her. Kurz fühlte Darren sich überrumpelt von den Ereignissen. Dann schauten die drei Mitarbeiter sich in die Augen, begannen erst zu lächeln und dann erleichtert zu lachen. „Wir haben es geschafft!", sagte Ingrid triumphal.

Eine halbe Stunde lang sprachen sie alle euphorisch durcheinander. In Darren brannte ein Stolz, den er so noch nie zuvor gespürt hatte. Es erschien surreal, dass der Plan funktioniert hatte. Der gesamte Moment fühlte sich unwirklich an. Ingrid holte eine Flasche Sekt und sie stießen auf ihren Erfolg an. All das, was schiefgelaufen war und verbessert werden konnte, ignorierten sie bei ihren Gesprächen. Sie redeten nur darüber, dass sie es vollbracht hatten. Als die ersten Menschen überhaupt, hatten sie die Verteilung der Lotterie geändert. Sobald Hannah oder Anna den Hebel im Lotteriesaal umlegten, würde diese neue Verteilung in Kraft treten.

Auch zwei Stunden nachdem sie wieder aus dem Lotteriesaal zurück waren, saßen die drei Lotteriearbeiter noch zusammen im Aufenthaltsraum. Während Lalita und Ingrid sich noch immer angeregt unterhielten, saß Darren angetrunken und gedankenversunken auf der Couch. Ingrid hatte im Anschluss an den Sekt noch eine Flasche Schnaps geholt. Ein Glas hatte gereicht, um ihn müde und seine Gedanken neblig zu machen. Und trotzdem fühlte er sich so stark wie nie zuvor. Er konnte es kaum erwarten, sich auch an den kommenden Abenden wieder in den Lotteriesaal zu schleichen. Er hatte Sehnsucht nach weiteren solcher Momente. Das Einzige, was ihn in diesem Moment bremsen konnte, war seine Müdigkeit. Die Energie und die

Sehnsucht in seinem Körper ließen immer weiter nach. Seine Augen fielen ihm zu und er schlief ein.

„Darren, Darren. Wach auf, sofort!" Die panische Stimme von Lalita riss Darren aus dem Schlaf. Wie lange hatte er geschlafen? „Was ist passiert?", fragte Darren und rieb sich die Augen. Er blickte Lalita an. Ihre Augen waren weit aufgerissen und sie blickte aufgeregt in Richtung der Tür. Auch Ingrid schaute nervös zur Tür des Aufenthaltsraumes. „Darren", sagte Lalita hektisch, „es hat jemand an der Tür geklopft."

14. Bei mittelgroßem bis großem Widerstand

Darren rappelte sich auf. Die Angst, die ihn eben noch komplett verlassen hatte und durch diesen brennenden Stolz ersetzt worden war – sie war wieder da. Es gab keinen Zweifel daran, wer vor der Tür stand. Die Frage war nur, weshalb sie gekommen waren.

„Ja?", brachte Ingrid leise hervor. Die Tür öffnete sich und Hannah und Anna kamen herein. Darren war sich nicht sicher, aber er meinte so etwas wie Wut auf ihren Gesichtern zu sehen. Er hatte sie noch nie zuvor so gesehen. Immer weiter breitete die Angst sich wieder in ihm aus. „Was habt ihr euch nur dabei gedacht?", fragte Anna laut. „Was meinst du?", fragte Ingrid mit zitternder Stimme. „Aber Ingrid, wie naiv bist du? Dachtet ihr wirklich, ihr könntet so etwas vor uns verheimlichen?" „Ich weiß nicht, wovon ihr sprecht", erwiderte die Schwedin, die nun wieder mehr Selbstsicherheit gefunden hatte.

„Ingrid, bitte lassen wir diese Spielchen", fuhr Hannah sie an. „Glaubst du, wir würden unsere Räumlichkeiten nicht ausreichen absichern? Glaubst du, wir würden riskieren, dass jemand den reibungslosen Ablauf der Lotterie gefährdet? Was im Lotteriesaal passiert, ist von riesiger Bedeutung für eure Spezies. Daher haben wir ihn selbstverständlich mit Bewegungssensoren und versteckten Kameras ausgestattet. Als wir uns heute Morgen wieder an unsere Computer gesetzt haben, bekamen wir eine Benachrichtigung, dass jemand im Lotteriesaal gewesen war. Wir haben uns genau angesehen, was ihr dort getrieben habt."

Ingrid setzte dieses Mal nicht zu einer Antwort an. Sie schaute nur traurig und betreten auf den Boden. „Ihr wisst ja gar nicht, wie enttäuscht und wütend wir sind", sagte Anna. „Wir werden ausführlich beraten, wie es mit euch weitergehen wird. Das hier wird Konsequenzen haben. Die Funktionsweise der Lotterie war schon immer und wird auch immer ein wichtiges Puzzleteil in Gottes Plänen sein. Daher werden wir nicht zulassen, dass ihr sie in irgendeiner Weise manipuliert."

Mit diesen Worten verließen die Engel den Aufenthaltsraum. Darren, Ingrid und Lalita blieben konsterniert zurück. Sie standen noch nicht einmal auf, um an der Tür zu rütteln, als sie hörten, wie sie von außen abgeschlossen wurde. Still und traurig saßen sie da und wussten nicht, was sie tun oder sagen sollten.

Darren fühlte sich dumm und naiv. Er hatte sich wochenlang mit dem Buch und dem Plan auseinandergesetzt. Und all das nur, um nun hier zu sitzen, ohne dass er funktioniert hatte?

Fragen über Fragen machten Purzelbäume in seinem Kopf. Wie werden sie uns bestrafen? Wird man die Lotterie jemals ändern können? Hätten wir uns cleverer anstellen können? Mehrere Minuten saß Darren so da. Machte sich Vorwürfe und Sorgen. Doch mit der Zeit klang der Schock langsam ab. Der Klammergriff, den die Angst auf seine Gedanken ausgeübt hatte, lockerte sich – und auf einmal wusste er, was zu tun war.

Darren realisierte, wie Komfort-Darren innerhalb von ein paar Minuten die vollkommene Kontrolle über ihn ergriffen hatte. Auch glaubte er zu verstehen, wie es hatte passieren können. Es war einfach, in Selbstmitleid zu baden und sich immer wieder einzureden, dass die Situation aussichtslos war. Schwierig und unangenehm war es dagegen, sich auch durch große Hindernisse nicht von seinem Ziel abbringen zu lassen. Er hatte mit Ingrid und Lalita ganz klar abgesprochen, was sie in einem solchen Fall tun wollten – die Engel überzeugen und weiterhin alles für die neue Verteilung tun. Aber trotzdem saßen sie hier. Widerstandslos hatten sie sich in ihr Schicksal gefügt. Genau das, was sie hatten vermeiden wollen.

Es war absurd. Er hatte diese passive, träge Hälfte seines Selbst für tot gehalten, aber anscheinend konnte jeder Rückschlag sie wiederbeleben und zurückholen. So heftig er konnte, schob er sie diesmal beiseite und war fest entschlossen, den Aufenthaltsraum zu verlassen. Ab morgen mussten sie die Engel überreden, die neue Verteilung zu akzeptieren.

Er schaute seine Mitarbeiterinnen an. Auch in ihnen gab es eine Komfort-Ingrid und eine Komfort-Lalita. Sie waren ebenfalls von diesem Rückschlag so stark getroffen worden, dass ihre Komfort-Hälften das Kommando übernommen hatten. Gehorsam und ohne Widerworte hatten sie sich im Aufenthaltsraum einsperren lassen. Er hatte Ingrid noch nie zuvor so niedergeschlagen gesehen. Sie war sonst immer selbstbewusst und zielstrebig gewesen. Und doch hatte sie gar nicht erst mit den Engeln diskutiert.

Darren stand auf und versuchte, die Tür zu öffnen, aber sie war fest verschlossen. Er stellte sich eine große Axt vor und begann auf sie einzuschlagen. „Kommt, lasst uns etwas schlafen. Warum hier verweilen?" Nachdem er ein kleines Loch in die Tür geschlagen hatte, griff er hindurch und drehte den Türknauf. Bevor er den Aufenthaltsraum verließ, richtete er sich an Ingrid und Lalita: „Ganz egal, wie schwer es wird. Wir dürfen nicht aufgeben. Wir müssen weiter für die neue Verteilung kämpfen. Lasst uns alles dafür tun, dieses Ziel zu erreichen. Letztendlich ist es doch etwas, das die Engel uns erzählt haben, was uns zu diesem Plan veranlasst hat: Jede Struktur kann gesprengt und verändert werden." Die zwei Frauen lächelten ihn an, ihre Mienen hellten auf. „Ja, Darren. Du hast Recht", sagte Lalita. „Wir setzen uns morgen mit neu gesammelten Kräften zusammen", fügte Ingrid an.

Von seiner enthusiastischen Ansage begeistert, ging er in sein Zimmer zurück und legte sich in sein Bett. Seine Müdigkeit holte ihn ein, aber er konnte nicht schlafen. Ganz egal, wie schwer Hannah und Anna es ihnen machen würden, er war bereit, alles für die neue Verteilung zu geben. Sie konnten jetzt nicht aufhören. Unzählige Pläne, wie sie die Engel austricksen könnten, flogen durch seinen Kopf.

Sein Körper versuchte ihn immer mehr davon zu überzeugen, dass er schlafen musste, aber sein brennender Verstand hielt ihn wach. Er wollte sofort aus seinem Zimmer hinausstürmen und etwas verändern, er wollte sofort den Engeln seine ehrliche, offene Meinung sagen. Er wollte sofort der Mensch sein, der die Verteilung der Lotterie für immer verändern würde.

Seine Gedanken drehten sich immer weiter und rasten immer schneller durch seinen Kopf. Er setzte sich mehrfach auf, schaute in seinem Zimmer umher und legte sich dann wieder hin. Ein paar Mal stand er auf, machte ein paar Liegestützen, um sich zu ermüden, aber nichts wollte ihn müde genug machen, dass er wieder einschlafen konnte.

Darren ging in die Küche und machte sich einen Tee. Er setzte sich an den kleinen Tisch und begann kleine Schlucke zu trinken. Sein Körper signalisierte ihm abermals, dass er ins Bett gehörte, aber seine Überlegungen wollten ihm keine Ruhe lassen. Nein, er würde diese Nacht nicht schlafen können. Er nahm seinen Tee und lief in den Aufenthaltsraum. Er schaltete den Fernseher an und legte eine DVD mit verschiedenen Zeichentrickserien ein. Fast zwei Stunden lang schaute er Folgen von Spongebob, den Simpsons und SouthPark, während seine Gedanken ihn weiterhin wachhielten.

Es musste schon früh am Morgen sein und seine Augen wurden immer schwerer. Er wusste aber, dass er nicht wieder schlafen könnte, wenn er ins Bett ging. Er würde wach bleiben und in ein paar Stunden mit Ingrid und Lalita beraten, wie es weitergehen würde. Sie würden die Engel konfrontieren und sollten diese mit der neuen Verteilung nicht einverstanden sein, würden sie keine Möglichkeit unversucht lassen, ihren Willen durchzusetzen.

Darren spielte Szenario um Szenario durch. Jede noch so unwahrscheinliche Möglichkeit zog er in Betracht und versuchte, eine Antwort auf alle möglichen Einwände und Bedenken von Hannah und Anna parat zu haben.

Nachdem er eine weitere Stunde dasaß, Cartoons schaute und sich einen genauen Plan überlegte, hörte er auf einmal Geräusche aus dem Flur. Augenblicklich stand er auf und öffnete die Tür des Aufenthaltsraumes, die noch immer das Loch seines Axthiebes aufwies. Hannah und Anna hatten soeben den Flur des Mitarbeiterbereiches betreten. Als er sie anschaute, klopften sie gerade an seiner Zimmertür. „Ah, Darren. Ausgezeichnet, bleib doch bitte im Aufenthaltsraum, während wir Ingrid und Lalita aufwecken. Wir haben so viel zu besprechen", sagte Anna.

Verwirrt blickte Darren die Engel an. Bei all den verschiedenen Möglichkeiten, die er durchgespielt hatte, waren die im Flur erscheinenden Engel nicht vorgekommen. Und erst recht nicht waren Hannah und Anna in seinen Szenarien diejenigen gewesen, die das Gespräch suchten. Das Skurrilste an der Situation war aber, dass die Engel hochzufrieden schienen. Sie lächelten Darren freundlich an. Von ihrer Wut vor ein paar Stunden war nichts mehr zu sehen.

Darren blieb auf der Stelle stehen und sah zu, wie eine müde Ingrid und eine müde Lalita aus ihren Zimmern herauskamen. Zusammen mit Hannah und Anna gingen sie auf ihn zu und betraten den Aufenthaltsraum.

„Setzt euch", sagte Hannah, ließ das Sofa verschwinden und fünf große Sessel erscheinen. Ohne nachzufragen, setzten die drei Mitarbeiter sich hin.
Die Engel sahen anders aus, als Darren es gewohnt war. Ihre sonst so eintönigen Gesichter, auf denen jede Emotion künstlich und aufgesetzt wirkte, waren voller Lebensfreude. Sie blickten sich kurz in die Augen und schauten dann wieder die Lotteriearbeiter an. „Also, ihr Lieben", sagte Anna, „Hannah und ich haben uns die ganze Nacht über beraten. Schon seit Beginn unserer Arbeit in der Lotterie haben wir auf diesen Moment gewartet, müsst ihr wissen.

So gerne wären wir immer offen und ehrlich zu euch gewesen, aber wir mussten euch viel vorspielen."
„Was denn vorspielen?", fragte Ingrid. „Seitdem wir hier arbeiten, haben wir versucht, den Mitarbeitern keinerlei Meinungen oder Ideen aufzudrängen. Wir sollten allen Ideen und Gedanken der Mitarbeiter freien Lauf lassen. Es gab zu dieser Vorschrift allerdings eine einzige Ausnahme: Allen offenen Vorschlägen für eine Änderung der Lotterie sollten wir uns verschließen. Wir haben also alles, was hier je passiert ist, toleriert, solange es nicht die tägliche Betreibung der Lotterie gefährdet hat. Alles, bis auf Vorschläge für eine neue Funktionsweise der Lotterie. So kam es, dass wir damals Sadias Idee verurteilt haben und euch heute Nacht so anschreien mussten. Wir mussten an der Oberfläche den Eindruck wahren, dass wir eine Veränderung niemals tolerieren werden. So waren unsere Anweisungen – seit Tag eins."
Verwundert schaute Darren die Engel an. Sie waren also gar nicht gegen eine neue Verteilung? Sie hatten es lediglich vorgetäuscht? Er verstand das nicht. Das ergab doch keinen Sinn.

„Also wusstet ihr die ganze Zeit, dass wir die Lotterie verändern wollen?", fragte Lalita. „Wir haben es geahnt", sagte Hannah. „Spätestens nachdem ihr Darren hergeholt habt, war es uns natürlich klar." „Ihr wusstet es?", rief Darren hervor. „Ihr wusstet es die ganze Zeit?" „Ja, Darren. Aber was hätten wir tun sollen? Wir haben zwar herausgefunden, dass Ingrid und Lalita es getan haben, aber wir durften damals nichts dagegen unternehmen. Wie schon gesagt hatten wir den Auftrag, den Dingen hier freien Lauf zu lassen."

„Aber Moment mal", schaltete Ingrid sich wieder ein. „Ich verstehe das alles nicht. Was ist mit dem Buch? Das Buch, in das so viele Lotteriearbeiter geschrieben haben. Ich dachte immer, es wäre uns gegeben worden, um hinter eurem Rücken etwas zu unternehmen. Ich dachte, ihr seid dagegen, dass sich hier etwas ändert."

„Ach, Ingrid", sagte Hannah und ein breites Lächeln erfüllte ihr Gesicht. „Seit Beginn der Lotterie, also schon eine sehr sehr lange Zeit, wissen wir von dem Buch. Gott hatte uns damals aufgetragen, menschliche Mitarbeiter anzuheuern und das Buch ihrem Besitz zu überlassen. Wie ihr wisst, dauerte es lange, bis die Menschen das Schreiben beherrschten und noch länger dauerte es, bis die Menschen damit begannen, die Verteilung der Lotterie erstmals zu hinterfragen. Unsere Anweisung war aber von Beginn an, bei mittelgroßem bis großem Widerstand gegen die zufällige Verteilung nachzugeben. Bei mittelgroßem bis großem Widerstand sollten wir den Menschen die Möglichkeit eröffnen, eine neue Verteilung zu konstruieren. All die Jahre haben wir gewartet. So lange haben wir gewartet, aber es hat unglaublich lange gedauert, bis sich die ersten Menschen überhaupt darüber Gedanken machten, ob die zufällige Verteilung denn richtig sei. Es gab viele Menschen, die sich über die Verteilung der Lotterie ärgerten, viele die sie dafür verfluchten, dass sie sie in schwierige Verhältnisse entlassen hatte. Bis Susana Perez die Zusammenhänge an den Persönlichkeitsbausteinen erkannte, gab es aber niemanden, der je auf die Idee kam, dass man womöglich das Verteilungssystem verändern könnte."

„Und dann kam Sadia", setzte Anna seufzend fort. „Stundenlang haben wir überlegt, ob ihr Vorschlag und der anschließend konzipierte Plan ausreichen. Ob ihr Plan unter die Kategorie von mittelgroßem bis großem Widerstand fiel. Aber wir entschieden uns damals schweren Herzens dagegen. Denn Sadia war die erste Person, die sich wirklich intensiv mit einer neuen Verteilung auseinandergesetzt hatte. Also beschlossen wir zu warten, bis jemand ihren Plan und ihre Gedanken wieder aufgreifen würde. Wir entschieden, die Lotterie endlich für Innovationen und neue Ideen freizugeben, sobald jemand sich erneut für eine neue Verteilung einsetzen würde. Die letzten paar Stunden haben wir besprochen, ob euer Engagement hierfür ausgereicht hat." „Und jetzt ist es endlich so weit. Ihr habt es geschafft. Herzlichen Glückwunsch!", platzte es aus Hannah heraus. „Ach, das ist so aufregend. Gleich heute fangen wir damit an, diese neue Verteilung zu besprechen."

Ungläubig schauten die drei Mitarbeiter sich an. Es war absolut verrückt, was die Engel ihnen da gerade gesagt hatten; aber zweifellos war es die Wahrheit. Darren schüttelte fassungslos den Kopf und blickte in die Gesichter von Hannah und Anna. Die zwei Engel hatten ihnen viel nur vorgespielt, hatten sie die ganze Zeit getäuscht. Aber nun sahen sie tief zufrieden und glücklich aus. Denn zusammen mit Ingrid und Lalita hatte er es endgültig geschafft. Die Verteilung der Lotterie konnte von nun an geändert werden.

Hannah und Anna holten eine Kamera hervor und forderten sie dazu auf, für ein Foto zu posieren. Sie wollten es in den Kontrollraum hängen, um für immer an diesen Moment zu erinnern.

Eine halbe Stunde lang saßen sie mit den Engeln zusammen im Aufenthaltsraum und stellten ihnen weitere Fragen. Diese erzählten ihnen, dass es schon immer schwierig gewesen war, den Menschen gegenüber kühl und rational

zu wirken. Sie hatten ihre eigenen Gefühle und Meinungen immer verbergen müssen. Denn so waren ihre Anweisungen gewesen – sie hatten die Menschen so wenig wie möglich in ihrem Denken beeinflussen sollen. Darren war beeindruckt, denn es war ihnen in erstaunlicher Art und Weise gelungen.
Nun wirkten sie wie ausgetauscht, waren authentisch und echt. Sie mochten zwar immer noch anders als jeder Mensch sein, aber zum ersten Mal war ihm ein Gespräch mit Ihnen nicht unangenehm. Ihre Antworten schienen nicht mehr automatisiert, sondern lediglich wohlüberlegt und klug. Ihre Witze waren ein paar Mal tatsächlich lustig und sie waren nicht mehr so besserwisserisch wie zuvor.
Am markantesten war aber diese tiefe, authentische Freude, die Darren von ihren Gesichtern ablesen konnte. Denn endlich würde sich ihr Alltag in der Lotterie grundlegend verändern.

Nach ihrem Gespräch ging Darren zurück in sein Zimmer. Bei all den Überlegungen, die ihn die ganze Nacht wachgehalten hatten, hatte er verdrängt, dass heute sein freier Tag war. Er konnte jetzt schlafen. Als er sich hinlegte, waren da keine Gedankenströme mehr, die durch seinen Kopf hindurchrauschten. Von einem Moment auf den anderen fiel er in einen tiefen Schlaf.

Am späten Nachmittag wachte er ausgeruht auf. Motiviert verließ er sofort sein Bett und rannte in den Kontrollraum. Sie hatten so viel zu tun.

15. Das weiße Licht

Die kommenden drei Wochen wurden Darrens schönste Zeit in den Räumlichkeiten der Lotterie. Zusammen mit Ingrid, Lalita und den Engeln besprach er ausgiebig die neue Verteilung. Sadias Plan blieb die Basis des neuen Konzeptes. Ihre Ideen sollten vorerst die neue Verteilung der Lotterie bestimmen. Zusammen mit den Engeln überlegten sich die drei Mitarbeiter aber viele Möglichkeiten, Sadias Plan zu verbessern und zu verfeinern.

Ziel der Verteilung sollte es von nun an immer sein, eine möglichst gerechte Welt zu schaffen. Alle Menschen sollten einen fairen Anteil der Ressourcen der Erde bekommen. Denn Gott hatte sie für alle geschaffen – nicht nur für eine Minderheit. Es war schwierig, die Verteilung nach diesem Ziel auszurichten. Dennoch kamen ihnen mehrere Ideen, wie sie darauf hinarbeiten konnten. „Seid mutig! Macht Fehler!", hatten Hannah und Anna gesagt. „Es ist nur natürlich, dass es zu Beginn schwierig wird und ihr auch ein paar Rückschläge erleben werdet. Doch habt keine Angst davor, Entscheidungen zu treffen. Letztendlich sind die Menschen auf der Erde immer noch selbst dafür verantwortlich, welchen Weg sie gehen werden."

Also beschlossen Darren, Ingrid und Lalita eine wesentliche Änderung der Mitarbeiterstruktur. Sie legten fest, dass es von nun an immer drei Mitarbeiter geben sollte. Der Aufgabenbereich der Mitarbeiter wurde zudem um die Forschung an den Persönlichkeitsbausteinen erweitert. Nach einer festgelegten Eingewöhnungszeit von einem Monat, stand es den kommenden Mitarbeitern dann frei, die Verteilung der Lotterie zu verändern. Dies sollte aber nur möglich sein, wenn auch alle drei Mitarbeiter dem neuen Konzept zustimmten.

~

Während all der Besprechungen mit den Engeln fühlte Darren sich stark und jung. All die Zweifel der letzten Monate waren weggefegt. Es gab nur noch die Zukunft, die von Autonomie, Selbstvertrauen und der Lust, etwas zu bewegen, erfüllt war.

Den Höhepunkt der drei Wochen stellte der Beginn der neuen Verteilung dar. Ein Moment, der alles was er zuvor erlebt hatte, in den Schatten stellte. Als Anna den Hebel im Lotteriesaal umgelegt hatte, war er von einem berauschenden Stolz erfüllt worden. Immer schon hatte er dieses wohltuende Kribbeln gespürt, wenn er an den Plan gedacht hatte. Auch hatten das Adrenalin und die Glücksgefühle ihn überwältigt, als er nachts mit den zwei Frauen versucht hatte, die Verteilung heimlich zu verändern. Aber das Gefühl, als Anna den Hebel umgelegt hatte, ließ sich nicht mit den vorherigen vergleichen. Es fühlte sich das erste Mal in seinem Leben so an, als hätte er etwas wirklich Wichtiges und Gutes getan.

Auch nachdem sie sich auf die neue Verteilung geeinigt hatten, waren die drei Mitarbeiter und die Engel jeden Abend im Aufenthaltsraum zusammengekommen. Sehr tiefgründig hatten sie sich über die Lotterie unterhalten. Hannah und Anna hatten ihnen dabei immer wieder interessante Ansätze aufgezeigt, über die Lotterie nachzudenken. So philosophierten sie ganze Abende mit ihnen über die Wirksamkeit von neuen Veränderungen. Die Engel schafften es dabei immer, die Mitarbeiter nicht zu sehr von ihren Meinungen zu überzeugen, sondern ihnen neue Ideen und Gedanken lediglich zu präsentieren.

Oft schweiften die zwei Engel dabei ab und erzählten ihnen von all den Erfahrungen, die sie schon mit anderen Mitarbeitern gemacht hatten. Es war faszinierend gewesen, sich ihre Geschichten anzuhören. Geschichten, die mehrere tausend Jahre zurückreichten.

Am faszinierendsten aber war die Wandlung der zwei Engel gewesen. Nachdem er in den Räumlichkeiten der Lotterie angekommen war, hatte er noch jedes Gespräch mit ihnen vermeiden wollen. Zusammen mit Ingrid und Lalita hatte er sie jetzt mit Fragen gelöchert, mit ihnen gescherzt und Gespräche über die Welt und die Gesellschaft geführt. Noch immer hatte Darren einen gewissen Abstand zu ihnen gespürt. Denn noch immer war ihm der Gedanke fremd, dass die zwei Engel mehrere Millionen Jahre alt waren und in all dieser Zeit nichts anderes getan hatten, als sich um die Betreibung der Lotterie zu kümmern. Aber gerade deswegen war ihr Austausch mit ihnen so interessant. Es war der Austausch mit einer anderen Spezies, die den Menschen intellektuell gewachsen, wenn nicht sogar überlegen war. Ein Austausch, den er so noch nie erlebt hatte.

~

Und nun, nun hieß es Abschied zu nehmen. Darren stand zusammen mit Lalita im Kontrollraum, während Hannah und Anna an ihren Computern die kommenden Geburten auf der Erde überwachten. Sie alle warteten auf Ingrid, die in wenigen Minuten mit den Engeln den langen Flur durchschreiten würde, um die Lotterieräumlichkeiten zu verlassen. Die Schwedin hatte sich ein letztes Mal in ihr Zimmer zurückgezogen und würde jeden Moment zu ihnen stoßen. Darren war in den vergangenen Tagen aufgefallen, dass sie sich schwer damit tat, weiterzuziehen. Er konnte es gut nachvollziehen, schließlich wusste sie nichts über den Ort, an den sie heute gehen würde.

Als Ingrid allerdings die Tür zum Kontrollraum passierte, sah sie selbstbewusst und fröhlich gestimmt aus. „Ah, Ingrid. Es wird Zeit. Bist du bereit?", fragte Hannah. „Ja", sagte Ingrid strahlend, „ich möchte nun endlich wissen, was mich erwartet." „Gut, dann können wir ja los", sagte Anna und lächelte sie an. Dann wandte sie sich zu Darren und Lalita: „Und ihr beide? Seid ihr auch bereit?" „Bereit?", fragte Lalita und lachte. „Wir gehen doch erst in ein paar Wochen von hier weg."

Hannah und Anna erhoben sich von ihren Stühlen und kamen auf Darren und Lalita zu. „Es ist so", sagte Hannah, „wir haben uns gestern zusammengesetzt und die momentane Situation in unseren Räumlichkeiten beredet. Dabei sind wir zu dem Schluss gekommen, dass wir unsere Mitarbeiter gerne komplett austauschen würden. Ihr drei habt alle einen ganz wesentlichen Beitrag für eine neue Epoche der Lotteriearbeit geliefert. Dafür sind wir euch sehr dankbar und werden uns immer an euch erinnern. Wir sind allerdings der Meinung, dass wir jetzt gerne einen neuen Schwung an Mitarbeitern zu uns holen wollen. Es wohnen sieben Milliarden Menschen auf der Erde. Hier seid ihr nur zu dritt. Natürlich nehmen an den Entscheidungsprozessen auf der Erde bei weitem nicht alle Menschen teil. Aber dennoch sind es sehr viele Menschen, die die Zukunft der Menschheit formen. Wir würden daher gerne auch an der neuen Verteilung so viele Menschen wie möglich teilhaben lassen."

„Also sollen wir mit Ingrid weggehen?", fragte Darren ungläubig. „Nur, wenn ihr das auch möchtet", sagte Anna. „Ihr wisst ja. Die Lotterie bestimmt über die Menschen, daher dürfen auch Menschen frei über sie verfügen. Wir sind lediglich für die reibungslosen Abläufe in dieser Institution zuständig. Wie genau diese Abläufe gestaltet werden, das entscheidet ihr." Völlig überrascht schauten Darren und Lalita sich an. Es war ein irrer Gedanke, in ein paar Minuten diesen Ort zu verlassen und nicht zu wissen, wohin. Darren fühlte sich überrumpelt. Sein gesamter Fokus hatte auf den kommenden Wochen mit Lalita und den Engeln gelegen.

Wieso aber den Abschied aufschieben? In den vergangenen zwei Monaten hatte er so viel dazugelernt und hatte alles über die Lotterie erfahren, was es zu erfahren gab. Er war an den Herausforderungen an diesem Ort gewachsen und fühlte sich wie ein ganz neuer Mensch. Die kommende Zeit versprach nichts Neues mehr, lediglich die tägliche Routine im Lotteriesaal und vielleicht das ein oder andere interessante Gespräch mit den Engeln. Darrens Verstand schrie laut „Ja".

Dennoch hielt ihn Angst davon ab, sich enthusiastisch zu Ingrid zu stellen. Er hatte sich noch gar keine richtigen Gedanken gemacht, was ihn nach der Lotterie erwarten würde. Sollte er jetzt einfach gehen?

„Was wirst du tun?", fragte er Lalita. Die Inderin lächelte ihn fröhlich an. „Ich werde gehen. Ich freue mich, seitdem ich hier bin, schon darauf, meine Eltern wiederzusehen und kann es kaum abwarten." „Also hast du keine Angst?" „Natürlich. Aber dadurch lasse ich mich nicht davon abhalten, das zu tun, was ich machen möchte. Ich könnte aus Angst noch ein paar Stunden oder Tage darüber nachdenken, ob ich das machen möchte, aber ich würde immer zu demselben Ergebnis kommen, da bin ich mir sicher. Es ist nicht schlimm, sich spontan für etwas zu entscheiden. Solange man dabei auf sein Herz hört, wird es schon gut gehen." Mit diesen Worten lief Lalita zu den Engeln, sagte ihnen, dass sie gehen wollte und gesellte sich dann zu Ingrid. Darren blieb alleine zurück.

Er konnte Lalita verstehen, aber war nicht überzeugt. Sie hatte ein langes Leben gehabt und sich darauf vorbereiten können, dass irgendwann alles anders sein würde. Aber er war erst zwei Monate hier und hatte davor an seiner Krankheit gelitten. Sein Leben war gerade erst dabei gewesen sich zu entwickeln, da war es schon vorbei gewesen. Dann die turbulenten letzten Wochen und nun sollte es schon wieder weitergehen an einen unbekannten Ort?

Hannah und Anna standen ihm gegenüber und musterten ihn. „Geh kurz in dich, Darren. Niemand zwingt dich zu irgendetwas. Wir werden deine Entscheidung abwarten." Darren drehte sich von den Engeln und seinen Mitarbeiterinnen weg und starrte die Wand an. Er war gerade erst dabei gewesen, sich an die Lotterie zu gewöhnen. Er hatte endlich Fuß gefasst an diesem skurrilen Ort. Aber, wieso sollte er verweilen? Nur, weil er sich an diese riesige Maschine, die zwei Engel und den gar magischen Aufenthaltsraum gewöhnt hatte?

Er dachte zurück an die letzten drei Wochen. Er hatte dabei immer wieder über den Konflikt in seinem Kopf nachgedacht. Über Komfort-Darren, der ihn so oft zurückgehalten hatte. Er hatte sich damals vorgenommen, ihm überlegen zu sein. Sich bei seinen Entscheidungen nicht mehr von ihm beeinflussen zu lassen. Denn diese ängstliche Facette seiner Persönlichkeit war nur auf eines bedacht: auf Sicherheit. Sicherheit für sich selbst. Sie scheute jegliche Risiken und Veränderungen.

Darren drehte sich um. „Ich komme mit", sagte er zaghaft. Auch, wenn er es nicht zeigen konnte, so war er davon überzeugt, dass er gehen musste. Die Angst vor der Veränderung war kein Gegenargument, sie war lediglich ein Störfaktor, der seine Entscheidung erschwerte. „Das freut uns, Darren", sagte Hannah, „das freut uns sehr. Dann lasst uns gehen."

Anna zückte einen Schlüssel und öffnete die Tür, die zum langen Fließband führte, das er vor ein paar Wochen erstmals hatte sehen dürfen. Zusammen betraten sie den langen Flur und liefen in Richtung des bunten, flackernden Lichts. Die zwei Engel liefen voraus, gefolgt von den drei Lotteriearbeitern.

Mit jedem Schritt, den Darren den langen Korridor entlangging, wurde er selbstbewusster. Er hatte es geschafft. Er hatte es geschafft, sich nicht von seinem Weg abbringen zu lassen. Dem Weg, den er in den vergangenen zwei Monaten entdeckt und freigelegt hatte und nun konsequent verfolgen wollte. Der Weg, mutig, stolz und selbstbewusst das Richtige zu tun, aber niemals nur an sich selbst zu denken. Die Engel hatten Recht gehabt. Sie hatten ihren Beitrag geleistet und es war an der Zeit, dass auch mehr Menschen sich mit dieser großen Veränderung auseinandersetzen würden.

Er hatte in den vergangenen zwei Monaten zwei Kämpfe gewonnen. Den Kampf für eine bessere Welt und den Kampf mit sich selbst. Er hatte Komfort-Darren niedergerungen und ihn eingesperrt. Spätestens jetzt war er sich da sicher. Er würde ihn niemals loswerden können, ihn niemals aus seinem Kopf kriegen. Er wusste nun aber, wie er sich gegen ihn wehren konnte. Er war zuversichtlich, dass dieser Teil von ihm ihn nie wieder in den Zustand der Ignoranz und Trägheit lotsen konnte.

Nein, zu viel war passiert. Er war ein anderer Mensch geworden, ein ganz anderer Mensch. Er lächelte, denn er verspürte Hoffnung. Hoffnung für die Menschen auf der Erde. Denn vielleicht würden die Menschen der ersten Welt sich ebenfalls eines Tages von ihren Komfort-Hälften lösen. Vielleicht würden auch sie eines Tages die Trägheit, die der Konsum und die unzähligen Möglichkeiten verursachten, abstreifen. Vielleicht würden sie sich eines Tages überwinden und aus ihrer Passivität austreten. Und vielleicht wäre dies der Tag, an dem all die Strukturen, die die Menschen unfrei machten und sie von einer gerechten und fairen Welt für jeden trennten, verschwanden.

Gebannt von seinen Überlegungen, lief Darren den Gang entlang. Die Minuten bis zur Plattform vergingen im Handumdrehen und er blickte zum zweiten Mal auf das riesige Fließband, das Tag und Nacht Seelen transportierte. „Es ist so weit. Nun dürft ihr die Treppe hinabsteigen und nacheinander durch die Tür neben dem Fließband treten."

Die Lotteriearbeiter verabschiedeten sich ausgiebig von den Engeln und dankten ihnen für die vergangene Zeit. Darren hatte damit gerechnet, dass Ingrid und Lalita sich bei ihren Abschieden emotional zeigen würden. Doch da waren keine Tränen oder traurige Gesichter. Die beiden Frauen sahen zufrieden und glücklich aus. Auch Darren wurde nicht sentimental, aber der Blick zurück in den Korridor ließ kleine Zweifel und Ängste aufflammen.

Zusammen mit Ingrid und Lalita stieg er die metallene Treppe herunter. Sein Blick wurde von den bunt leuchtenden Seelen gefangen. Er würde gleich an denselben Ort wie sie gehen. Nur hatte er ihnen allen zwei Monate voraus. Motiviert stieg er die Treppe hinab. Er wollte sich mit all diesen bunten Seelen austauschen, sie kennenlernen und von seiner Zeit in der Lotterie berichten. Er wollte einen Neuanfang, er wollte durchstarten, sich Ziele setzen und etwas erreichen. Er wusste nicht, was ihn erwartete, aber er wollte es unbedingt herausfinden. Ja, es war richtig hier zu sein. Es war an der Zeit weiterzuziehen. Unzählige Gedanken, was kommen konnte und was er tun würde, durchfluteten seinen Kopf.

Am Boden des Saales angekommen, liefen die drei Mitarbeiter auf die Tür zu. Das Portal musste sich jeden Augenblick öffnen. Er schaute die metallene Oberfläche an und sah, wie sich ein grelles, weißes Licht durch das Schlüsselloch in seine Richtung drängte. Das Portal musste offen sein.

Ingrid lief voraus und öffnete die Tür. Da war es wieder: Das helle Licht, das er vor zwei Monaten erstmals gesehen hatte. Das letzte Mal hatte er noch nicht in es eintreten können. Jetzt war seine Zeit gekommen. „Ich hoffe, wir sehen uns bald", sagte Ingrid und trat als erste in das helle Licht ein. Lalita lächelte Darren ein letztes Mal an. Dann verschwand auch sie im Portal.

Kurz blieb Darren stehen. Er schaute hoch zu Hannah und Anna auf der Plattform und zu dem riesigen Fließband neben ihm. Dann, als würde das Licht ihn anziehen, ging er in kleinen Schritten darauf zu, ohne sich bewusst dazu entschieden zu haben. Tränen vor Glück rollten über seine Wangen. Er war erfüllt von einer tiefen Glückseligkeit und einem inneren Frieden. Ein letztes Mal blickte er zurück. Er hatte alles getan, was er konnte, um die Erde zu einem besseren Ort zu machen. Er hatte zusammen mit Ingrid und Lalita für den kleinen Anschub gesorgt, den die Menschen gebrauchen konnten. Jetzt lag es an der Menschheit, den nächsten Schritt zu gehen. Er würde aufmerksam von oben zuschauen.

Darren schloss die Augen und trat in das Licht ein. Das Bild des Raumes hinter ihm begann zu verblassen und vor ihm öffnete sich eine neue Welt.

Nachwort

So, das war er: mein erster Roman. Ich habe lange überlegt, ob ich ein Nachwort schreiben soll oder nicht. Denn ich möchte den Inhalt des Buches weder erklären noch mich für irgendwelche Inhalte rechtfertigen.

Ich möchte daher auch nur wenig eigene Worte verlieren sowie den Text eines Österreichers namens Sebastian Bohrn Mena zitieren, der sehr gut ausdrückt, was ich mit meinem Roman aussagen wollte.

Ich selbst wurde von den Worten der ZDF-Moderatorin Dunja Hayali dazu inspiriert, dieses Buch zu schreiben. Diese sagte vor mehreren Jahren, als mehr und mehr Flüchtlinge nach Deutschland kamen, dass wir etwas von dem Glück, das wir bei der Geburtslotterie gehabt haben, zurückgeben sollten.

Nachdem ich ihre Aussage hörte, machte ich mir Gedanken darüber, wie eine solche Lotterie funktionieren und aussehen könnte.

Dunja Hayali und ich sind jedoch nicht die einzigen, die über das Konzept einer Geburtslotterie nachgedacht haben. Nachdem ich das Schreiben an diesem Buch beendet hatte, suchte ich aus Neugierde nach dem Begriff im Internet. Ich stieß dabei auf den Text, den ich gleich zitieren möchte. Dass dieser Text und mein Roman unabhängig voneinander entstanden sind, zeigt, wie ich finde, sehr schön auf, dass die Idee einer Geburtslotterie auf einem wahren Gedanken beruht. Nämlich, dass wir uns alle nicht aussuchen können, wo und wann wir geboren werden.

Und wenn man etwas darüber nachdenkt, was diese Entscheidung eigentlich für ein enormes Ausmaß hat, so kann man daraus meiner Meinung nach einige wichtige Schlüsse für sein Leben ziehen.

Dies ist der Text von Sebastian Bohrn Mena:

DIE GEBURTSLOTTERIE. Es ist der pure Zufall, in welches Leben wir hineingeboren werden. Und damit auch, welche Wege uns offenstehen. Lehrling, Organisationsreferent, Universitätsassistent, Geschäftsführer, Direktor, Bereichssprecher – all diese Berufsbezeichnungen habe ich in meinem Leben bislang schon geführt. Es sind dies die Titel einer Arbeitswelt, in der manche fast alle Chancen haben und anderen diese verwehrt bleiben, egal wie sehr sie sich auch anstrengen. Ich hatte Glück.

Ich hatte Glück, weil ich zwar erkennbar migrantisch bin, aber der südamerikanische Hintergrund meiner Familie zum Großteil positiv bewertet wird. Ich hatte Glück, weil meine Eltern selbst studiert haben und mich daher stark unterstützen konnten. Ich hatte Glück, weil ich ein Mann bin und immer ältere Männer an meiner Seite hatte, die mich gefördert und unterstützt haben. Ich hatte viel Glück im Leben und dafür bin ich dankbar.

Aber so viele andere hatten und haben dieses Glück nicht. Ihre Eltern stammen aus der Türkei, dem ehemaligen Jugoslawien oder aus afrikanischen Ländern und ihr Hintergrund wird von vielen leider nach wie vor negativ bewertet. Ihre Eltern haben wenig formale Bildung oder wenig Geld und können sie nur eingeschränkt unterstützen. Sie sind Frauen und erleben daher allerlei zusätzliche Diskriminierungen, auch in der Arbeitswelt.

Ich finde die Aufgabe einer fortschrittlichen, gerechten und solidarischen Gesellschaft muss es sein, diese „Nachteile", die sich aus der Geburtslotterie ergeben, auszugleichen und daran zu arbeiten, die ganzen Vorurteile und Hindernisse für alle Zeit zu beseitigen. Da gibt es für uns noch viel zu tun. Und gerade wir, die wir vergleichsweise privilegiert leben, in Sicherheit und relativem Wohlstand, sind in der Verantwortung einen Beitrag zu leisten.

Es ist mir ein großes Anliegen das Bewusstsein dafür zu schärfen, wie zufällig unsere Position im Leben ist. Ja, es geht auch um Leistung – aber wenn wir ehrlich sind, entscheidet unsere Ausgangsposition maßgeblich über unseren Erfolg mit. Wenn wir ehrlich sind anerkennen wir, dass bei uns nicht alle gleichbehandelt werden, egal wie viel Leistung sie auch erbringen. Wenn wir ehrlich sind, verschließen wir nicht die Augen vor diesen Ungerechtigkeiten.

Jeder und jede Einzelne von uns kann einen persönlichen Beitrag dazu leisten, diese Welt und unsere Gemeinschaft ein Stück gerechter zu machen. Indem wir nicht wegschauen, wenn wir Unrecht miterleben. Indem wir uns nicht daran beteiligen, Vorurteile zu verbreiten und Hürden für andere aufzubauen. Indem wir uns gegenseitig helfen, ganz gleich, ob wir einen persönlichen Vorteil daraus ziehen oder nicht. Das würde ich mir wünschen.

Es ist möglich.

Quelle:
https://de-de.facebook.com/sebastianbohrnmena/posts/2022580704663579

Ein Buch für den guten Zweck

1€ pro Buch geht an den Verein „Haus der Hoffnung – Hilfe für Nepal e.V.", der mir sehr am Herzen liegt. Dabei ist der Buchpreis genau so konzipiert, dass dieser eine Euro eine Spende des jeweiligen Käufers ist.

Es war mir wichtig, mit diesem Buch auch etwas Gutes zu tun. Letztendlich mag es vielleicht manchen Leuten gefallen und sie zum Nachdenken bringen – aber es hilft und bewegt nichts auf direktem Wege. Worte sind wichtig und ich halte es für essenziell, dass immer wieder Worte für wichtige Werte gesprochen werden – ganz egal ob diese schon das hundertste Mal wiederholt werden.

Dennoch bringen Worte nichts, wenn auf die Worte keine Taten folgen. Darum war für mich von Anfang an klar, dass dieses Buch auch einen guten Zweck verfolgen soll. Und ich denke eine Spende an Kinder, denen von Geburt an schwere Steine in den Weg gelegt wurden, passt sehr gut zu den Worten meines Romans.

Danksagungen

Ohne die Hilfe einiger Personen wäre es mir nie möglich gewesen, dieses Buch zu veröffentlichen. Zwar habe ich den ersten Entwurf nahezu ohne andere Meinungen und Ideen geschrieben, aber der fertige Roman ist das Ergebnis mehrerer Überarbeitungen, die auf den Tipps und Ideen anderer Leute beruhen.

Daher tausend Dank an Klara, Pia, Antonia, Ben und Peter für viele hilfreiche Ideen und Hinweise, die das Buch wesentlich verbessert haben.

Außerdem vielen Dank an meine Mutter und Antonia, die das Buch für mich nach Rechtschreib- und Zeichensetzungsfehlern durchsucht haben.

Zusätzlichen Dank erneut an meine Mutter für die Formatierung der finalen Druckdatei!